潮汐之间

杨俊文 著

时代文艺出版社

图书在版编目（CIP）数据

潮汐之间/杨俊文著. —长春：时代文艺出版社，2020.8（2021.5重印）

ISBN 978-7-5387-6441-3

Ⅰ. ①潮… Ⅱ. ①杨… Ⅲ. ①散文集－中国－当代 Ⅳ. ①I267

中国版本图书馆CIP数据核字（2020）第091457号

出 品 人　陈　琛
责任编辑　刘瑀婷
装帧设计　李光辉
排版制作　隋淑凤

潮汐之间

杨俊文 著

出版发行 / 时代文艺出版社

地址 / 长春市福祉大路5788号　龙腾国际大厦A座15层　邮编 / 130118

总编办 / 0431-81629751　发行部 / 0431-81629755

官方微博 / weibo.com / tlapress　天猫旗舰店 / sdwycbsgf.tmall.com

印刷 / 保定市铭泰达印刷有限公司

开本 / 720mm×1000mm　1 / 16　字数 / 230千字　印张 / 20

版次 / 2020年8月第1版　印次 / 2021年5月第2次印刷　定价 / 78.00元

目 录

PART 1

文字以外

潮 汐 之 间

　　潮水在银色的月光下呼啸着,似乎注满了愤怒,又像是带着狂喜,无法抑制胸中的澎湃,不顾一切地向着海岸奔突。海风站立在潮头,海浪随即高声应和。月亮俯视着、倾听着风与浪的阵阵和鸣,如母亲与摇篮里婴儿的形态。

　　初秋的曙光,为锦州湾的海域泼洒下淡淡的墨色,海面清冷而透着期冀。几艘渔船开始驶离码头,发动机的声突突响飞几只海鸟。船体身后的每一排浪花, 如雪原上被马蹄卷起的飞雪。

　　渔家的炊烟徐徐消散,朝阳在海平线上探出半个脸来,海面被霞光浸染一片橘红。海浪由远及近,前后等距排列,如一道道彩色的墙体。一阵涛声消逝,又一阵涛声响起。浪花每次肆意绽放到沙滩,又瞬间被浪拾走。无论海浪的奔涌多么猛烈,海岸始终是不可逾越的终点。它们在一个仿佛不变的位置停下来,然后重复那个无奈的转身。

　　这像是世间的形态。情欲、繁衍、生长与死亡,日月轮转,周而复始，生生不息。

海水漫到礁石深暗的水线，隐没了沙滩上深浅和大小不一的人的足迹。此时，大海如气喘吁吁的大汉，满腹饱胀，且昏昏欲睡。

海潮奔走的行程到了极限，涛声渐渐停歇，阳光跃动在海面，海与天几乎相融一色，海平线变得模糊。在不远处一座岛屿上，光线覆满了葳蕤的草木，岛屿的色调现出淡淡的铅灰，看上去与海面的光泽有些突兀。海鸟的身影不停地闪动，白色的、灰色的，还有黑灰色的，它们既不飞在岛的上空，也不起落在接近水面的位置，却一直在岛的腰部环绕翻飞。

海鸥看来喜欢涨潮后的海面，从岛屿的石缝儿里、从停靠在岸边渔船的甲板下，纷纷而起，先是鸣叫着翱翔，然后忽地俯冲下去，待海面溅起一朵朵细碎的水花，便将头向上高昂，用力扇动着翅膀。它们一定是啄到了可口的食物，或是鱼，或是虾，或是人们叫不出名字的生灵。它们完成了一次捕食的规范动作，然后又在离海面最近的天空盘旋开来。大海像是偌大的餐桌，供它们尽享一场盛宴。

也许因为没有狂风和乌云，所以一向戴着"勇士"光环的海燕，似乎不屑于阳光下缺少险阻的空间。它们往往在涨潮时，嬉戏于涌起的波涛之上，并用犀利无比的目光寻找食物。面对风平浪静的情景，它们却不愿现身，似乎以为这样的空间毫无挑战的乐趣，进而辜负了高尔基先生很早就给予它们的称誉。在不明的近处或远处，它们向海面窥视，却不倾心于海上的美味，对海鸥的贪婪甚为鄙视。也许等到暴风雨到来，它们才会一跃而起，并以一种搏击的姿态，"像黑色的闪电，在高傲地飞翔"。似乎只有这样，它们才配做海燕。

没有谁与谁的承诺能胜过太阳和月亮。它们始终信守那个远古的约定，两颗星体相互轮值，彼此默契，分别在白昼和黑夜里，挥动着带有奇妙引力的指挥棒，为大海的潮汐奏响永无休止的乐章。

但如同世间的万物皆有兴衰，潮水奔跑到最后，终于陷入沉寂，停止了向海岸的冲锋。经过短暂的酝酿，犹如长长地叹了一口气，潮水沿着原来的路线，以不变的节奏开始退却。像是一块魔术布被突然揭开，使沙滩重新袒露出来。沙滩湿润而明亮，鲜活的贝和无生命的光亮的贝壳，零落地镶嵌着，仿佛一袭金色袍子上华丽的点缀。无数个细小的孔穴，该是沙虫出入的洞口。沙蟹没有隐身的妙法，它们的身后总会留下一串弯曲的丸状的沙球。偶尔发现几只海蜇，它们显然是因为体态的笨拙，在海潮回退的时刻晚了一步，便平平整整地贴伏在沙滩上。海藻倒是喜欢漂泊，只是不知道漂泊到沙滩之后，翠绿的生命会很快变得像秋草似的枯黄。

这片海滩又恢复了原有的形貌，现出固有的生命和生命的迹象。

赶海的人渴盼潮退，渴盼刚刚结束的又一轮海潮，把更多的贝类、蟹类和藻类推送到金色的沙滩，以便翻检和拾进筐篮里，然后到附近的海鲜市场出售。他们俯下身后便没有喧闹，手中的铁铲在沙滩上飞快地翻动，唰唰的声音响成一片。

早出的渔船抢先停靠在海岸。从船上卸下几篓海货，几个人围着一个渔夫，听他一字一句地讲述刚才发生的故事：

渔船在涨潮的海面起起伏伏，就在半个浪头卷进船舱的瞬间，一只鸟飞落到船尾处盘卷着的绳索边。鸟儿算不上是飞落下来的，确切地说是跌落，但它还有气息，胸脯在起伏。那是一只海鸟里没有的鸟儿，羽毛碧蓝，喙短小而尖细，体如鹌鹑大小。它睁着眼睛，像是不甘于这样死去。打鱼人把它轻轻捧起，然后让它的嘴探进一碗清水里。它的嘴真的动了，一下、两下……它的眼睛完全睁开。他将面包揉碎，它踉跄着站起来啄了两粒，而后接连啄食了好多粒。半天过去，在船即将靠岸时，它扇动了几下翅膀，意思是可以飞走了。渔夫看着它飞起来，为它感到高兴。就在他目送它远去之际，它突然转过身，径直向他飞来，在他的头上啾啾地鸣叫了几声，然后缓缓地飞回岸边的一片芦苇荡。

鸟儿命不该绝。但在它命运的密码里，也许隐匿着一个怪异的死亡符号。它对此却一无所知，犹如人无法预知身前的福祸。而那些冥冥之中的真实，一旦现出吉凶的结果，"命中注定"便会成为归一的答案。其实，一切看似"注定"的东西，原本都处在不确定的时空之中。一次潮汐的涨落，会让一些生命死去，也会让一些即将结束的存活。鸟儿得救了，它的命运却被一个"注定"所否定。

这也"注定"会令我思考一些形而上的问题。我仰起头，看它正以一种优雅的姿势打开翅膀，犹如空中芭蕾。这是令我震撼的仰视，给我带来的是思想的轰鸣。再看人间万物，看庸常或不可思议的事物，看沉重与轻盈，看优美与忧伤，看亘久与一掠而过。至少在我此时的脑际，所有被上帝抚摸过的面孔，从此没了焦躁和戾气，呈现出的是一种柔和的光泽，一如时间，悬浮于空，永恒与无垠。

就连转瞬即逝的海浪泡沫，在飞逝中也把自己表现成了高傲的海燕。

这注定是一种升华了的境界，有了这种境界，一些潜在的不安和难以启齿的隐秘，都有了植物性的温和与动物性的温度。

潮水涨起，潮落有时。那只鸟不知飞向哪里？

遥 远 的 雪

可以判定，远古的阿尔泰山的雪花应该格外的剔透。但无法想象，当这里的人类祖先面对第一场大雪的时候，目光里是充满了新奇，还是流露出惊恐？

纷纷扬扬于空旷的山野，雪之于他们，最初也许会因其翩翩的形态，而受到瞬间的赏望。当一夜过去，曙光乍现，他们起身从山顶洞中探出头来，看到一片洁白的世界，也许会神色慌促，甚至手足无措。

那一朵一粒的白，怎么会密密地聚集在一起，让峰谷分明的大山不见了踪影？不知在很早很早的哪一天，他们也许会对雪发出这样的疑问。

再细望去，山并没有离开，而是安静地隐遁在雪的身下，只有树木依然嵌在山间。而可供出入小的洞口，却险些被雪彻底封堵。炊火的柴草不见了，本不清晰的小路不见了，雪后的风像是从雪里钻出来，变得更加寒凉刺骨。于是，他们无可奈何，继而对这白色的东西心生憎恶。

在阿勒泰观光的几日，时不时向阿尔泰山的积雪望去，一个关于雪的命题让我遐想与沉思良久……

带着温暖和炽热，也带着清凉和寒冷，光阴在日月之间恒久地穿行。暑往寒来，次第而至的雪，总会禁不住光顾人间。这样的轮回似乎让雪与人同行在生命的路上。而雪呢，却从不思虑自己深浅的尺度，有时飘落得轻慢而敷衍，有时又毫无顾忌，肆意妄为，像是要把整个人间全部掩埋。

在通常情况下，人对雨的期许往往深于对雪的情感。试想，烈日炎炎之下，土地龟裂，禾苗焦枯，没有什么比一场透雨更令人祈盼。在燥热的夏日，雨后的清爽也同样值得人们渴望。但对于雪哪天能够到来，人们的心情便没有任何的急切，因为雪不具有速解燃眉之急的神力，况且，冰天与雪地的组词，扮演的则是严寒的角色。这时的雪，会以挥洒或凝固的形态，有意无意地阻挡人的脚步。

当雪崩的白浪自山腰滚落到谷底，牧场被厚厚的积雪覆盖到天际，牛羊最终抵不过饥饿和寒冷，永远地闭上了眼睛，公路、铁路沉入雪的深处，每一场雪便成了人类一场残暴的噩梦。而风与雪一旦相遇，竟会使人模糊了雪来的方向，不知道是天在下雪，还是雪要重归天上。

雅称为"雪暴"的猛烈的风，在东北的乡路上，卷起的则是叫作"烟儿炮"的迷茫的烟雾。儿时在农村，一年冬天，夜里的雪堆到家的窗台之上，没过了大半个窗户，屋门也被雪封得严严实实。这情形让我对雪产生畏惧。围坐在火盆前的人，望着风雪弥漫的窗外，期待着春天早日来临。尽管每场雪后，孩子们都会有堆雪人和用筛箩捕麻雀的快乐，但这快乐很快就遭到寒冷的驱赶，冻僵的双脚在雪地上跺个不停，便又和大人们一样，想到春天的美好。

如果没有雪呢？我曾幼稚地有过这样的假设，而假设后的答案，无非是少了一个和玉并列的比喻，一个美妙的童话世界，当然也少了从白色中浸出的风寒，少了对人畜行走的一种阻拦与缠碍。但我没有想到，世上若是没有雪，便少了一位流芳百世的英雄。被匈奴幽禁于地窖里的苏武，该是倍加感谢上天赐予的雪，因为雪与毡毛的并咽充饥，让他的存活看似有了神的旨意。虽然饱经牧羊的艰辛，但最终留下了民族英雄的美名。

渐渐地，雪在文人的眼里，却成了诗的元素。"昔我往矣，杨柳依依。今来我思，雨雪霏霏。"早在《诗经》里的雪，就已经超出了时序的特指，赋予了作者复杂的心绪。雪飞进屈原的《楚辞》，便有了"桂棹兮兰枻，斲冰兮积雪"的吟诵，江上的波浪也是千堆雪的气象。当雪飘飞在唐朝的天空，随之在诗歌的田园狂舞起来。柳宗元倒是喜欢雪后的空寂，否则不会将渔翁披蓑戴笠、不顾冰雪寒气的独自垂钓，描写得那么惬意闲适。在边塞诗人的笔下，雪则少了美妙与高洁，常与北风、断雁、孤城和大漠相连一起，悲苦与苍凉、落寞和思乡流溢诗间。宋朝的雪往往落在寒梅的枝头，与梅相依烘衬，惹得李清照"年年雪里，常插梅花醉"，所以让卢梅坡不得不道出："有梅无雪不精神，有雪无诗俗了人。"

文人们不甘于对雪只是一个"雪"的称谓，便渐渐有了冠以琼和玉的喻义。琼花、琼妃、琼苞、琼英和玉絮、玉尘、玉沙、玉龙、玉蝶、玉鸾，间或也有凝雨、银粟、瑞叶等别称，时常飞进诗词歌赋之中。

无论如何，雪终归是雪，年复一年下着，并在寒冷中凝结，为寒冷填充寒冷，使长夜变得更加漫长。雪落在阿勒泰的萨吾尔石城，每一块看似有生命的石头，都以其坚硬和圆劲，尽力让雪的身影跌入身下的沟壑。人们从风雪中走过来，便如闯过一道难关，长长地呼出一口气之后，终于血脉畅通。

临近初冬的阿尔泰山，雪的面貌开始端庄起来。群峰逶迤得看似抖擞，在阳光下跃动着耀眼的光泽。在朝旭或是夕阳的映照下，山的胴体像是有了丰沛的血液在流动，以致周身都变成了如血的颜色。

这场景很容易让人忘记雪的冰寒。据说，在遥远的年代，阿勒泰人对雪就开始珍惜了。那些在大山深处的住户，将落在地上的雪收起来，工工整整地堆在房舍的后面，取一块放在烧热的锅里，便是人畜可以饮用的水。赶着牛羊和俯身在田野里的农牧民，最能感知雪带来的好处。几阵春风吹过，渐渐冰消雪融，随即有清亮的山水流下来，流进山谷，流进喀依尔特河和库依尔特河，汇成额尔齐斯河宽广浩荡的水势。而此时的东北，该是桃花盛开的时节，厚厚的积雪化作汩汩的"桃花水"，穿过茂密的森林，化作数不清的条条溪流。

很快，阿尔泰山下的牧民跨上马背，开始驱赶牛羊奔向牧场。暖阳之下，丘陵似的牧场泛出斑驳的新绿，牛羊贪婪地啃噬着春天的美味。牧民们知道，那是原本没有水的地方，只是因为有了雪，有了雪融成的水，才让草变得繁密起来，牛羊低下头去便不肯离开。雪化成的水肥了草，草喂肥了牛羊，雪便开始与牲畜的生命息息相通。大地之上蒸汽袅绕，当犁铧翻出的泥土溢出湿润的气息，播下的种子轻松自如地长出蓬勃的青苗，农民们回到房舍，再仔细端详贺春时贴上去的联语——"瑞雪兆丰年"，虽然字迹已经模糊，但他们真切地体味到了雪对泥土的情意，看到了雪与一年收成的关系。

人类的聪明首先表现为对自然界的顺应、防御与战胜。防御近于人的本能，而顺应和战胜则是源于人的智慧。很难想象，在那清冷的光阴里，祖先们早已对雪有了亲近，而且雪与他们的生活同时被描绘在一起。

一个源于阿勒泰地区牧民的无意发现，引来了一大批研究者。他们惊奇地看到，在阿勒泰地区的墩德布拉克洞穴中，粗粝的岩石上清晰地现出一群"雪地猎人"。在今人的眼里，岩画的线条很是简易粗陋，构图表达也过于直白，带有浓郁的儿童画童真的意味。几个人尾随一群牛马，看来这没有别的寓意，只是一种对游牧身份的表达，而另几个人弯腰撅臀，各持一根杆子，脚踏一个长条形物件，做出滑雪的动作。

多么不可思议！在那么遥远的雪上，就有了祖先踏雪飞驰的身影。寒冷的雪不仅没给他们带来任何窘迫，反而使他们快活不已。也许是在捕猎的间隙，他们在那个洞中歇息时，忽然生出了灵感。最初，他们一定得意于自己滑雪的情形，欣喜于自己的发明，从而对这种驾驭雪的方式生出赞美，所以才把滑雪的风姿，情不自禁地凿刻在头顶上的岩石，永远定格给了那个古老的时光。

专家们把岩画的时光锁定在一万年前。看来，在阿勒泰地区四万多年前萨吾尔山通天洞里的人，头脑远没有发达到可以滑雪的程度。很难让人想到，就是脚下的那个物件，却吸引了国内外滑雪研究者的目光。在经过长久的凝视之后，他们毫无悬念地断定，那个物件就是人类早期的滑雪板。

先人的聪明真是令人难以置信。研究者们发现，古老的滑雪板下贴着一层皮毛，皮毛多出自马的前腿。最早使用它的滑雪人，也许是在使用光滑的木板无法停稳的焦急时刻，突然想到给马梳理皮毛时遭遇的一次刺痛。他们将马前腿部位的皮毛嵌在滑雪板下，竟然有了奇妙的作用。在向上滑雪时，滑雪者如果想停顿下来，皮上的毛顿时就会全部张开，牢牢地深扎在雪地上，滑雪的猎人就会稳稳地在滑雪板上站立。相反，如果在雪地上向下滑行，因为皮毛的顺滑，脚下的滑雪板会变得更加顺畅自如。

因为山洞里滑雪的岩画，让我国第一位滑雪冠军单兆鉴和一批滑雪研究者，开始钟情于阿勒泰这片茫茫的雪海。他们按照岩画的表意开始追溯，终于探寻到一个令世界滑雪界振聋发聩的消息。2006年那个冬天，他们站在这片白雪覆盖的土地上，向全世界庄严宣布：人类滑雪发祥地就在阿勒泰！

《阿勒泰宣言》发出的声音穿越阿尔泰雪山，迅速传遍世界。阿勒泰作为滑雪的发祥地，不仅是中国的，同时也是世界的！挪威、瑞典、芬兰等十八个国家的又一个同名的宣言，再次重复奏响了这个强音。

阿勒泰沸腾了，中外的滑雪界沸腾了！

从此，让滑雪人向往的，便不只是加拿大的惠斯勒、瑞士的圣莫里茨、瑞典的奥勒，以及奥地利的基茨比厄尔和美国的韦尔等世界滑雪圣地，阿勒泰的名字开始铭刻在他们的心中。

我对滑雪发祥地的关注，似乎胜不过对祖先智慧的赞美。我一直在想着那个岩画，想着画中滑雪人的身姿，以及阿勒泰博物馆里陈列的那几副滑雪板。

　　雪终于成了天降的财富。遥远的雪光顾人间，冬天却不再令人恐惧，大雪封山反倒成了山里人迫切的向往。阿勒泰人当然如此，雪下得越大，越能释放出滑雪圣地的炫彩。在东北许多城市的郊外，都不难找到滑雪的去处，只是滑雪的历史却没有阿勒泰那种古老文化的渊源。在冬季里与冰雪厮守的东北人，虽然对本地的雪的故事，感受不到来自于历史考证的兴奋，但他们同样对雪有了好感，甚至满怀期许。大雪来了，山村的景象被摄入城里人的镜头：积雪覆盖在院墙上、屋檐上、窗台上、柴垛上、畜舍上，炊烟在被雪包裹的烟囱里冒出来，林间的雪憨憨地伏在树杈枝头，有风拂来，摇落一片雪的花雨。由于受到雪的青睐，鲜为人知的偏僻山坳，却有了一个又一个同叫"雪乡"的名字。为了一睹山村的雪景之美，多少中外游客，不远千里万里，费尽周折赶到雪乡，在农家住几日，踏雪走一遭。他们为了观赏一次雪，不惜掏出一张又一张钞票，让刚刚得到温饱的山里人，突然鼓起了腰包。于是，受到雪的惠济的山里人，深怀对雪的感激，以至于从雪来的那天起，就盼着雪不停地下，覆满每一道梁、每一道沟、每一片林，直至覆满院子的每个角落。他们看着为雪而来的陌生人，竟然担心春天的脚步，会把雪早早地踩踏成一片流水。

　　严冬已至，望着窗外飘落的雪花，又想到阿尔泰山上的雪，想到雪中的阿勒泰……

那 片 芦 花

怕是没人知道，那片芦苇最早现身在哪一年的春天。

当年称它为"芦苇荡"时的那片芦苇，还不足以有浩荡之势。在它的周边，分布着许多芦荡，在我的记忆里，它只有百亩左右，横卧一条S形的水道。村庄紧邻它的北端。其他苇荡附近，大都没有人烟。

在久远的时光里，所有的芦苇都该是那么生长，那么静静地花开，然后在凄冷的秋风中，把丝丝雪白撒向天空。年复一年，芦苇总是要托起一片芦花，并以这样的方式和这样的洁白，为空旷和寂寥带来一股流动的气息。它们相互拥挤推搡，似乎用表面的嬉闹掩盖着秘不可宣的用意。它们整齐划一，很容易令人想起阵势、集体、秩序之类的东西，还有人与人的故事。它们又是一个个独立存在的个体，在一些微不足道的小缝隙中，做一些力所能及的属于自己的事情。

远方的人们渐渐知道芦荡的存在，知道它离渤海很近很近。然而，没有人青睐那个人迹罕至的地方，犹如没有人喜欢行走于荒漠。不知过了多少年，有人在冬天里，踏着坚实的冰面走进芦苇丛中，挥舞镰刀把芦苇割走，用它编织成铺在土炕上的席子和建筑房子的棚笆。而后，造纸厂又用它造出上等的纸张。芦苇给人带来了经济效益，渐渐地，在人们眼里成了宝贝。

我认识芦苇，是先认识它的叶子。从集市上买来的苇叶是枯干的，经水浸泡后，叶子舒展开，泛出新鲜的深绿。逢端午节，外祖母包粽子必用苇叶。只有用苇叶包出的粽子，才有粽子清香的味道。无论粽子在今天演变出多少种类，用苇叶包粽子却从未改变。后来，在祖父的家里看到一束芦花，插在一个大口的青花瓶里。青花瓶是祖父的祖父留下的，穗状的芦花开在瓶口，像祖父银白的胡须。喝几口芦花煮的水，即可解毒止泻，是祖父告诉我的。他没说过女娲到处采集芦苇，把芦苇堆到天台山上，然后把芦苇点燃，炼五彩石以补天；他也没说过，女娲把芦苇灰填进汹涌的海水里，填出了广大的平原。看来，他根本不知道那些传说。

我为每一株芦苇感到庆幸。在勃发的万物之中，它们原本是随风而来的生命，无声无息。它们实在卑微，卑微得轻如鸿毛、可有可无，即便死去，也绝不会让人知晓。也许是上天的怜悯，让它们遇到一处低洼，遇到低洼里不肯消逝的积水，最终得以生根、发芽，悄然生长，并以自己的绿色，为这方土地的价值做出某种证明。

而土地毕竟是土地，土地上的每一点绿色，都是它给予的一份温情。那时的白鹭、白鹳、天鹅、丹顶鹤、黑嘴鸥们，却嫌弃这方土地上不多的水草，不肯在这里滑出一个线条流畅的弧度。每当它们从上空飞过，留下的只有高傲的蔑视和声声斥责。

但那些芦苇，还有脱身于芦苇的芦花，却在默默地回馈土地的温情。只是对于辽阔的土地来说，它们的回馈显得十分微薄。

生长在盐碱滩上的芦苇和生长在这里的孱弱的草一样，似乎都亲近于一种贫瘠，而芦花便是贫瘠的舞者。芦花乍开时，花呈白色，转瞬之际就变成了淡淡的紫色，北方便到了秋天。没过多久，芦花是深紫色的。当几行大雁在空中飞过，芦花魔术般再现出洁白。第一次看到芦花飘飞的人，也许在恍惚之间，以为那漫天白絮是早来的飞雪。夕阳下的芦花被染得粉红，丝丝袅袅地随风飞舞，仿佛下着纷纷扬扬的彩雨，芦荡少了几分凄清。但不论芦花开得多么茂盛，却不像其他的花开，让人为之欣喜。这大概源于芦花的命运，要么便是人的一种错觉。

秋阳下，摩托车轰鸣而至。一对青年男女从车上下来，手牵手沿着通向芦荡的小路忘情地奔跑。他和她衣着的橘红和浅绿，是北方秋天的原野里少有的色彩。秋风中，传来一阵阵追逐的笑声。

眼前的场景，让我忽然想到那个年代里的一对青年男女——他和她在深紫色的一片芦花前，携手相依，互诉衷肠。在某一天的黄昏，两人又来到这里，紧紧拥抱在一起，禁不住满眼泪水。次日清晨，一对恋人依然拥抱着，静静地躺在芦荡的一角，身上覆满了白色的芦花，却再也没有一丝的体温。真实故事里的男女是一对插队的知青，只因被人告发在芦荡里行为不轨，便受到百般侮辱，最后不得不选择服下剧毒的农药，在那个晚秋永远离去。那片芦苇，怎么就那么低矮稀疏，如果长得又高又密，他与她的一次亲吻，便也不会落入窥视的眼睛。

芦花见证了苦难和凄美。

发生于那片芦荡的悲剧刚刚被人讲起时，我和我的同窗们正在那里进行一场劳动，而劳动的现场就在那片芦荡的北面。我向南痴痴地凝望，芦荡上方浮动着薄薄的雾霭，没有人的踪影。当我来到它的身边，芦苇们躬身而立，虽有风拂来，却静默无语，像是刻意藏起那个秘密。白色的芦花忍不住向我扑来，似乎找到了可以倾诉的知己。一群鸟儿盘旋在头顶，好半天也飞不高远，仿佛突然遭受一种逼迫，而又不肯让翅膀扇动起来自芦花飞处的感伤。

沾满泥巴的老牛，在苇塘边迈着迟缓的脚步，表情麻木淡漠。我的泪水悄然流过脸颊……

芦花稀落地飘飞，满是叹息的样子。我一时不愿看到真实的芦花，却又说不清其中的缘由，但后来一想还理在其中。芦花性情柔弱，柔弱得发不出声音，且丝毫没有主见和骨气，也没有方向感，任凭秋风将它们卷起卷落。它们过于轻薄，哪怕一丝空气也能把它们托起，也会把它们随意抛进水中。在烟似的薄霭中，生与死如此无碍地相处，温煦而随意。所有芦苇的站姿像大提琴的琴阵，每一次风吹嘶鸣，都震撼而悠长，且余音袅袅。

"压伤的芦苇，他不折断；将残的灯火，他不吹灭。"《圣经》中的芦苇也是被怜悯的弱者。上帝却依然对它格外呵护，以致在大自然中赋予了它旺盛的生命。

帕斯卡尔似乎在说，人的微小和脆弱与芦苇一样无足轻重，只不过"人是一根会思考的芦苇"。但他又无可置疑地告诉人们，人因为富有思想的尊严，则远超于空间里的一切生命。那么，芦苇第一次在哲人的眼里有了人的形态之后，让人不能不觉得，芦苇也会学着人的样子思考自己的命运。它们虽随风摇摆，看似丧失了灵魂，但它并不屈从于风，不屈从于某个季节。每一根芦苇在被人狠狠地割倒之后，隐忍得没有一声惨叫，那是它们知道命运不会终结，待到来年的春风吹来，自己会生得更加脱胎换骨，芦花会照常繁茂如初。所以芦苇和芦花便不可悲。当芦花离开它的母体飘飘欲仙时，也许那些花絮便是人的思想幻化的精灵。

四十年后，秋风并不寒冷。奔跑的恋人没了踪影，只有咯咯的笑声传来。深紫的芦苇花穗迎风摇曳，时光在这片绵密浩荡的生命中如此簇新、强壮，生与死，停滞与运行，腐烂与新鲜，在芦苇上无痕融合，令人喟叹。

几声雁叫，芦花又恢复了白、灰白、银白、雪白，千丝万缕，舞动在晴空之下。花絮如语言的碎片，舞动出莫名的离愁。究竟这千言万语里表达的是何种情绪，其中又蕴藉几许惆怅，也许只有秋风能懂。怕是一直怀有对故土的眷恋，芦花没有飞向远方。

秋色寡淡，秋天已远，大自然归于沉寂。

几场朔风吹过，芦苇被割走，芦花飘落在梦里——

女娲微笑着，手拿一束芦苇，款款走到毗邻渤海的盐碱滩上。她轻轻向它吹一口气，芦苇便在顷刻间酷似广阔的海洋，绿色的波浪连绵起伏，温润的气息顿时向四周氤氲。芦花倏地飘洒纷扬，布满了整个天空。但那芦花不是白的，而是亮晶晶的金色。

时光从不寂寞，将沉睡的一切唤醒。一位致富的青年农民，突然睁大眼睛，开始打量脚下的土地。他索性迈出长满成熟玉米和高粱的田垄，顺着大凌河奔流的方向，一路向南，向着渤海的海岸。就在那片苇荡的附近，有一片凸凹不平的盐碱滩，坑洼中的芦苇在风中战栗着，几株、几丛、几片，它们虽然低矮，且斑驳得丑陋，但他依然对这可怜的微弱的生机注目良久。几年过后，被浇灌的芦苇的根系，每天都在泥土中牵手窜动，年轻人曾经注目的斑驳之地，如今却是繁茂的三万亩苇田。盛开的芦花知道，他和他的员工们在这片土地上洒下多少汗水。

于是，芦苇的影子倒映在水中，白云与河蟹悠悠地在水里游动。风乍起，涌起一阵涛声，水面忽地荡起漪涟，所有芦苇的身影骤然朦胧。

不知来自哪里的新郎新娘，非要选择鸟儿飞落的芦荡作为婚照的背景。他们拥抱、亲吻的时刻，开满芦花的每一株芦苇随风起舞，并将那首歌吹送过来——芦花白，芦花美，花絮满天飞……

我突然觉得，上苍是才最高明的老师，弯着腰的芦苇们则是上苍众多的门徒。它们席地而坐，老师授课如述家常，娓娓道来，万卷百科便被抽丝剥茧，细细地逐一传授。全场肃静得出奇，掉地上一根针都听得见，掌声又会毫无预兆地响起，排山倒海，涛浪层叠，一如水的图腾。

近年来，芦荡或是芦苇荡，大都叫作"湿地"，而有芦苇的湿地已被认定是城市之肺。呼吸到潮湿清新的空气，一座城市才会清醒，抖起精神。这样说来，芦荡也算是人的一种精神栖息地了，有了它们，某种健康的思想就会像芦苇一样疯狂生长；也如同金子，在阳光下闪闪发光。

再也找不到那片芦荡了，它一定是淹没在一片片更大的芦荡里。那片芦花也只能飘在记忆的天空。我的目光穿过浩瀚的芦苇之海，停留在秋阳朗照的远方。远方有一座红房子，隐隐看见一缕炊烟，透过炊烟，是更远的城市越来越高的楼顶。

而眼下，芦花开得浓密而缠绵……

远景楼的回声

　　我还不曾踏上眉山的土地，便已用一颗心对纱縠行那座老宅遥拜了许久。当我真的有一天，走进这个已被称作"三苏祠"的地方，神思却从古老的时光深处，渐渐回到这家父子行走的原点，然后静静地面对一尊蹲坐的石像，开始找寻他曾赠予这方故土的诗文墨迹。

　　如今，苏轼宛若星辰般浩繁的诗词文翰，早已被后人沿着他竹杖芒鞋、一蓑烟雨的漂泊路线，一一收起并珍藏于历史文化的宝库。而对于与他同饮岷江之水的眉山文化人来说，最熟知的莫过于他对家乡眷恋的文字述说，其中《眉州远景楼记》则为更多的人所熟记和传诵。也许出于对家乡的一次回望与感动，或是因为风土与文脉的独特，苏轼才在这篇记文里把故土上的人格群体及官与民的相互关系昭告于天下。

　　其实，我对这篇记文的细细品味，还是从那个院子里走出来，去了远景楼之后。最早的远景楼为元丰年间黎侯任眉州知州时主持修建，几经朝代更迭，远景楼几度被兵火所毁。当下主楼为十三层的远景楼建于21世纪初，造型与青瓦、褐柱依然完全采用宋代的建筑风格。楼高比初始的高度不仅增加了整整五十米，而且其雄伟壮观之势远非昔日可比。当下的眉山人更喜欢将这座建筑与岳阳楼、黄鹤楼、滕王阁、鹳雀楼相媲美。

而我并不乐于亲近洗去沧桑后的壮美。事实上，即使这座楼宇依然是原有的高度，甚至哪怕仅存一些碎瓦残砖，仍不妨让我为它生出耸入云霄的感觉。因为它独具的文化高度，早已因苏轼的那篇记文而让人仰首凝望了。所以，在短暂的举目之后，我便禁不住将目光又收拢到那篇记文上，并试图找到黎侯的一些踪影。

在眉州的史籍中，少不了关于黎侯的记载，他一生致力经学，为政仁慈清明，深得眉州百姓拥戴。他又是苏洵的老朋友，苏辙也曾有诗寄于黎侯。但我觉得他清晰的身影还是在苏轼的笔下。"简而文、刚而仁、明而不苟"的评鉴，为这位大儒清官绘制出了一幅既真实又清晰的精神画像。但这还不能完全归于苏轼识人辨人的眼力。实际上，苏轼已有言在先："吾州之人以书相往来，未尝不道黎侯之善，而求文以为记。"况且，眉州"其民事太守县令，如古君臣，既去，则画像事之，而其贤者，则记录其行事以为口实，至四五十年不忘"，又是苏轼不忘的记忆，所以他深深理解民众对清官的拥戴之情。苏轼虽在黎侯出任眉州知州第二年，就曾写《寄黎眉州》一诗，但是，如果不是听闻故乡父老对黎侯的赞许，对他"既满将代，不忍其去"的情景所打动，我想，苏轼大概不会欣然命笔为远景楼作文以记之了。

想不到，我的这些近乎无端缥缈的想象，却在眉山找到了更为真实合理的依据。眉山人，确切地说是所有为苏轼引以为豪的国人，绝不仅是因他词作的卓绝之美而对他仰望至今，更是其一生所具有的清心廉直的道德品格，让他的诗文之美与精神之美互融一体，才使他成为一位"具有现代精神的古人"。

在三苏纪念馆，按照苏轼从"初仕凤翔"到密州、徐州、湖州、登州、杭州、颖州、扬州、定州为官的路线图，我一一驻足凝思，最后让我看到的就像是有一支火把，在始终为他的行走亮起方向，而将这个火把高高举在头顶的人，正是苏轼自己。他以律己、亲民、为民之光，照亮了一生洁白如洗的灵魂。在展馆里抬头俯身之际，我看到一柱清亮的灯光，映着展板上的几行文字："事有六者，本归一焉。各以廉而为首，盖尚德以求全。"这出自苏轼的肺腑之语，也许就是他高举的那一束火把吧！而一入三苏祠，一块并不夺目的石头，则镌刻着"行成于廉，功废于贪"的警示箴言。看着看着，让人感觉那石头里似乎能发出警钟般的鸣响。

我漫步在瑞莲池边绿荫遮蔽的石径上，林语堂对苏轼的赞言禁不住在心底诵出——"他的肉体虽然会死，他的精神在下一辈子，则可成为天空的星、地上的河，可以闪亮照明，可以滋润营养，因而维持众生万物。"

由此不难想见，士民们对黎侯争相挽留的情景，给本来怀抱经世济民之心的东坡先生，带来的是怎样的心理契合与共鸣！

在黎侯当年披襟放眼的地方登楼远眺，从雪山而来的岷江之水缓缓南流。想来物换星移，黎侯已远，心头似有深深的忧思。然而此时，就像是有一只岁月之手向我伸来，把我牵回到一个久远的江岸。我恍惚中看到了眉州百姓送别黎侯的场景：黎侯伫立船头，江风拂起他宽大的衣襟，庶民长幼满含热泪，与他相互挥动惜别的手臂，直至那孤帆远影融进一片浩渺的烟波之中……

仿佛悠远的古风重又拂荡在这片含灵吐玉的土地，黎侯早已远去的背影，瞬间又被突然拉近、放大，变得越发清晰起来，继而衍生出一个放射光彩的群体。

在与当地人的交谈中，一种名叫"不知火"的柑橘却成了对人的赞美话题。这种柑橘的产地就在眉山地区的丹棱。据说"大雅之堂"的成语就出于这里，让丹棱有了不小的名气，但盛产的柑橘却长期默默无闻。来县上主政的一位官员到任后，便带着百姓和丹棱"大雅堂"的雅号，开始远走他乡推销产品，并通过电商平台推波助澜。于是，"不知火"便很快火了起来，百姓也随之致富，这位主官也一直在民众中受到尊敬和拥戴。我有幸在眉山廉政教育基地的展馆看到了这样一些名字：谭东、郑毅、吴菊芬、云跃辉、雷廷刚，他们就是出自眉山本土的公仆代表。

这些当代的公仆形象虽不能说就是历史的折射，但他们与遥远时光里的先贤们，相互间却构成了某种映照，因为他们都有着同样的为民情怀。人们拥戴这些清廉务实的带头人，一如当年的民众对清官廉吏的亲敬，区别只是对他们的赞颂方式，早已由当年的画像跪拜和口口相传，转换成了运用现代手段的广泛传播。

也许只有出自眉山人良好的口碑，才是成色十足的金子。这并不是说这里的民众缺乏宽容之心，而是不知从久远的哪一个年代起，苏轼的故乡人便已"家藏律令，往往通念而不以为非"，且对自己"虽薄刑小罪，终身有不敢冒犯者"。他们还时刻怀揣一把标尺，一把国家法律和制度的标尺，用以考量官员的施政行为，"视其言语动作"，"苟不以其道，则陈义秉法以讥切之"，且丝毫不留情面。这真是极为有趣而严肃的现象。一个"易治而难服"的群体，怎么会在被高原和大山环绕的一块盆地的角落现出身来？

打开眉山历史的卷帙，借助孙氏万卷书楼的烛照，便可清晰地看见一条远远而来的文化之河，在眉山大地上流淌的印迹。当然，这远不足凭此为眉山文化来追根溯源，但至少可以看出这片土地上"其民以诗书为业，以故家文献为重"的悠久习俗，看到苏轼"独吾州之士，通经学古，以西汉文词为宗师"的真实样貌。而让世人的目光聚集到"三苏"故里，眉山人并没有忘怀陆游对眉山隐者师伯浑的那次探访。如果不是他对眉山文化的一次沉浸，也许不会吟出"孕奇蓄秀当此地，郁然千载诗书城"这样的诗句。眉山人历来对"进士之乡"的赞誉感到当之无愧，只是对"八百进士"的简括似乎并不遂意。据研究者统计，两宋时期全眉州进士群体由九百零九人组成，而据清嘉庆年间《四川通志》记载，这一时期的进士总数为一千一百三十二人。我想这数字的差异尽管没有甄别的必要，但无论如何，只要触摸眉山的历史，便会感知苏轼在记文中所言："盖有三代、汉、唐之遗风，而他郡之所莫及也。"事实的确如此，就在我到眉山的前几日，弘扬"三苏"好家风作为一种声势浩大的学习活动，开始在官方的引导下走进万户千家，这不能不说是千古的遗风余泽。

其实，没有什么比知识与智慧更能明断是非善恶。也许就是因为腹有诗书，"故其民皆聪明才智"，并机警善辩，所以历史上的眉州人才不易为贪官恶吏所欺，因此也就生出了捍卫权益的胆识与气魄。这很容易让人想到眉州百姓的一种生活状态。他们有秩序地务本劳作，精心耕耘于脚下的土地，在丰收的季节里买来猪羊美酒，一醉方休，显得那么悠然自得。但是，他们并没有忘记把目光投向治于他们的官吏，且始终用智慧与律令去查看和检验他们的行为。

大概是源于同样一种对命运的忧思，使当下眉山人的视线与古眉州民众的目光，邂逅在历史与现实的交会路口。苏轼在记文里的表述，在如今眉山的百姓身上，依然会看到一种传承与守望。从一位当地机关人士那里，我看到一份权威的公开报告，上面清楚地写道：五年来，全市惩贪治腐查处各级大小官员三百九十八名。而这些案件的最初线索，当然少不了来自群众的举报，看来眉山民众的眼睛还是揉不得半粒沙子。不难想象，那些被处之以纪、绳之以法的贪官，怕是在面色沮丧的瞬间，就已经感受到了民心的力量。而遥想当年，眉州的民众之水也不知将多少贪腐之舟，掀翻覆没在怨愤的江浪之中。

当历史走到今天，眉山人关注时政的目光变得越发明亮。他们在与官方共同反腐的互动中，时常会向贪官、庸官、懒官发出讨伐的声音。眉山的官方十分清楚，苏轼记述的百姓和不与王道治民的官吏直言面对，在当今已远不能满足对官员监督与评判的意愿，于是就在民众的身边出现了互联网举报平台、举报点、举报电话、举报信箱。长期带有私密性的各级官员的手机号码，在这里每年都会于全媒体上公之于众。看来，当今的眉山人绝不犯愁于表达自己的心声了。

而苏轼当然不会想到，一篇不足千字的短文会给故土带来什么，更不会想到它会放射出穿透岁月的光芒，照亮了一方土地的文化形态，并为后人留下了一个永不消逝的清官的背影。

　　无数只燕子在远景楼上下翻飞，白鹭们嬉戏于东坡湖的林木水间。入夜，一片灯火自远景楼上倾泻在东湖的一湾碧水之上，楼宇之光与荡漾着绚烂色彩的湖面浑然一体。湖中音乐喷泉的水形雾影，梦幻般千变万化着，令人心醉神迷，而闪烁在历史天空里的那颗星辰，却依然让人仰望并心动不已。

　　我忽然发现，苏轼在这篇记文的字里行间，倾心的只是故土的民俗和民风，民心与民声，而对远景楼的景致却只字未提。这样的楼记之笔似乎与范仲淹"予观夫巴陵胜状"的描述大相径庭。细细品味，记文点亮的官民亲睦的社会理想之光，岂不正是远景楼的一大胜景吗？

雁　阵

当晚秋里的第一场雪，飘落在阿尔泰山的峰顶，寒凉的气息便在额尔奇斯河两岸弥散开来。此时，栖息在乌伦古湖畔的大雁，毫不迟疑地引颈振翅，开启了生命的又一个行程。

就在福海之南的草原上，在属于阿勒泰的晴空下，一种此呼彼应的鸣叫声，让我禁不住仰首向天——分明是大雁的阵容，它们奋力地拍打着羽翼，一路向南。

天空蓝得没有一丝云彩，如果有一朵云，也会为某个方向找到辨识的参照，但是没有，任何色彩的云，包括风声，都仿佛被天空剔透的蓝吸纳与消融。我无法知道，它们要迁徙到哪个水草丰美的地方，是湖边？河畔？还是哪片雾霭氤氲的湿地？但我确信，它们奔往的方向，一定有温暖的阳光，并有充足的食物供它们享用。

它们对温度的反应像是有着相同的敏感，否则不会在一个昼夜之间，不约而同地选择离开，并以这样的方式，脱身于即将来临的饥寒。这很容易让我想到人类，想到因为饥饿的逃离与迁徙，更想到生命里透出的渴望与顽强。由此看来，一切择水而居或是对粮食寻找的人群，一切与命运抗争不息的精神与形态，似乎也都带有几分大雁的禀赋。

我对大雁的情感，最初还是来自元好问的《雁丘词》："问世间，情是何物，直教生死相许？天南地北双飞客，老翅几回寒暑。"不过是会飞的禽类，怎么会怀有人类的情爱，甚至超越了人类的忠贞，竟然为死去的伴侣殉情同归？后来，在东北故乡的上空，看到一群南飞的大雁，俨然有序地列阵于秋空之下，透过那种满带仪式感的飞行，我发现，它们并非只是情感丰沛的一群，更像是富有思想和严明纪律的团队。

它们的飞行显然具有冒险性。儿时在乡下，一位乡亲就曾在枯草丛中拾到一只死去的大雁。它也许遭遇了某种不测或是重疾的侵害，在生命的轨道上滑落下来。其实，正是因为跋涉的艰辛与遥远，它们才在飞行中表现得那么一丝不苟，而又那么形影相随。

突然，一字形的雁阵变换成偌大的人字形，随着鸣叫在蓝天下向前清晰地移动。据说，这样的阵势可以使它们的飞行远远超过单飞的速度，每段行程至少会增加百分之七十以上的距离。此刻，不知为什么，也许是与吉林的援疆人员刚刚挥手作别，我忽然觉得，他们背负同样的使命，朝着共同的目的，相互鼓舞着、激励着，坚定无悔地前行，不正是一个宏整而生动的雁阵吗？

又一想，他们却不是雁阵。大雁没有故乡，因之也没有乡愁，每一处水草丰美的温润之地，都可能成为它们心中的向往。而在寂寥的晚秋，那些援疆人在仰望天空，看到大雁南飞的一刻，眼前出现的也许是故乡的秋天，以及秋天里父母的目光，还有妻子或是丈夫或是孩子的眼神，但他们却绝不会因为思念，像大雁那样选择离去。虽然，四季在时空中如期地变换色彩，但根植于他们心中的信念，却如萨吾尔山的石头，始终不变不移。

雁阵已远。我想，当他们收起那份乡愁之后，定然会微笑着面对阿勒泰的土地，以及寒冬里广袤的冰川……

额吉与敖包

老额吉祈祷与祭祀的身影，似乎永远定格在那片草原
的蓝天之下

　　她用左手将一块石头托在胸前，右手提着一个布满烟渍的铝
壶，缓缓向山顶的敖包走去。初秋的锡林郭勒巴音苏木草原，草尖
已泛微黄，但放眼望去，起伏的依然是不浓不淡的绿。在蓝天和绿
色之间，敖包上经旗杆的高度便是一把尺子，而那把尺子不长也不
短，恰恰是草场和苍穹的距离。一只鹰从敖包上飞过，看上去是飞
在天的高高的上方。鹰从空中投下的影子，在她身下倏地滑过，像
一条神秘的蛇。她突然停下脚步，抬头张望天空。她马上看见了那
只鹰，正以翱翔的姿态离开敖包，向另一座低矮的山峰俯冲过去。
于是，她下意识地加快脚步，没有等那一大朵雪白的云飘过来，她
便到达了山顶。

　　此时，系在经旗杆绸带上无数面风马经幡，还有敖包上不知道

是从哪种树上折下的枝条，正在不停地发出呜呜。这天，草原的风宛若羔羊般乖顺，吹得绵长不绝，所以那呜响很是均匀，像是岁月里的风声，裹挟着一种苍凉与悲怆，也像是草原深处悠长的牧歌，在这里久久萦绕不散。它究竟注满了多少令人揣测不明的讯息，怕是只有敖包的每一块石头才心知肚明。

没有什么让人意想不到的仪式。她放下那块石头和手提的壶，从腰间掏出一条蓝色的哈达，轻轻地系在敖包下方早已系满哈达的白色的围绳上。接着，她用双手把石头捧起，捧过头顶，直到刚刚超过敖包的高度，手便松开，把石头稳稳地放上去了。石头深褐色，形状也不规则，但与敖包石头的颜色和形状协调一致。她穿的袍子并不是新的，但很干净，上面没有油渍和牛、羊或是马的奶痕，头被暗紫色的围巾包裹着。她的眼睛深陷在眼窝里，脸上的褶皱有些松弛，露出交错、幽暗而鲜明的纹理。她至少有六十岁，或再多几岁的年龄。她没有带来更多的祭品，除了那块石头和哈达，只有那壶里的东西了。那是她清早起来，就挤好并煮熟的牛奶。她重新将壶提起，脸色顿时肃然，似乎所有的心事一起袭来，又一起向她发出叩问。谁知道她的心里正装着什么，丈夫？子嗣？草场及草场上的牛羊和马？

她仰首向天，鼻翼开始急促地翕动，口中随即说出几句咒语，便弯下身去。她的脊背本来就驼得厉害，腰再下弯，像一个行走的问号。她渐渐放大了咒语的声音。雪白的牛奶从壶口流出来，她跟随那雪白顺时针移动脚步，一步又一步，一圈又一圈。她计数到第三圈时，最后一滴牛奶的滴落，正式宣告今天祭祀的终结。然而，她匍匐似的叩首合十，又为她的举止留下又一个形态。阳光像是过滤出的明亮，为她铺展开的身躯涂抹上一层淡淡的金色。她挺起的身，虽然弓着，但内心充满了对神灵的感激，眼里涌出了泪水。"只有虔诚敲门的人，才能看见大门开启。"她清楚神灵给予她的是何种力量，并在她的内心留下了怎样的期冀。也许是一个死死的心结，顷刻间就开出了一朵花儿，正沁着她的五脏六腑。要不就是将一颗藏匿在心里的种子，播撒在圣山的脚下，她已经看到那种子的根须扎进含有沙石的泥土，继而把下一个秋天的收获，理所当然地握在手上。不知道她在与神灵的对话里，是否还会涉及疾病、瘟疫，以及冬雪和雨水，甚至河流和骆驼。当然，一份忏悔，面对神灵，也会使她泪水涟涟。除此之外，还能有别的什么呢？如果有，那也许会关乎生命——人与草原的生命，或者说是草原上的牧民与牧民生长的草原，能否在流转的光阴里，永远有马头琴声，以及周而复始的浓浓的绿色。

我力图跳出这个谜团，只想看老额吉的目光和她缓笨的行走，还有她对天对地的俯仰。然而，我还是禁不住猜想。我知道那个关于吉祥的判断，等于没有判断，我想要的是属于吉祥里的一个或几个具体而真实细节。只要有了这样的细节，我就会很清晰地看到她与敖包是怎样的情缘，从而找到一个古老的祭祀生生不息的根脉。她用衣袖拭去泪水，用一双青筋分明的粗糙的手，抚摸敖包的石头。她丝毫不在乎石头上有锋利的棱角，要不是有风声，定能听到她的手指与石头摩擦出的声响。一片黑云游动到敖包之上，洒下一阵雨滴。雨滴顺着她褐黄的发丝流下来，湿了她的袍子，她一动不动，目光始终望着远方的羊群。

风把带雨的云吹得凌乱，然后就地化作了一片雾霭，向着四周蒸腾开来。她的身影隐没在云雾里。待到经旗杆恢复到草场和天的高度，她向天张开双臂，随之是一声长长的呼唤。我不知道她在呼唤什么，只觉得她心底的重负已经随风而逝。她从山上走下来，脚步变得异常轻快。在接近山腰的位置，她突然站住，然后转过身去，痴痴地向敖包凝望。良久，她一直保持这样的姿态……

船　娘

船娘，船和娘组合起来的称谓，好听，也好开口直呼。

喂——船娘！坐您的船好吗？

好了！好了！

船娘从船上站起身，露出并不洁白也不齐整的牙齿，憨憨地向游客微笑。

到泰州免不了游溱湖。溱湖在泰州城东北二十五公里。那里有个溱潼镇，溱湖就属于这方宝地。游溱湖先乘快艇，在浩渺的湖面飞驰过后，到展馆里听一段鹿王争霸的故事，然后再走过一段木桥和水杉林，就到了有芦苇荡的水岸。放眼望去，河网交织，洲滩棋布，好多船娘就在岸边恭候游客。

船娘一词的来历倒是很有历史。据记载，隋炀帝下扬州时，就偏爱用船娘为其服侍。之后各朝代，船娘便渐渐成为职业。但是，一个地方船娘的名气大小，则与文人骚客的名气关联甚密。"西湖水滑多娇娘"，都说是宋朝诗人秦少游的吟诵，不论真实与否，那时西湖的船娘便名噪一时。扬州的文化里少不了船娘，那是源于古代诗文里的描述。但船娘撑船时，是何种的姿态？郁达夫在《扬州旧梦寄语堂》中，描写得最为生动细腻，因之扬州的船娘就成了一道风景。

溱湖有船娘，只是近二十年间的事，因当地对溱湖一带湖泊和湿地的开发，便有游客要乘船一游，随之才有了摇橹撑篙的女人，所以溱湖的船娘自然不见经传。

有芦苇夹护的水路，蜿蜒至茂林深处，不时有野鸭振翅而起，禁不住让人心神往之，便想坐船探个究竟。船是木制的，漆色暗红，座位顺两侧排列，四到六人不等，上有船棚遮盖。所有船娘穿的都是一个样式的服饰，大襟上衣白底蓝花，灰黑色的裤子，戴的头巾则颜色各异，红的紫的蓝的，各色相间的也有。她们蹲坐在各自的船头，只是对岸边的游客细心地张望，却不喊出声来揽生意。

诗文里和记忆中的船娘，大都长得娇小玲珑，但眼前的船娘则个个是娘的模样。待我们上船，船娘已在船尾站立。我发现她的身材不高，已显驼背，脸上布满了褶皱。她要我们坐稳，先用竹篙将船撑离岸边，然后开始摇起橹来。行船中，我的目光多时不在风景，而在摇橹的船娘。看她脚穿一双布鞋，稳稳地站立于凸起的船板上，手握橹的上柄，摇起橹来轻缓而带节奏，脸上的表情笑盈盈的，像是有满心的欢喜。我凑近她，与她攀谈，知道她周姓，六十四岁，与儿子一家三口一起生活，八十四岁的婆婆习惯自起炉灶，住在她家附近，生活费用由她和丈夫提供。

过了一段芦苇繁茂的水路，她用力摇橹，旋即使出一个斜拉的动作，船很自如地转了个弯，水面忽然变得宽阔起来。我们一行六人开始注视前方的水面，阳光正好给了水面一半的光亮。伏在芦苇上的光线，被微风一阵轻抚，现出一片迷茫的亮色。也许驶入这个场景，她才有了兴致，突然放喉一曲扬州小调——

叫呦我这么里呦来

我啊就的来了

拔根的芦柴花花

清香那个玫瑰玉兰花儿开

蝴蝶那个恋花啊

牵姐那个瞅啊

鸳鸯那个戏水要郎猜

……

都知道，扬州小调也叫扬州小曲，起源于古老的扬州民歌，在江苏省内外流传甚广。没想到，一位老年妇女唱出的小调，竟然是那么甜美动听。要不是在她的身边，已经知道了她的年龄，一定以为是出自哪位年轻的姑娘之口。她唱时的表情很是自然，时而看看远方，时而又看看我们，没有丝毫的羞涩，显然是接待的人多了，唱小调已是习以为常。

前方一只游船离我们很近，船娘略显瘦高，腰身却不见一点弓弯，头巾下的白发，在阳光下如雪一般飘动。我手指向她，问身边的船娘，她有多大年纪。"七十七了！"一听这年岁，一行人都吃惊得"哇"了一声。想不到，如此高龄的人也来当了船娘。她摇橹时一直向前看，我看不清她的脸，只能看到她随橹摇晃的背影。

也许是刚才周姓船娘唱出的小调，唤起了蓄积在心里的热情，她忽然拖出一声清亮的长音，而后唱得洋洋盈耳，颇有几分凤吟鸾吹的美妙。

我去过江南的几个水乡，也曾坐过游船，听过撑船人哼唱的小曲，有的是叔叔辈分的老汉唱的，一张口能数清有几颗牙。偶遇能撑船又会唱歌的女子，年岁都很轻。到了溱湖就不同了，凡是在此摇橹的船娘，都会唱几首甚至十几首民歌小调。

如此高龄的老人，不仅能来这水上当船娘，且还有这副好嗓子，令人赞叹不已！听导游说，这里的船娘，年龄最小的五十六岁，心里又忽地生出一种莫名的怜悯。

顺着溱湖的边际，一眼可望"三湖"。"三湖"不是湖的个数，是临湖而兴的村落，即湖南、湖西、湖北三村，四五十位船娘，分别来自"三湖"的村落。停船上岸游览，过了两座木桥，穿过一条林荫曲径，看见一方宽阔的荷塘。晚秋的荷叶，碧绿虽是褪了几分，但可想象到，夏日里荷花绽放时的绚丽。想着想着，思绪放飞一阵，猜想到船娘的过去，怕是也有一段如诗的采莲生活。

以《采莲曲》为题的古诗，大都是描写女子驾舟采莲的场面。边塞诗人王昌龄被贬时的一次出游，看到绿叶红莲中的采莲女，很快将悲壮与豪放化作了雅意柔情，轻吟出"荷叶罗裙一色裁，芙蓉向脸两边开"的诗句，让后人诵读不厌。溱湖一带水面多，种荷是不可少的。据记载，溱湖八景之一的湖北村莲社附近，很早以前就有十里荷塘，清初著名诗人吴嘉纪就曾到过这里，诗赞此地"藕花莲叶遍里巷"。后来由于水流淤堵，荷塘渐渐消失。但这里荷塘也不少见，也许如今的船娘，有不少便是当年的采莲女吧！

起初，这里的船娘怕是不懂得开发的含义，只是看到溱湖的面貌今非昔比，来这里游玩的人一天比一天多起来，才觉得这气象与开发有关。尽管溱潼一带的人们有许多致富门路，但依我的想象，在溱湖景区为游人撑船的，该属男子汉们的生意。到了溱湖，才知道这生意却归了妇女。初来乍到，不知这里有句俗语，叫"溱潼女子主内外"，女子一人内外担于一肩，便破了许多地区"女主内、男主外"的习俗。当然，溱潼的男人们绝非无所事事，他们当然要为家辛勤劳作，只是女人们既要忙于家里，又要干在家外，占了内与外的双重身份。

　　据说，当今的船娘在年轻时，常常划船走水路，去耕种自家的水田。眼下这把年纪，不下水田了，却为游客观光摇橹撑船，则不在她们的预料之内。摇橹船与下田使用的船不同，下田的船要用桨划动，桨板在水里划动一次，需要将其提离水面，然后再放至水中，重复上次的动作。虽有"一橹三桨"之说，但也并非一摇便成，还要重新学起。船娘说，上船前参加了培训，没用上两天就学会了摇橹。看来，用桨划过船的人，再驾摇橹船，还是容易得多。

　　为游人摇橹，在我看来，不过是一桩生意而已，有人来乘船一游，船娘来摇橹，便有了收入。这活计，却不像是赚钱的营生，一天下来，船娘由景区付给几十元的报酬，至于是否还有其他的酬金，便不得而知。唱歌虽不白唱，但游人给的酬谢只是一星半点。对此，船娘无丝毫计较，给与不给，给多给少，兴致依旧不减，一路总要唱上几首，以表达对游客的热情。拉起家常，知道这位船娘的儿子儿媳就在附近企业做工，丈夫还能种田，全家生活可算殷实。看来，船娘的差事，绝不是因为生活所迫。

或是由于对船的亲近，使她的一份情结不得消逝，所以才来此摇橹？这揣测显然有些离谱。即使那份情愫仍深藏在心底，也不至于非要与船不离不弃。于是，禁不住向船娘问个究竟。她的眉毛向上一挑："人不能闲。"四个字似乎道出了其中的原委。但品味之余，再一思忖，又觉得这话不免含糊。过去，苏中一带的农民，生活很是清苦，溱潼当然不例外。船娘都已上了年纪，自然有过为温饱拼争的时光，而当日子渐渐红火，本该有清福可享才是，可她们为何不舍昔日的劳苦，整日早出晚归，笑对八方来客，乐于水上摇橹呢？看来，这绝非一句"人不能闲"所能解析得了的，怕是牵涉了对传统与美德、人性或命运的探究。

　　　　我们是溱湖的船娘

　　　　土生土长在水乡

　　　　印花褂子穿在身

　　　　一方头巾扎头上扎头上

　　　　一篙撑破水中月

　　　　一橹摇出三里远

　　　　载着游客水上游

　　　　看不够水上好风光好风光

　　　　……

　　沿来时的水路回返，船娘仍边摇橹边歌唱，夕阳的余晖将她的周身映得火红……

椰梦的长度

　　一层枯叶之后，又来了一场秋霜，北方的秋就渐渐地深了。渐近渐浓的寒意，让我禁不住生出对温暖的向往，便学着候鸟的样子飞去三亚了。

　　其实，三亚原本不受人青睐。虽然有史书记载，秦始皇时期在南方设置三郡，那里就是其中之一的象郡，后经隋至唐，由临振郡改为振州，到了宋代又为隶属琼州的崖州，且在我国的最南端已具规模，但是，它毕竟远离帝京，孤悬海外，身处天涯海角，所以自然免不了蛮荒之相，否则就不会有海口的五公祠里被祭祀的名相贤臣，花甲之年的苏东坡也不会谪居儋州，发出"此生当安归，四顾真途穷"的悲叹。

　　三十多年前的三亚，也似乎孤寂于蛮荒之中。我第一次听到三亚这个名字，还是范敬宜先生说给我的。他曾在"文革"中被下放到辽西最贫困的建昌县农村，他的儿子范迅与我是同龄的知青。90年代末的一天，我去范敬宜家，请他和夫人吴秀琴为我指点诗歌创作，闲谈中知道他的儿子去了海南岛，到三亚搞育种去了。听说过海南岛，却不知道三亚在岛上的什么地方。

如今，海南岛上的许多地方我都去过，而在三亚的居住时间最长，一年里不少于五个月。三亚有好多吸引游客的景点，诸如鹿回头、大东海、天涯海角、大小洞天、蜈支洲岛、南山文化旅游区、亚龙湾热带森林公园，等等，足有几十个地方可供参观游览，但我最喜欢去的地方还是三亚湾。三亚一带包括整个海南省，但凡有弧度的海岸，就以"湾"命名划分，全岛叫湾的地方足有六十多个。而三亚湾在海南所有的湾中，是我最先结识的一处海湾。这倒不至于让我一见钟情。我对它的喜爱，还是缘于沿湾修建的那条滨海风景大道，而大道又有一个诗意的名字——"椰梦长廊"。

长廊紧连市区，自东向西绵延二十多公里，将游乐观光、海边泳场和海上运动等几个区域连接起来。有人赞誉它为"亚洲第一大道"。但究竟是不是第一，我看并不重要，况且也不好找出同类的大道去比较。在当下的许多沿海城市，滨海路都是那里的一道标志性风景，若比路的长度，三亚湾的路怕是不占鳌头。但那些路无非是修在了海边，驾车可以看到大海，而三亚湾的路却与之不同，它在海和路之间不仅有舒缓的金色沙滩，而且有"神灵生物"之称的椰子树。传说这树本是掌管生命的太阳神的女儿，她从遥远的地方飞来，飞了九九八十一天才来到海南，就在这里落地生根了……这一树因而种充满了神奇的色彩。加之"竹有千用，椰树有一千零一用"的评说，椰子树便成了海南名副其实的省树和宝树。所以，在三亚湾的路旁，有高高伫立的椰子树和大海映衬，就可谓是难得的景观了。不知道椰子树是哪年栽种的，不知情的游客也许以为，这片带状的椰林与其他海岸的椰林一样，都是天然生成的植物。

来到这里的人，往往是以年龄划分出各自的区域。浪花飞溅、阳光充足的海滩属于年轻人和孩童，老年人则喜欢在椰子树下散步，或坐在树影掩映的木椅上，闭着眼睛听海浪有节奏地拍打海岸的声音。

每次到三亚的第一个早晨，我都要来到这里，在椰林中放开脚步，呼吸鼓荡在椰风中的轻柔气息。而每当在椰林中停下脚步，向海的深处望去，缥缈之中总会涌动出一个清晰的记忆——

时光的脚步一迈进90年代的门槛，我便应一位朋友之邀，第一次踏上这个岛屿。朋友叫凌云，原在辽宁锦州辽沈战役纪念馆研究部当主任，月薪不足五百元。他本一介书生，却忽然心血来潮，借了一千元钱办了停薪留职去了海南，成了当地公职人员中闯入海南的第一人。那时的海南，建经济特区还不到两年。在新华社海南分社三亚记者站的房子里，凌云开办了一家文化发展联合公司。房子是一幢破旧的别墅，坐落在鹿回头的山脚下，现在应该是三亚国宾馆的位置。别墅共有七个房间，他的公司借用了三间。虽然是深秋时节，但三亚的天气还是热浪袭人。那天，我一走进别墅的走廊，即刻闻到一股发霉的气味，坑洼不平的地面和剥落的墙体，像是告诉我这幢房子的命运将很快终结。晚上，每人吃一碗方便面后，他带我来到鹿回头的山顶。那时的三亚市区还没有几座高楼，街路也仅有那么几条，所以夜晚的灯火不能形容为辉煌。不远处闪动的点点渔火，以及渔船里传出的含混不清的喊声，给大东海的一角带来些许的喧闹。凌云手指山下的远方，说那边是三亚湾，是首批列入规划要被开发的海岸。我顺着他手指的方向望去，见有几簇明亮的灯火，且有车辆的光束窜动，稍远一点便什么也看不见了，只有月光为海面洒下一片朦胧和清冷。凌云说，过不了几年，三亚湾就会先热闹起来！

当晚，我和他都住在公司的办公室。次日早晨起来，一种好奇心让我首先想到三亚湾，想去那里看看海滩，并下到海里游上一回，便急着去吃早餐。别墅的最里间是个小餐厅，一位当地的姑娘正忙碌着往餐桌上放碗筷。正要找个座位坐下，我忽然发现一条碧绿色的蛇在餐桌下蠕动。这情形让我惊吓得叫出声来。凌云却不以为然，只是唤那姑娘取来撮子和扫把。我见她不慌不忙地将蛇扫进撮子里，然后抛向窗外。凌云说，这里经常有蛇出没，蛇爬到屋子里是常有的事，有的蛇还带毒性。因我天性怕蛇，所以这顿早餐吃得心里有些慌乱。

在山下的路口，我们等了很久才遇见一辆敞篷三轮摩托车，当地人称这种车为"蓝鸟"。开摩托车的是位中年妇女，车上面已站着好几个人。车停下的瞬间，卷起一片尘土。待我们吃力地爬上车后，那车猛地一蹿，开始在轰鸣中颠簸、摇晃。一路上，我一直担心那车倾翻过去。车走走停停，最后过了三亚湾与市区接壤的地方停下，车上只剩下我们两个人。每人车费三元，凌云付给驾车的妇女六元钱。车钱虽然不多，但三亚湾的景象却令人大失所望。

也许是由于台风过去不久，离海岸一二百米的一片房舍，歪歪斜斜地错乱着拥在一起，许多房顶铺盖着芭蕉叶，大多叶片已被烈日烤灼成朽木的颜色。沿一条坑洼的沙土路前行，两侧不时看见粪便和污水，引来苍蝇在上面飞起飞落，刺鼻的气味让我禁不住呕出声来。当我屏住呼吸穿过最后一幢房子，看见一位裸露上身的老汉，正蹲在房子的一小块阴凉处吸烟，他的目光充满了忧郁，脸上也没有表情。也许那时三亚湾一带的老人就是这样的神态。

好不容易走近海滩。沙滩虽是金黄，但杂乱的植物使整个滩面显得有些斑驳。大大小小的仙人掌、野菠萝，都是长有粗壮锐刺的家伙，还有叫作马鞍藤的东西，长长的草茎匍匐在地面上。它们像是只为呵护身边的大海，而有意阻挡游人的脚步。我的双腿向海岸的方向刚迈出几步，脚下的藤蔓便险些把我绊倒。太阳晒得浑身发痛，致使观海踏浪和游泳的兴致荡然无存，只急着想寻一处树荫躲起来。记得岸边是有树的，也是椰子树，但生长在离自己几百米开外的地方，而且稀疏得能数出株树。向西望去，看到的是和海滩一样的荒芜，只有一片片空旷的废地和散落的民房。我们只好回返，就在我转身的瞬间，几条大小不一的蜥蜴，从脚下忽地散开，窜往不同的方向。

对三亚湾所有的一切，凌云却没有一丝的疏弃，尽管他在这里曾遭遇过不测——一天下午，他独自遛弯走到三亚湾的一个村口，迎面突然窜出三个身材瘦小的烂仔，他们每人手持一把匕首，口嚼槟榔，向凌云逼近。他们几乎同时从满是血色的口中吼出——不给钱杀了你。本来每人一百元的开价，凌云因当面翻净衣兜，最终以每人十元的价格讲和。一个烂仔刚离去又转过身来，怒目圆睁地骂了一句"穷光蛋"，随即喷出一口鲜红的唾液。

凌云似乎对此心无余悸，在整个行程中，他只是不厌其烦地描绘着这里的未来。我不是企业家，没有他的商业头脑，总是觉得眼前的荒寂离他描绘的景象，不知会有多远的距离。那时，他已经与人合伙在三亚湾选准了一个房地产开发项目。是日傍晚，在距三亚湾不远的一家排档，他花了一百五十元钱，请我吃了他到三亚后消费最高的一顿饭。他用筷子指着一条清蒸的叫不出名字的鱼，说："三亚的海里有上千种鱼类，虾类和蟹类都在三百种以上。等我在三亚湾的项目成功了，所有的海鲜保你吃个遍！"没过几年，凌云真的就摇身变成了一位富商。他说，没想到他的命运被三亚的命运改变了，而他自己最大的遗憾，就是过早地离开了那里。

三亚湾如同施用了变脸的魔法，倏忽之间换了容颜。"椰梦长廊"的北侧，楼房早已鳞次栉比，再去往路的深处，数不清的星级酒店，又彰显了这条长廊的繁华气象。但不知为什么，这样的情形却让我时常想起遮盖着芭蕉叶的房屋，想起这片土地原有的蛮荒的底色，甚至想起那位裸露着胸背、纳凉吸烟的老人。

夕阳的余晖将三亚湾的椰子树浸染得一片殷红，而人们的脚步像是在椰林中刚刚踏响。当夜幕仅仅垂下一角，陆地和海上的灯光为绿岛的夜轻轻亮起，人们便开始进入一个新的梦境。我想，又一个椰梦一定很长很长，在超越了一个长廊的比喻之后，定然会超越一个大海的边界……

乌 镇 的 船

　　到过乌镇，看过小桥流水、傍河民居，便知道这是江南的风景。待几年后再看这座古镇，与西塘、周庄、同里相比，免不了有些色调雷同的感觉，所以景致一类则不在兴趣之内。倒是墙上风蚀的青砖、水阁斑驳的浸渍，以及脚踏石街的声响，还有那庭院和店铺里端庄质古的堂号、字号，让我沉思良久，觉得这其中似有沉厚悠远的意蕴。

　　1月的乌镇，飘着细雨，悠长的巷子氤氲着淡淡的水汽，让人意识到尽管是江南的冬天，也少不了绵绵的雨水。午后时分，天虽未放晴，但云已有了分明的层次，雨也随之停歇下来，房舍和水岸的轮廓稍见清晰。无论如何，这个季节不招游人喜欢。正因为如此，乌镇才褪去了恼人的喧嚣和商业热浪的袭扰，显露出难得的安谧，使得这方水镇更像是水镇。

　　我漫无目的地走在西栅河岸古旧的石板上，恍惚间就到了一个叫安渡坊的地方。栈头船（俗称载客船）整齐划一地泊于码头，显然是专供游人"到此一游"的。然而，我的目光却被岸边的一排展板吸引。展板是竹制的，数十张相连一起，由水岸延至一条窄窄的柏油路，此后南折，足有四五十米的长度，上有阴雕的文字和样式各异的船的图案。从一端看起，才知道此乃"舟楫文化长廊"。

也许乌镇的起落兴衰，尽都承载在舟楫之上，所以驻足细观，渐渐觉得长廊有了长河的寓意，继而生出流动奔涌的气象。

一一看过展板，沿着时光的水路走过来，再回首望去，乌镇一带所有的舟楫，几乎都消逝在历史的雾霭里。只有眼前用来载客的栈头船，依然错落有致地在水阁之间缓缓游走，像是完整的乐章演奏到最后，剩下单调而深沉的音符，不舍昼夜地飘荡着。

乌镇作为京杭大运河南端的一方水镇，袂湖连江，衣带吴越，使其有了独特的水乡韵致。盛唐时期，乌镇就有十万百姓在此居住。由于此地河网交织，舟船是人们唯一的交通工具，百舸千舟该是这一水域最为炫目的景观。当然，在运河上最为气势浩大的，莫过于大业元年（公元605年）秋，隋炀帝乘船下扬州的一幕。唐朝的文学家皮日休称其为"万艘龙舸绿丝间"，这倒是夸张的笔意。但此次出游，隋炀帝确是奢华到了极点。据记载，他与皇后分乘龙舟和翔螭舟，随行的公主、妃嫔、文武官员、宫娥侍女，以及御医、僧尼、道士，分乘各式船只，共计五千一百九十一艘，前后相接，长达二百余里。这盖世无双的帝王出行图，委实令人唏嘘不已。当年的江南民众，如果真的看到这样的场面，那感觉一定如梦如幻，而在目瞪口呆之后，必定有了一个经年不休的话题。

其实，中国的舟船并非独属于哪个朝代的发明。在浙江湘湖的跨湖桥遗址博物馆里，有一艘由圆木凿空后制作的船——享誉"华夏第一舟"的独木舟。在现代化聚光灯的照射下，已经在时光中停泊了八千年的简陋漂游工具，显现出良渚文化清晰的纹理和早期人类的智慧之光。当时的人们还没来得及意识到这艘原始"龙舟"的革命性意义，它就已经载着他们开始了文明进程中的灵巧滑行，以一种超越现实的速度，打通了水陆、地域和时代的阻隔。当三皇五帝在中原的黄土地上争雄称霸时，江南水乡的独木舟便自由穿梭于渔猎文明与农耕文明笼罩下的河网之间。

待到木板船一出现，一改独木舟的简陋，人们在水上穿行的速度和动力又前进了一步。后来，江南的舟楫在吴越争霸时更是不可或缺，并成为彼此征战的一大优势。及至隋唐时期，舟船制造业已十分兴盛，隋炀帝那次风光无限的出行虽显骄奢淫逸，但也并非毫无积极意义，用现代理念的眼光看，也算是舟船的一次巡展吧！

旧时的官船一般不会轻易在普通的水乡现身，但在乌镇却不罕见。据说，南朝梁尚书沈约、昭明太子萧统、唐丞相裴休、清翰林夏同善等，都是乘坐官船来乌镇扫墓、祭祖、省亲和交游。明嘉靖年间刑部主事沈兴龙的官船，显然是宽大了许多，乘船回乌镇故里担心船身受阻，不得不派人在西栅开辟出一个"转船湾"，迫使西市河在此处转了个大湾兜，以便使船掉转自如。主事的人真是独具匠心，那湾兜的形状酷似一顶硕大的官帽，不能不讨来沈大人一份欢心。至于秦桧乘官船去北栅，到其妻王氏家省亲，抬眼看见为取悦他而取名的那座"太师桥"，自然会满心欢喜。只是后来的乌镇人，对其人其桥却自有一段嘲谑的评说。

岁月使用的魔法，让身世不同的船只，在烟雨迷蒙的河面上变得模糊。而岁月也耗尽了气力，同许许多多的船只一起老去。也许是卷帙里的文字和一代代人的讲述，让现在的乌镇人始终站在历史的岸边，看帆影融入碧空，渔火闪于河网，或听一曲渔舟唱晚，让心灵与船同行，以慰藉一份乡愁。他们像是阅尽了河上的过往，最终把那些承载生命的舟楫，从记忆的底片里显影、放大，然后逐一打量它们的前世今生，如同端详祖辈的容颜和自己曾经的模样。

我以为，这样的凝视，无疑是选准了追怀的物象，因为他们祖辈的身影就闪动在船头，在船头隐没。他们当中，也许就有曾伏在摇橹的母亲的后背，后来在船板上爬坐、玩耍的童年，再后来也开始了河上荡桨摇橹的生活。船，之于乌镇人包括许许多多的江南人，是那么形影相随而又不可舍弃。

当我走完那段文化长廊时，再转身，发现这原来是一部内容庞杂、丰富的大书，而我只浏览了书中的几幅插图。于是，我决定深究细问，千方百计找到长廊的创作者邵先生，通过他打开乌镇船文化密闭的扉页。邵先生早年在桐乡报社和广播站工作，平素钻研乌镇历史，很是博学，人称乌镇的活字典。他说话声音洪亮，笑声爽朗，与水乡的柔静似不相合。他讲起乌镇的船，很像是站在浪花溅起的船头，迎着河上鼓荡的阵风，在为你展示一幅幅流动的真切画面——

乌镇人很早就开始乘坐运河上的客船。明清时期，这里就有通往上海、苏州和杭州的客运，每隔七天到十天一个班次。客船停靠的码头，就在西栅外的运河塘边。乌镇人就乘着这些船，跑苏杭、闯天下。他们乘船不仅便利，而且那船也有一定的规模。后来，客船每天有对开的苏杭班，交会在西栅水域。这不免让塞北的人有些嫉妒，虽有大河奔流，但用于载客的船只并不很多。在广袤的土地上，会天天看到骡马，乡下人时常坐它们拉的车，去往田间或远处的集市、城镇。如果跑一次远途，要么先坐马车再坐汽车，要么干脆坐马车跑上几天几夜，而坐一次火车便会成为值得炫耀的经历。想来那时乌镇人坐船出行，不会是一身尘土，且可看运河两岸的风景，一定是很快乐的事。午夜十二点，汽笛声在乌镇的上空准时传来，此时还在喝茶、打牌的乌镇人便说，"苏杭班"拉回声（汽笛）了！于是，人尽散去，水乡的夜才算沉寂下来。他们在附近一带的出行，依然离不开船。那种船叫快班船，如陆地上的公交车，准时停靠在固定的水岸，为出行人提供便利。

过去，乌镇商家大都有船，农村几乎家家有船，手摇农船更是家中的必备，摇着它可以走亲戚、外出办事、购物。撒网打鱼是许多人家的主要收入来源，渔船则比比皆是。渔船的说法未免有些概括，若细分还可分为撒网船、拖网船、鸬鹚船、虾笼船、耙螺蛳船等。让孩子们感兴趣的还是鸬鹚船。鸬鹚（也叫鱼鹰、水老鸦）警惕地站在船边，听到主人一声令下，便疾飞过去捉拿水中的鱼。它们哪里懂得被主人戴上脖套的用意，只知道口中叼着鱼却无法吞咽下去，只好迅速返回船上，乖乖地把鱼献给主人。遇到大一点的鱼，它们配合默契，啄眼、咬尾、叼腮，各有分工，很快会把鱼拖至船头。孩子们忍不住在岸上欢呼，渔夫急忙摆手，示意不要扰了他的好事，随后会娴熟地从竹篓里抓出一把小鱼，一一放进鱼鹰的嘴里，以奖赏它们的辛劳。

乌镇附近也有田亩可供耕作，水上还可从事饲养业。有一种船叫黄鸭船，专门用来牧鸭，当年时常出现在这片水域。数不清的鸭子在水上鸣叫着，不时俯下身去，抢啄水中的食物，而主人一副悠闲的神态，缓缓撑船，哼着小曲，牧归时的水面泛动着晚霞绚烂的光泽。这场景如今却看不到了。乌镇人深爱着身边的河水，当他们懂得了水上牧鸭会给河水带来污染，便毅然停止了这样的营生。连同他们平常喜欢的经济实用的水泥船，也因有害于对河水的环保，不多时日也在乌镇销声匿迹了。

令人意想不到的是，当年水乡的娱乐活动竟也那般丰富，船便是不可或缺的依托。展示竞技的踏白船，在乌镇某个节日里最吸引人们的眼球。该船双橹八桨，十几名壮汉按统一号令，在锣鼓声中合力争先，使得船如疾箭，河面浪花翻飞。这场景很像赛龙舟的热烈。还有专用于武术表演的拳船，每逢清明时节，当地人就要请武师在船上表演拳术。乌镇人最喜谈论的还是高竿船，俗称"蚕花船"。一条大船或两条船相并一起，固定于河面，一杆高竿竖立船上，表演者沿竿上下腾跃，并在竿顶展示蚕宝宝吐丝、作茧等高难动作。这些娱乐活动并非只是娱乐而已，而是其中都有吉祥的寓意。拳船和高竿船上的表演，则分别是为了祈求蚕茧丰收和蚕花繁茂。水乡陆地狭小，看船上的表演，观众大都在乘坐的船上观看。这让我想到鲁迅《社戏》里的赵庄，"近台的河里一望乌黑的是看戏的人家的船篷"，也许与当年乌镇人看船上表演的情形有几分相似。若逢水上集市，也会有表演活动，那繁闹便是不同平日的。人们纷纷摇着自家的船，早早地赶过来进行水上交易，船与船相连一片，可谓是船的聚会。

雨时落时停，高竿船静静地停靠在一处水湾，没有人登船表演。即使有演出，围拢过来的已不是地道的乌镇人，而是远道来此的游客。高竿船表演的绝技，在给一代代乌镇人带来惊叹和欢乐之后，最终作为非物质文化遗产保留下来。

保留下来的必是因为一种珍贵，让人们常常想起并深爱不已，而那些消亡的东西却也无法在记忆中彻底清空，有时恐怖与忧伤的水浪还会拍打心灵的堤坝。太湖水域当年并不太平，有一种船叫太湖船，水盗在船上昼伏夜出，四处抢掠百姓财物。太湖船分大小两种，大船往往隐蔽于远处，水盗乘小船快速出击，把抢到的物资运至大船，大船便会迅速溜之大吉。官府对此无能为力或推诿责任，乌镇人不得不自行设防，镇的东南西北都有木制的栅门，白天打开以便出行通商，晚上关闭以防水盗之害。乌镇里的栅，不过是防贼得来的称谓。

在邵先生的讲述中，我一直对"风子船"心生痛楚。那是怎样的情形啊！几只简陋的小船，像是因失群而悲戚的孤雁，怯怯地停靠在离村庄很远的河滩上或幽森的芦苇中。面目丑陋的主人，随船体的摇晃不住地呻吟，日渐溃烂的肢体再不顾忌烈日的烤灼和风雨的吹打。带着心理和生理的双重羞辱与痛苦，麻风病人在人们以自己疾病命名的船里，延续着最后一段生命。他们以讨要食物为生，既要选准时间，又要方式恰当，所以，风子船的出行显得格外审慎。讨要者遮盖着脸，在船头向岸上伸出一根长长的竹竿，竿顶系着一个网兜或是一个可盛食物的器皿，施舍者把食物战战兢兢地放进去，便会马上离开。

我总是担心风子船与喜船（俗称郎船）相遇。如果真的是这样，那便成了悲与喜的冲撞。喜船是新郎去接新娘的船，船上放着属当地习俗的"蚕花竹"，站在船头的敲锣人，不时地发出"捉蚌（当地人对女性的不雅称谓）、捉蚌"的呼声，引来民众到岸上观看。实际上，风子船最忌讳热闹的场景，绝不会冲了喜船的喜气。在那条船上的麻风病人，当然不会看到喜船上的人，是怎样在围观者的拍手祝福声里，大把大把地向岸上撒去糖果。新中国以后，风子船的影子再也不见了。

虽是水上漂游工具的同类，大小快慢也不过是源于工具的形体与性能，但仔细观之，你会发现那船与船之间形成诸多的对峙——高官与庶民的互斥、简朴与豪奢的映衬、正义与邪恶的较力、文明与愚昧的相持、欢乐与悲苦的比照，都曾一一上演在舟楫之间了。似乎是所有的船，在历史的长河上错落着、扬弃着、推挽着，最后使乌镇告别了往昔的悲苦，在今天的水岸展露出别样的容颜。我忽然觉得，乌镇就像是一条船，在岁月的波浪间一路颠簸着，而它的方向始终朝着远离苦难的远方，并满满地载负历史的更迭与文化的繁衍，其中无尽的悲欢离合与爱恨情仇，让这条船在历经沧桑之后，开始变得如此的扬眉吐气。时光老人尽管总是默不作声，但种种对峙的结果最终告诉人们：昏暝和陈腐不再复返！只有那些生活与生命的记忆会顽强地存活与生长。

一阵叮咚的声响从围拢的展板后面传出来。那是一处修船的水岸，工匠们正在修理船只。走进去看他们的动作和神态，是那么恭谨而专注，每条破旧的船，在他们看来都像是有生命的本体。一位工匠说，他早年造木船，后来修木船，近些年木船越修越少了，运河上跑的都是大型的机动铁船。但看不出他有何抱怨，脸上一直堆满笑容。是的，乌镇河网之外，早已有了交织的公路、铁路，各种车辆穿梭往来，自然使许多船只尴尬地隐去。其实，乌镇人在乘坐高铁和汽车时，早已消解了怅然若失的情绪，只是那些有心的参观者，却禁不住要顺着时光的中轴，把那些曾经漂游于此的舟楫一一抚摸。

我还是忍不住要寻找什么，觉得这关于船的故事并未终了。从茅盾纪念堂走出后南行，便是茅盾陵园。在如一册书状的墓碑之上，茅盾先生眺望远方，恰如在船头迎风而立，紧抱的双臂仿佛拥抱一方山水。阳光透过云的缝隙，把塑像映照得光彩溢目。当看到元宝湖畔木心美术馆方头渡船似的组合建筑，禁不住又想到茅盾，想到与他同有一片故土的王会悟、孔另境、沈泽民……他们的生命之船带着劈波斩浪的骁勇，从苦难的远方驶来，穿过历史的风雨，最后静静地停泊在故乡的水湾，再也不会离开。而他们精神的风帆，却一直在为子孙后人高高扬起！

入夜，月光下的河水宁静而明亮，运河上的行船间或鸣响的汽笛，在水面荡起深沉悠远的回声，像是从岁月的深处响起，又似乎正向一个远方传去。我想起木心的一句名言："我曾见过的生命，都只是行过，无所谓完成。"

乌镇，依然行进在水上。

城　堡

　　当夕阳每天作别这方土地上劳倦的人群，在不远的医巫闾山^①身后顾恋地隐没之前，总是毫不犹疑地拨开遮掩它的雾霭或云翳，将最后一抹余晖涂饰到孤傲地崛起在平原上的那座城堡。

　　城墙四角炮台上盔甲的烁烁之光虽在岁月的烟尘里永逝，而操练中士卒的踢踏与呐喊声，仿佛仍在时光深处飞旋、回荡，城头上浸染的殷红似乎还充溢着当年的悲壮与杀机。西侧高耸的城墙伸展到极限的身影，覆没了城中袅绕着炊烟的大片房舍，似乎一只光阴之手又从那密闭的方位悄悄偷伸过来，抚摸早已不属于它的雪月风花。

一

　　我睁开记忆的双眼，是在某个阳光朗照的初夏，城堡给我的印

_____

　　① 古称无虑山，地处辽宁省西部地区，相传舜时把全国分为十二州，此山被封为北方幽州的镇山。

记多余而荒寂。从外祖父的家门向南再向西折向城里，或去城外的任何地方，都要越过看似行人拆出的一处墙体的豁口。叫不出名称的草木沿着豁口形成硕大的U字形生长出来，参差而葳蕤，红的白的黄的紫的花儿绽放其间，从远处看去像是一个残破的花环，为这处断壁默默吊祭。

当我向这里走近，几只鸟儿忽地从花环里扑腾而起，鸣叫着飞向另一处城头的草木丛中。其实不仅是另一处，城墙之上和四周几乎都长满了灌木与蒿草，间或也有高大的榆树或槐树在墙根处振拔开来，枝叶紧紧攀附着满是藤蔓的墙体，直至探出墙头铺展出一簇簇绿荫。我曾幼稚地想，如果没有城墙，人和车马的行走该有多么自由。

城堡只是人和车马可以穿墙而过的地方，高墙上下堆叠着花草树木，与城外的几片林木一样有鸟儿飞翔。我用童年的目光摹绘城堡的素描就是这样简约而直观，以致留下大片莫名其妙的空白。后来的记忆便在这片空白里渐渐生长，占据了那些高墙、草木和鸟儿之外的所有空间。

历史的长河从古老的源头奔泻过来，并非一路连绵不绝地高歌与诉说，总会因某种疏忽或灾难时而变得哑然失声。况且一个不足四万平方米的小小城堡，不过是长河里泛动的一朵微微浪花，随时可被那轰然澎湃的涛声吞噬。所以，壮镇堡①的人对城堡的用途并不十分清楚，也无法查阅属于这座城堡的残篇断简。在对这段历史的遗憾中，又往往习惯依照美好的想象去填充攫取人心的故事，于

---

① 辽宁省北镇市常兴店镇的一个村庄，位于医巫闾山东麓。

是城堡所在地壮镇堡便有了出过状元的传说，于是便有了专为那位状元修筑的这座城堡。状元堡便成了今天壮镇堡的第一个称谓。

细一忖度，中状元者尽管号为"大魁天下"，皇帝也未必以一城赏赉。但壮镇堡的人言村史必言其城堡，言其城堡又不免言及那位不知姓甚名谁的状元郎。如果"师出必捷、威震绝域"的李成梁地下有灵，这样的讹传一定使他哭笑不得。他作为明代的辽东总兵镇守辽东三十年，曾驻防在壮镇堡以北二十公里的广宁城以遥制一方，抗击北元残余及女真各部的侵扰。这里的人们虽然无人不知李成梁的声名，但对他为整饬兵备、积草囤粮，在如今的栖身之地修筑城堡的史实却知之甚少。

这座城堡并非形单影只，周边尚有不同功能的城堡与之守望相助。有史学家考证，距壮镇堡城堡北不足五公里的二十里堡城堡，还是明代的一座制胜堡。西南方位依次而建几处烽火台，以台台相连的密布警戒疆域，倘遇敌情便会即刻施烟点火。紧邻医巫闾山的另一个士兵操练场，在阒静的黎明可与这里的城堡互闻鼓角。

那些浸渍在时光里的往事旧话，已被时光之水销蚀得凌乱不堪。这很容易让人想象一面镜子被无意地滑落地上，随着粉碎之声而呈现的分崩离析的状态。壮镇堡的人无力将属于自己的历史碎片重新拼接在一起，他们只能从碎片折射的几丝光芒里，恍惚看到久远而沉重的影子。因为有高墙有炮台有曾经驻守广宁城的李成梁，他们能够猜得出身边的城堡会与某种防御有着关联。但他们似乎不愿如此联想，也许讳忌那带有血腥的味道冲抵了脚下泥土的芬芳。他们还是仰羡状元，喜欢对那个状元郎津津乐道，对状元堡这一生发着独特文墨气息的地名情有独钟，并把城堡同状元联系在一起，坚信书中自有黄金屋，中了状元就会赢得一座城堡的富贵，致使这样的故事不知相传了多少代人，似乎那传说中的状元与自己的祖辈有着不解的亲缘。

据说是李成梁偏偏要取强壮重镇之意，硬是将状元堡改换成了壮镇堡。由文到武的两字之差，让壮镇堡人一直耿耿于怀。

这里的富人倒是因了一个虚拟的文脉，率先在延展的土地上炫弄起风雅。

最早进入城堡的是三百年前的一户于姓人家。没有人能够说清楚，当年消失了士兵身影的城堡是怎样的萧然空寂，更不知是谁掌管准入城中的权力，让远道而来的陌生人堂而皇之地进入城里，并成为这里的首位主人。不过几年的光景，于家已拥有了大片土地。接踵而来的三户人家依然是于姓，分别获取的土地与首位主人达到相仿的面积。由此诞生了于氏四大家族，将方圆三千多亩土地瓜分殆尽。他们本来是贪婪的土地占有者，与那些终日劳作的穷苦人有着同样的肤色，但他们渐渐让聚敛的财富披上了文化的霓裳。

一个中秋的夜晚，四人聚饮后开始商议，各自要立一个堂号，这样既可昭示富后之贵以超尘拔俗，又能彰显本地文治而不辱先贤。于是在地主烟尘飘移的宅院里，分别悬挂出尚字头的四块匾额——尚仁堂、尚德堂、尚义堂、尚缘堂。尚义堂堂主于绳武真的开始讲情重义，时常以粮食济困邻里，据说张作霖一时开不出兵饷，他拿出一大笔银圆，为大帅解了燃眉之急。经常在这里过往的人们，知道这里的地主家也有堂号，自然会相信此地曾有状元及第。

姥爷的父亲在这里停下奔走的脚步，就是因为有状元与城堡的传说，才情愿拣择了这方水土。但是他已不能在城堡里找到栖身之地，那里早已布满了大小屋舍，只好在城堡的东墙以外夯土建屋。之后也有许多人家从遥远的地方迁徙过来，城外与城里共同升起了炊烟。

不知道当年城里城外的人们往来于哪条路径，到我开始学会奔跑的时候，就看到那个U字形。后来，两百米长的东墙出现几个U字形，当然有的还不像确切的U。

我不止一次看到，住在城里的人总有一点儿高傲的样子，他们很少从那U字里出来，而城外的人要经常去往城里，见到城里的人会主动打个招呼。其实是我不知道，那些住在城里的人早已因为祖上的先入为主，自然获得了较高的名分。孩子们不讲这些礼节，只顾沿着城墙根儿玩耍。

我是那么喜欢城堡，喜欢城堡的墙根和墙头。单是这城墙根一带的玩物，就要比鲁迅先生的百草园里的泥墙根儿丰富得多。他家的墙毕竟是泥墙，而且是"短短的"长度。城墙便不是一般的墙，那墙根儿直抵历史的土层，宽厚而又沉酣，四周的天地也格外广阔。春天，在墙根儿的树丛里蹿跳的鸟儿就不下十几种。它们大都不喜欢往高处飞翔，受到孩子们追打便忽地跃上墙头，窥视一会儿见没有人来，还会飞落到墙根儿一带。麻雀的脑子像是没有季节的概念，什么时候都会在这里飞来飞去。可我还是讨厌麻雀，也许因为它们被人称为"家贼"，身份已经一败涂地。它们混入到其他羽毛鲜亮的鸟群里，仿佛漂浮在清溪上的一块干涸的土块儿。但到了冬天，城墙根儿只剩下"家贼"们留守，有时看那不离不弃的样子，又觉得不该给它们戴上一顶"贼"的帽子。

那些被风雨剥蚀得毫无棱角的青砖，有的从墙体里脱落下来，成了我们这群孩子做"打衙役"①游戏的玩具。砖头被一个个猛烈地撞击，变成了更小的碎块，散落在有空场的村头街口，看上去像丢洒的煤块。孩子们又去墙根儿下拾取砖头，照样玩"打衙役"，笑声在城堡里不停地回响。有时砖头没了高度，选两块摞在一起，但没人敢从墙上扒下一块砖来。

二

一座关帝庙紧邻城堡的南墙。此庙建于何年又于何年起几次修缮，已经无法考证。但人们相信有城便有庙，城与庙应为一体。所以关帝庙的历史与城堡修建的年代相距不会很远。在我的记忆中，庙宇入门有高大的影壁墙，然后是马殿，更高更大的房子是正殿，里面供奉着关公像，还有关平、周仓等人的塑像。两对石狮立于庙门内外，十余块残破的石碑散落在庙院之中。一座铁铸的巨型古钟悬挂在马殿前方，人们用铁杵撞击它发出沉闷的声音，每天唤出走向田野的男男女女。但在"大跃进"时古钟却成了大炼钢铁的绝好原料。还有一些专属于关帝庙特有的陈设，都已不见了踪影。

庙宇虽然破旧，却是一个供奉神祇、寄托心灵的地方。壮镇堡的许多人始终把关公作为神明加以崇祀，但凡要将烦恼变为欢乐，将苦难转为甘甜，将凶险化为吉祥，都要到关公面前焚香叩拜。凝神敛息地祈愿过后，总有一种期待留在人们的心头。其间，如果遇

---

① 东北农村以砖头或石块为玩具，模拟县衙审判活动的一种儿童游戏。

到某种颜色、某种气息、某种声音抑或是风雪云雨，也会以为是与祈祷相关的感应与讯息。他们在冥冥之中即使已经得到了祸福吉凶的暗示，现实中还要回到又一个对未来的假设和祷告的情境。这也许就是神祇的力量。

那时，我不会注意这个庙宇的格局与气势，也记不得人们到此祷念祈愿的种种情形，只记得在庙宇里遭遇的那场惊悚。

夏日的一天，我和伙伴们在玩耍中遇到一场大雨。我们追赶一只拖着长长的暗黄色尾巴的鸟，不知不觉跑到了城堡的南门外。那时的北门还有城门的样子，南门却模糊了门的形状，人们还是按照原有的模样去称呼。雨点落到头上才知道是下雨，仰首看天之时，雨水便从浓黑的云层里倾盆而泻了。我们开始奔跑寻找避雨的地方，相互的呼唤声却全部湮没在轰鸣的雨声里。由于慌不择路，当我拭一把满脸的雨水，眼前却出现两扇虚掩的红漆大门。

我此前没有到过这里，虽然它距姥爷家还不到一华里，但姥姥叮嘱过无数次，小孩子不能去那个地方。我不知道不能去的缘由，但看她说这话时的表情总带有几分神秘和恐惧，所以也就遵嘱守规不敢冒犯。玩耍时如果抬头看到南门东侧高耸的青色房脊，就会不情愿地扭过身去。

没见过哪家的门如此鲜红与高大。透过门的间隙，我看见一座盘卧着巨龙的影壁，那上面的龙张牙舞爪，身子涂抹深黄的颜色，眼睛向着大红门死死凝视。正在迟疑之际，一阵狂风几乎将我推进门里，一直推进一个无窗无门的大房子内。房子里站立着一白一红两匹马。外面尽管风疾雨骤，马却纹丝不动，像是这场风雨与它们毫不相干。我很快断定两匹马不是真的马。靠近马头的位置各站着一个人，当然也不是真的人。但他们的眼睛比那堵墙上的龙眼更让人惧怕。我已经将身体从一个角落挪动到另一个角落，但仍感觉有一双眼睛在逼视着我，仿佛疑心我要将哪一匹马随时牵走。看到僵硬的头颅上忽然闪现出两只灵活转动的眼睛，即使是成年人也不免毛骨悚然，何况一个风雨中误闯这里的孤单孩子。

我禁不住打了个寒战，向外面打量期待发现人的踪影。风裹挟着雨肆虐地撕扯，房子里已注满风雨的和声，我全身浸透了雨水，只好跑出去躲进一座更高更大的房子，紧靠在一根粗大的红柱子上。一阵喘息过后，手提长刀的一尊塑像映入眼帘。塑像高大无比，面部也如红门的颜色，两道剑眉在一双长眼之上如倒写的"八"字。也许是这双眼睛没有盯着我，所以我对他便没生出更多的畏惧。我全然不知这是什么人的塑像，另有两尊立于左右，个头显然比他矮了许多。一座残破的香炉里正弥散着香火的味道。这味道我很熟悉，它让我的惊慌之心开始有所放缓。

一股强风猛然吹来，一扇高高的窗棂径直砸向地中央，摔落成一片支离的木棱。此刻，闪电射进一道银白的光亮，随之比窗棂砸落更猛烈的响声骤然而起。我从没听过这样的雷声，像是天空被炸裂开来，在空旷的房子里留下嗡嗡的回音。我的心头又是一阵惶恐，就在不经意地转头之际，我险些发出惊叫——天哪！那是怎样的场面？一颗人头滴着淋漓的鲜血，被一个横刀立马的人拎在手上，人头上的眼睛瞪得牛铃一般，像要随时滚落出来，显然是死不瞑目的样子。我即刻觉得全身的血蹿到了头顶，像是自己的头颅也要随时被那个立在马上的人砍下拎走。

姥姥那句话飞至我的耳边，顿觉眼前一片漆黑，便什么也看不见了。当我听到姥姥说话的声音，已是躺在暖融融的土炕上。之前，姥爷的千呼万唤没有换回我的一句回声，最后是在一名小伙伴的嚅嗫中，趔趄着跑进那个院子，在大红柱子下找到了我。姥爷坐在一旁已恹恹无力。他说是他将我从昏迷中抱起背回家中的。

童心的田畦如果笼罩上一丝阴影，就像肌肤留下一道疤痕难以平复。明明一个敬奉神灵之处，本该廓清所有的凶险恶煞，却到处充满了令人瑟缩的血腥与杀气。有人说非如此无以表现关羽的骁勇神威，武财神当以勇武之事昭示天下。这种揣测虽然有其情理，但关公毕竟供奉于庙宇而不是展馆。听说道教将关羽奉为"关圣帝君"，作为"护法四帅"之一，在道观之处才会有此庙之类的图绘。

但这里不是道观，与庙宇相连的东侧有几间房屋，住的是身披茶褐色袈裟的僧人。庙宇里唯一一块字迹较清晰的石碑，刻着"青岩寺下院——壮镇堡"魏碑体大字，为一个场所注明了身份。僧人们在这里诵经打坐，寂静的夜晚偶尔传来单调的木鱼声。其实下院的职责并非在壮镇堡一带弘扬佛法，而是经管属于青岩寺的几十亩土地。在田野里几乎看不到僧人的影子，他们雇佣当地的农民春种秋收，每年秋后青岩寺有僧人到此清理账目，几辆马车从靠近河边的场院装满粮食，在吆喝声里慢悠悠地驶出来，拐入正对城堡南门的沙石路，朝南方去了。

后来，我再没有去过那座庙宇，只是见过一位身材矮矮胖胖的僧人，肩上背着很大的包裹，从城外的路上向南行走，他的身体有些摇摆，步子却显得匆急，脚下荡起一溜儿淡淡的烟尘。

三

我的神思在佛与道之间逼仄的蹊径上游走，最终在温暖的茶褐色与寒酷的血色中渐渐模糊，停止了继续向前探寻的脚步。

而一位老者道出了血腥的由来。

某年初秋的一天，南方两名瘦小而颈长的孪生兄弟，专门为绘制壁画来到壮镇堡。听说画匠要在刚刚涂饰好的墙壁上画"三国"，城堡里熟知三国故事的几个人便来到庙宇里踱来踱去。他们一看画匠其貌不扬，先是显得不屑一顾，而后看见画匠兄弟口叼香烟，高傲地在庙宇里环视，更是心生厌恶，便相继悻然离去。

翌日，洁白的墙壁上赫然出现一幅漫画似的粉笔构图：小小的两只乌龟伸出长长的脖子，各自叼着一支香烟，烟雾缭绕成一团乱麻状，一直缭绕到东面墙壁的尽头，并配两句打油诗："小小的脑袋长长的脖，胆敢来此画三国。"画匠受到羞辱后没有大动肝火，两人相互说了几句当地人无法听懂的话，便若无其事地开始了壁画的绘制。没人知道，他们之间短暂的几句交谈已埋下了一颗恐怖的种子。

紧闭了一个月的庙门打开后，人们陆续进来要一饱眼福。最先赶到的还是懂三国故事的那些人，画乌龟的人也许就在其中。壁画逼真的场景仿佛使他们真的看到了关公的威猛，看到了他们时常聚在一起想象的场面，而细腻精妙的画工更是令人惊叹不已，正殿里马上回荡起一片赞许声。画匠得意地拿走了工钱，很快消失得无影无踪。而等到孩子们进去的时候，便都迅速往外跑，个个脸上失色，有的吓得哭出声来。从此，这座庙宇却成了儿童不宜之地。个别天性怯懦的大人，也不敢孤身到此焚香。

供奉在血色和厮杀场景中的关帝浑然不觉画匠的心思，依然以神明一般庄严地面对身下的跪拜者。而虔诚里像是没有畏惧和惶恐，壁画绘就之后，几乎每天都有前来祈愿的人。虽然香火不是很旺，但总有神圣的气象显现出来。据说，关帝庙马殿里的那匹马，先为它的主人显了灵性。一天，几个大人在马殿里歇凉，一个于姓的小男孩儿混入其中。他忽然指着颜色变浅的赤兔马，喊着非要骑上去不可。在三国故事中，关羽就是以这匹坐骑书写了"千里走单骑"和"过五关斩六将"的传奇。见孩子执意要骑马玩，有人伸手将孩子举过头顶，让孩子坐在了马背上。大人松开手时，孩子却号啕大哭，只好又伸手向上，要将孩子扶下马来。但人们被眼前的一幕惊呆了：无论大人如何用力下拽，孩子却一动不动，撕心裂肺的哭声让在场的人一时不知所措。有人跑去找孩子的家长。家长跑来伸手去接抱孩子，结果那场面依然如初，于是急忙到正殿给关公连叩响头，以求宽恕孩子冒犯无礼，再跑回马殿时，孩子哭声已止，从马背上笑盈盈被接抱下来。

壮镇堡的关帝庙虽然有种种显灵的传说，但看不到哪个卷帙里有关于它的记述。而绵延百余里的医巫闾山却是"凡峰开地衍，林茂泉清，无不建立精舍，以极工巧"。作为辽代皇族耶律倍一系的世袭领地，由于契丹贵族的信奉作用，医巫闾山很快成为我国东部地区宗教活动的一个中心。无论是金代末年"文士领袖"赵秉文诗云"三百六十古精庐"，还是一代贤相耶律楚材吟诵的"无恙闾峰三百寺"，都将当时的宗教活动及其场所歌咏得夸张而真实。壮镇堡的关帝庙一定远在其后，不仅非正脉佛家寺院，而且始建时期尚晚，似乎远不入寺庙之流。但壮镇堡人敬畏这座庙宇，因为庙宇里供奉着关公，供奉着使孩子魂不守舍的赤兔马。许多庙宇所建之处不见得有城，而这里的关帝庙与城相依，从南向城堡望去，庙宇就成了镶嵌在城堡上的一颗明珠。

我终于从那个满是血雨腥风的梦魇中醒来，开始对庙宇有了情感上的亲近。

那天雨霁日开，我爬到城墙上用弹弓打鸟儿。雨后的城墙有许多鸟儿从躲避的阴暗里飞出，尽情地为再现的晴空啁啾。我不想听它们的鸣叫，当一双红色的翅膀正在我的眼前扇动，便将用黄泥揉制的弹丸射了出去。那颗弹丸似乎射给了所有的鸟，随着呼啦啦的声响，它们一齐腾跃而起，水珠旋即迸溅开来，像是抖落一地碎碎而晶莹的银子。我直起腰来，朝着鸟儿飞走的方向望去，惊奇地看见一道彩虹。这是我第一次看到彩虹，正悬垂在庙宇的上方。彩虹的一侧似乎从天而降，直接栖落在庙宇之中，又像是从庙宇而起，顾盼地升至天空。那耀眼的色彩令我两眼迷离。长大后才知道彩虹有七彩，那天彩虹的色彩却足以让我辨识一生。鸟儿飞去的方向正是彩虹升起的地方。

《圣经》中说："我把虹放在云彩中，这就可作我与地立约的记号了。"上帝与一切有血肉之物所立的约，似乎就兑现在这天的雨后，让那些鸟儿为庙宇中的彩虹激动不已。它们以人们无法计数的频率扇动着羽翼，以超乎寻常的强音狂欢般鸣唱，最后又在彩虹里渐渐消融。彩虹倏地消逝了，我脚下的墙体像是突然升高，但已经仰望不到蓝天上还有什么，只见庙宇的屋脊上浮动着几丝洁白的云雾。

次日是个晴朗的早晨，城堡四周都有鸟儿纷飞，鸣唱得异常清婉。我突然发现，它们的羽毛变得格外亮丽。我本熟悉这些鸟儿羽毛的颜色，如此的光鲜一定是染上了彩虹的颜色。

从此，心中的庙宇有了莫名的神圣。

四

童年里的故乡不论现在变得怎样的衰老，总能留有当年熟悉的容颜和声音，每个游子会在寻找中随着它始终不变的脉搏感受温暖。

写到这里，我才对你说，城堡虽是我记忆中的金子，但它不是闪烁在定义中的故乡村落。只是因为它庇佑了我的整个童年，所以我心中的故乡就在这里，就在这块超越了故乡地域的土地上。

爷爷的家在距壮镇堡城堡西南方位不足五华里的B村，去青岩寺必须要经过这个村。爷爷兄弟五人拥有一大片土地和两座油坊，城里还有一个贸易货栈。这是我的曾祖父杨印轩的功劳与罪过。他在年轻时与人发生过一次殴斗，他以为结束了对方的性命，便逃到很远的城市躲藏三年。后来听说那人一直活得很好，他便悄悄返回家乡。长久的流浪使他的视野延展到医巫闾山之外的广阔世界，一个倒卖粮食的欲念疯狂地生长出贪婪的果子。他用倒卖粮食赚来的钱收买土地，再用土地上长出的粮食换回继续扩大土地的资本。他的儿子们继承家业的结果，是分别被戴上地主和"地主分子"的帽子。

我几次蹚过一条满是细细黄沙的小河，或踏过小河结成的晶亮的冰面，去那里看望爷爷奶奶。饱餐之后的孩子管不了自己的脚，总要跑出去玩耍一番。但从那一年起，他们开始叮嘱我，除了隔壁的张二妈家，其他人家一律不准去。张二妈住在房西，与爷爷家隔一道不高的土墙，土墙在紧贴房子的一端有个缝隙。两家人来往要先将一条腿从缝隙间伸过去，然后须侧过身子，再迈过另一条腿。平日里缝隙被爷爷家的一捆柴草遮掩着。我每次去张二妈家，总会看到全家人的笑脸。有时我还是忘了老人的叮嘱，偷偷跑进后院一户人家，去找曾经在一起玩耍的伙伴。当我推开这家屋门探进半个脑袋，女主人像是遇见了怪物，呵斥着将我驱赶出来。我的身后第一次传来"地主崽子"的谩骂。尔后，只要我在爷爷村庄的街道上出现，总会有"地主"或"地主崽子"的声音传来。起初我并未因为这声音有何惧怕，只是由于看到那些人喊出声音时，目光里充满讥讽甚至是仇恨。当我在爷爷家昏黄的油灯下止住泪水，我首先想到城堡，想到庙宇之上那道奇异绚烂的彩虹，以及城墙上下那一群群快乐的鸟儿。

还是城堡让我心仪让我心安让我快活，让我忘记所有的冷眼白眼和仇恨的眼。虽然它已见凋敝，却依然以防御的姿态守护一颗稚嫩的心。我从爷爷家回到姥爷家，似乎从一个危机四伏的"白区"撤回到"红色的根据地"，快乐的种子又重新播撒在城墙根儿一带。"文革"开始后，两个堡子虽然响起同样的讨伐声，但对我来说，姥爷的家乡依然是一块乐土。不只是因为这里有座城堡，还因为姥爷姥姥双双以贫农的身份理直气壮地在此生活。自从父母去了城里当工人，将两岁的我寄养在姥爷姥姥家，我的生命一直得到城堡似的卫护。爷爷奶奶有时来姥爷家看我，他们大都是天黑时来，迈着很轻的脚步，直到敲门时才知道。进屋笑着看我，眼睛似乎不会转动，然后递给我一包糖果或点心，偶尔也有饺子、包子和馒头之类的东西。一次，我透过窗户看着他们蹑足出门，身影突然消失在夜色里，便哭着追赶过去。爷爷轻抚一下我的头："你不能去！"那声音像是从喉咙里挤压出来的。

我不止一次爬上城堡的墙头，向着爷爷的家张望，眼里却常常噙满泪水。那个让我感到恐怖阴森的地方，正幽囚着我年迈的亲人。我不知道他们有无被幽囚的苦痛。

春天的大地被阳光朗照，升腾起丝丝袅袅的雾气，于是远处的村落在雾气中颤抖、摇晃，房舍像是在邈远的汪洋里漂浮，很快就要倾覆沉没。我仿佛听到有人的号呼喊声和鸟的哀鸣，从迷茫的雾气里隐隐传来。我开始恐惧没有青禾的大地，它裸露、薄情而又隐恶。待到禾苗覆满空旷的原野，村落的轮廓开始变得清晰，那些晃动的房舍终于安稳下来。而无边无际的青纱帐又将爷爷的村庄湮没，即使站在城头上踮起脚来，也望不到那里半间农舍。我想象着爷爷奶奶在自家院子里走动的样子，想象着屋顶上一个用废弃的泥缸裹着泥巴做成的烟囱冒出的那缕炊烟。

初冬的第一场雪，空气格外清新，我的两个故乡之间的距离瞬间被拉近，医巫闾山也仿佛移近城堡。此时，我已完成了四季里一个完整的思念，不再于残雪积存的墙头上翘首眺望。

也许城堡完成了对我的一种守护，当我走出城堡转身的一刻，它已将斑驳的身影隐没在如血的残阳里了。

故 乡 的 风

锦州风大。童年记忆里的风有时在耳际嘶鸣，双眼便旋即做出眯起的样子，像是担心那风里的尘沙，还会吹进我的眼里。我知道这是瞬间的幻觉。

从小到大，一路上从风里走过来，再回首，向风的方向望去，忽然觉得昨日的漫天尘沙，却又被风悄悄叠起。虽然如此，但我对它曾经的行径一直铭心镂骨。

最初，我对风的色彩的识别是黄色。其实，风不该有颜色，即使有，也是人的赋予。比如，风从海洋上吹过，说风是蓝色，从森林吹过，就是绿色，从雪山上吹过，就变成了白色。而家乡的风与其他地方的风明显不同，它个性十足，有着真切的色彩。那时，还没听过"沙尘暴"这个词，只知道"刮黄天儿"，形容风刮起来，天空一片昏黄。

当年，家乡的风便有将天刮黄的本事。它刮起来的时候，会使天空忽然之间突然没了高度，现出黄风与长天一色的苍茫气象。于是乎，天便是地，地便是天，天地完全相融一体。

小时在农村，以为只有自己村庄的风是这个色调。后来，搬进城里，发现城里的风也跟从前我认识的风是一个颜色——黄色。难道说，风也有自己的族群吗？如果有，那么故乡住在城里的风和在农村跑来跑去的风就一定同出一族，也难怪街道上的沙土和田野里的土是同样的颜色，怕是这沙土都是同本同源，就来自于田野，来自于儿时奔跑的土地。

我在城里的家在市区偏南的位置，那里的房子高矮各异，但都是平房。离家不足五百米的西边，有一座四层高的居民楼，人们叫它"五号楼"。看它孤傲的神态，似乎对它身下的所有邻舍不屑一顾。风起时，沙土翻飞，我家周边的大片房屋宛如没有一株绿禾的田野，顿时苍茫而昏暗，而这时的"五号楼"，便也在沙尘里没了踪影。看它还高不高傲！风有时也有意无意地管一把人间的事情。

与这片土地上善良的人们截然相反，故乡的风却带有极强的野性。它肆虐着、呼啸着，像是要横扫天地间的一切。这样的风，很容易将我的思绪牵至历史的深处。

故乡最早的盛名，怕是因了在此上演的一幕幕塞外悲怆的血色活剧。懂得故乡历史的人都知道，从史传共工与颛顼争帝，导致惊天动地的大战起始，直到明清之间的宁锦大战、大凌河之战、松锦之战，后至一片石战役，无一不是在故乡的土地上进行的血肉格杀。想来也怪，古战场上的军事旋风，似乎巧合地呼应了大自然的塞外气流，一个带着血腥、充满杀气，一个放肆骄横、疯狂无度。风显然是仿效了兵家，始终择选地形地貌而行，又酷似古战场上的人，满带了狂野的基因。每当塞外风起，浩荡闯关，故乡的风算是一支劲旅，大有率先入主中原之势。

风的力量，应该包藏风的野性。儿时，我对大风的概念是凭感觉上的判定，刮得沙尘四起、树枝作响、天昏地暗，便是大风天。这判定当然不科学。如果叫大风，用科学的说法，至少要刮到六级。而在我看来，大风还不完全取决于风力，风里裹挟的大量沙尘，才使大风具有真正强大的气势，并使风的野性上演得淋漓尽致。

故乡的风之所以气势恢宏，是其中的沙尘充当了风的武器。那时的风与沙尘，像是从未分开过。风力助推沙尘漫天席卷，掀翻了街口摆着糖果的摊板，刮跑了老爷爷头上的帽子。偶尔看见骑自行车的人，在风里歪扭一阵之后，不得不屈尊下驾，吃力地推车前行。有时在教室里正聚精会神地听讲，风猛然用力，让玻璃飞出窗框，在书桌上和地上"哗"地破碎。

我和同伴们对风的防御，最早使用的都是风镜。顾名思义，风镜就是防风的眼镜。玻璃镜片镶在细细的钢丝框中，四周有密织的布罩，两端用皮筋连接，套在头上拉至眼部，风便吹不着眼睛了。每副风镜五分钱，后来有了塑料的镜片，价格要高出很多。其实，戴风镜并不完全为了防风，重点是防风里的沙子。记得从上小学的第一天起，我就开始正式戴风镜了。与书包一样，风镜是每个学生的"标配"。走进教室，摘下风镜，两眼周围湿湿的，时间久了，眼部泛出两个浅白的圈圈。在风大的季节，走在上下学的路上，自然躲不过风的袭扰。风从对面来，尘沙吹打在风镜上，会有沙沙的声响，眼前的路变得模糊不清。当时还不知道何为"能见度"，只觉得路不在脚下。当我习惯地背过身去，风会把衣襟高高掀起，裤子突然变得异常肥大。沙粒打在后背上，能听见密密的啪啪声，仿佛是一阵暴雨的吹打。

风拾起了地上的所有垃圾，盘旋而起，呼喊着向天空伸展，形成飞速旋转的细高的影子。"旋风旋风你是鬼，千把镰刀割你腿！"我们一起叫嚷，旋风却依然故我，继续展开它的搜索攻势。

如果放松对风的警惕，忘了戴风镜防护，难免被沙尘迷了眼睛。迷眼睛的伙伴多，会翻眼皮儿的伙伴也多。迷了眼的人喊伙伴求助，总会有人跑过去，两人找个背风的角落，一人为另一个迷了眼的人翻过眼皮儿，再用力对其吹一口气，这时，对方先会眨眨眼，而后笑着又跑进风里了。

持久，是故乡的风之意志和品格。很早就听到有人对风的戏说：一年刮两次，一次刮半年。虽是夸张，却足见刮风日的长久。若是比大风的天数，在20世纪六七十年代，故乡的风以每年一百四十天、最高年份一百七十天的大风日，真真切切地占了上风的行列。

我对故乡风沙的痛恨，缘于它对我童心的伤害，而且不止一次。

有一次，我在家东面的十字街口，遇见卖冰棍的大娘。

"孩子，刚来的冰棍，买一根吧？"

城里的冰棍分二分、三分、五分三个等级。我从衣兜里先是摸出两枚一分的硬币，塞到大娘手里。我知道，五分的冰棍倒是甜软，但对孩子们来说，吃这种冰棍便有些奢侈。二分的冰棍也甜，却都是冰，用牙一咬太硬。于是，狠下心来，又塞去一分硬币。待我将冰棍拿在手上，刚刚剥去上面的包装纸，忽地吹来一阵风，把路沟里的沙子卷起，整根冰棍被均匀地敷上一层细沙。我急忙跑回家用水冲，冰棍却在顷刻间瘦身了。

城南的小凌河岸，是放风筝的去处。小凌河在明朝开始有了好听的名字，称之为"凌川""锦水"。童年时听老人说，锦州有"八景"，其一便是"锦水回纹"。我没看过有回纹的锦水，只看过它在雨季里咆哮，而雨季一过却干涸得滴水皆无。河的南岸几乎没有人烟，无水的河道与河岸连在一起，放风筝则视野开阔。有生之年，我仅放过一次风筝，地点就在那里。记得那只风筝是用牛皮纸糊成的很大的鹰，父亲为之花费了多半天的时间。放风筝之前，找来好几个伙伴，想在他们面前炫耀一番。乘着晚秋的偏北风，鹰很快飞起来了，飞到了河道的上空，颇有搏击长空的英姿。伙伴们开始欢呼，此时，怕是手上的风筝线，还没放出一半，线就突然没了力量的牵扯。抬头看那鹰，像是惨遭折翼之祸，猛地向下跌落，又忽地被风卷起，最后在沙尘中消失了身影。许久，我和伙伴们在风中沮丧。

年幼不懂气象知识，也不知道其他地方的风是否也是这样的刮法。故乡在渤海湾处，气候本该沾个湿润才是，但在记忆中，却是年年风干、风大、风多。冬天大刮北风，能把厚厚的棉衣打透。好不容易盼来春天，然而，万物复苏之时，却正是大风恣肆之日。夏季虽闷热，但风小，算是快乐时节。秋天一来，风比春天更甚。那时，没读过清代大学者孙星衍的"莫放春秋佳日过"，要是读过并懂其意，定会骂他胡言乱语。长大后，读"不知细叶谁裁出，二月春风似剪刀""沾衣欲湿杏花雨，吹面不寒杨柳风"，便从心底仰羡江南，忽然觉得自己"生不逢地"。

原以为，处于低山丘陵间的故乡，既然为大风提供了穿行的天然坦途，风的大小怕是不易改变了。但故乡人却心有不甘，坚持数年植树造林。上小学时，老师带学生植树，边植树边说，树多了，长高了，风就跑了。

一种向往久了，便会跑进梦里。我多少次做过江南的梦，虽然是文字里的江南，但黄鹂翠柳、白鹭青天，还有茂林修竹、碧水微风，着实让我兴奋了一阵。当然，故乡是变不成江南的。故乡的人也许和我一样，少不了做江南的梦。

梦做着做着，故乡竟然有了梦里的轮廓，大概是经过了四十年的光景，那轮廓渐渐清晰，由几个粗淡的线条，渐渐现出了树，现出大片大片的密密的林，覆盖在城的周围，漫过了山峦，漫过了村庄，一直漫到很远很远的地方。

数不清的风筝还在空中飘飞，放风筝的位置还在那条河的岸边。河岸，确切地说是河的两岸，已被装点出缤纷的色彩。方砖的、石头的、塑胶的笔直与弯曲的小路，顺着河流蜿蜒伸展，间或有大片的绿草和好多种树。河水很是平静，像是过去的一切都不曾发生过。波光微微泛动，明亮而安谧，倒映的绿荫加重了几层水色。看得出来，流水不再是河道上的匆匆过客。鳞次栉比的高大楼宇，被纵横交错的黑色路面分割成鲜亮的组群。我能辨认出，这座新城就出现在那只鹰被风吞噬的方向。

梦里有的，连连飞入眼底，梦里没见过的天鹅，竟也成群飞来，栖落在城区偏北一座新建水库的上游。因此，那里开始有了自然界里最好听的名字——天鹅湖。灰鹰、苍鹭、鸥鸟、秋沙鸭、赤麻鸭……追逐着从水库里流淌出的小凌河的浪花。

故乡的风，依然在四季里行走，从未停歇，但它已失去身披黄色的凶猛，负罪的脚步显得犹疑而迟慢，并终于露出透明的形态。难道说，它也随着岁月的荏苒，老得心平气静了吗？

　　也许，只有故乡人知道，风，在这座城的内外遭遇了什么……

对一条河的想象

城南有条河，叫小凌河，现在河在城中了。我的家离这条河不足百米。八岁那年，小凌河发大水。近水的房子先得水。水漫过堤坝，冲垮家的院墙，径直涌到屋子里，床便隐在了水下。父母催促我爬梯上房，以防不测。

我刚到城里时，以为不如在乡下，因为乡下有河，不仅一条河，夏天随意选一处，便可与伙伴"狗刨"一番。进城后，虽出门不远便可见到河，但河里没有水，河道从西北至东南，凹下数不清的坑槽，坑槽边隆起大大小小的沙丘。时常看到拉沙子的马车、汽车在河道里穿行，沙丘却不见减少。不知道挖沙子的人，把沙子卖到哪里了。家离河近，等于离沙子近，南风刮起来，尘沙迅速响应，在堤坝上稍作盘旋，便在家的房前横扫而过，继而扑向城里，顿时苍茫得昏天暗地。

没料到，突然一个黎明，城里却有了"河"——一条街道便是一条河。站在屋顶看河，黄色的水面漂着垃圾，还有树的枯枝和一些不明物体，空气中弥漫着腥臭的气味。后来，有人告诉我，1963年那场洪水，整个锦州城的积水有半米之深。

那场大洪水，祸起小凌河。其实，这条河并不宽大，全长也不过二百公里有余。水到城南，则到了下游，绕城过去，折而向南，注入渤海湾。据老人们说，每隔六七年，这条河便发一次洪水，十年左右还会遇上大洪水或特大洪水。辽西地区干旱少雨，春天里的许多条河暴露着清晰的河床。农民仰望天空，为头上的几片乌云欣喜，又为它悄然飘过懊恼，不知播下的种子何时会迎来一场甘霖。他们的目光会搜寻每一条河，而搜寻的结果又令人悻悻而归。此时，小凌河沿岸的人早已从岸边背过身去。河里没水，有沙子、河卵石，岸上有古城址、古墓葬、古庙宇，上自商周、西汉，下至辽金、明清，均有文物遗存，但与灌溉不沾边。无论如何，雨迟早会来，小凌河总有流水的时候。但这时岸边的田野，也许正浸泡在水里。

洪水涌到城里，城里人对它怀有极大的恐惧。乡下发水，人可以跑去山上，或避于高岗。在城里则不行，只能在自家房顶暂避一时。当年，全城的楼房只有五座，按竣工时间编号，我家附近的楼是五号楼，刚建一层半高，也和大片平房一起，被水围上了。

一阵雨来，所有房顶都是彩色的，人们打起雨伞，或穿上雨衣，怔怔地等着雨过天晴。恍惚记得，我在房顶上整整待了一个白天，到了晚上才下来。白天吃剩的饼子还剩两块，一块攥在手上，另一块在衣兜里。我见母亲从房上下来后，最先翻看自己的衣兜，那里也许装着家里所有的积蓄。对于屋子里的水，父亲先将门槛处用泥巴垒高，然后用脸盆舀屋子里的水，一盆一盆倒向门槛之外。

那一夜，记不得是怎么睡的觉。屋子里湿漉漉的，土炕已见塌陷，好像是有木板搭在炕上，人便躺在木板上。早晨起来，见院子里尽是泥沙、垃圾……从那天起，我开始嫌弃家的位置，甚至几次埋怨父母，为什么不把家选在远离河的地方。

恐惧也好，嫌弃也罢，小凌河却始终不懂人的心思。它来势汹汹，走得匆匆，没过几天，河道便又现出斑驳，大大小小的洼处，虽有明显的积水，但无法相连一起，所以没了流水的面貌。即使是这样的水，也偶有好泳者溺死其中，消息传来，免不了让人心生恐怖。

过了雨季，整个河道几乎见不到水了。市民倒是警醒起来，每年在政府组织下拉土筑坝，以防水害。后来，又看到小凌河发大水，因水未漫堤，堤上有好多人看水，但见浊浪滔滔，不时有整棵大树顺流而下。突然有人高喊："牛！牛！河里有牛！"至于有没有猪、羊等，便可想而知了。

小凌河温顺时，两岸的土地也会受到它的滋润。但是，后来知道，在它流经之处，有污水汇入，水质开始恶化，城市供水对它则置之不理，水源取自很深的地下，便对小凌河更无丝毫的喜欢。

读初三时，班里来了一位语文老师，是从某师范学院刚毕业的南方人。老师出了个命题作文，题目是"我爱母亲河"。"母亲河"，多好听的名字，一定是滋润一方土地、养育一方儿女的河。大到国家，小到地域，似乎都有可被称为"母亲河"的河。我国的黄河、埃及的尼罗河、印度的恒河、德国的莱茵河、英国的泰晤士河、美国的密西西比河……不知受到多少歌咏。但老师说得明确，必须写小凌河，其理由很简单，那是家乡的河。同时又说，写黄河不行，写长江也不妥，因为你们不熟悉。我当然熟悉小凌河，可它怎么能与"母亲"二字相联系呢？母亲温柔、善良，它却粗暴、凶狠；母亲的乳汁甘甜、丰沛，它却污秽、干涸；母亲的目光明亮、深邃，它却暗淡、肤浅。这些鲜明的对比，让我无法赋予这条河以母亲的比喻。

也许是出于一种愿望，或是因了对美好的想象，我还是用了这样的比喻。有了这个比喻，自然就有了对这条河赞美的文字：河水清澈见底，鱼儿在水中畅游，它用母亲般的乳汁默默地哺育着两岸儿女。"山影云影，日光水光，交织成一片""左一湾，右一转，每一曲，每一折，都向你展开一幅绝好的风景画"，刘白羽在《长江三日》里的句子，也被我拿来引进文中。比喻获得了成功，老师将此文念给全班同学听，小凌河在我的心里突然变得神圣起来。

有时，谎言一旦被别人相信，谎言的制造者会手舞足蹈，而当这场闹剧过后，总会有一天，他会独自躲在暗处，为曾经的把戏感到沮丧。尽管我的谎言充满了善意，但我还是不情愿那样的比喻，犹如不情愿用谎言欺骗他人。事情过了很久，耳边仍有同学们揶揄的嘘声。我的两腮发热，最终判定自己做了一件蠢事。于是，我开始抱怨老师，而老师却说，离开想象就没有文学。

那么，小凌河是文学吗？它就在真实的生活里，在人们的眼前流淌、汹涌、枯竭，如果它是文学里的河，城里的那场水害则可有可无，屋子里也许有洪水涌进，也许不见一滴。想来想去，它还是真实的存在，是真切的具象。正因为它的真实不虚，多少年来，我一直为它的存在忧虑，为它的真切悲戚，有时又禁不住生出文学的想象。不是狂暴、不是干枯、不是污秽，而是真如我那篇作文里的描写，只有养育、付出、始终如一、从不怨悔，没有任何雕琢、粉饰，而又毫无粗鄙和俗媚。我知道，自己并非为了文学才生出这样的想象，而是想把文学的真实，变为生活的存在，所以一方面死死地看着那条河，一方面又由于某种不忍，急切地让它依照我的想象，把另一种样子呈现给我。

在远离故乡的日子里，每逢干旱或多雨季节，我都会想到小凌河。一定是那场洪水的缘故，想起这条河，便不由得想到它咆哮时的凶狠，想到在激流中旋转的牛，还有河道上被风卷起的尘沙。"总之岁月漫长，然而值得等待"，村上春树倒像是个神闲气定的旁观者，对时光满怀耐心，并相信和等待时光改变一切。而这条河之于我，似乎远离了岁月，仿佛就在我的心上，在心上奔腾与干枯，所以，等待便显得极为漫长。如果说，等待是凝固在时光里的形态，那么我应该不在其中，因为我的期盼早已越过时光的头顶，变成了一双眼睛，将热切而焦急的目光投向了那条河，投向了河水肆虐的方向。但是后来，我还是被时光追赶上来。

那是几十年的时光，里面似乎积蓄了足够的能量，在城西北不到十公里的沟壑和低洼区释放开来，于是，现出了一座长长而坚固的灰白大堤，将最易在此蓄谋冲击城市的洪水，死死地拦截在大堤之内。从此，通常被叫作水库的碧蓝色的水面，具有了一座湖的气象；从此，城南的小凌河，便是从湖里流出的河；从此，河水变得透明、恬静，舒缓而欢快……其实，时光并不能储藏能量，如同它不能留住自己，只是在时光里奔走的人，威震山岳的气概和奋勇创造的伟业，才使时光有了坚硬的质感。

春日的一天，忽然接到朋友的电话，邀我去水库的上游看天鹅。我当然看过天鹅，这种候鸟最喜欢栖落在湖泊和沼泽地带，它们不仅体态优雅，而且恪守"终身伴侣制"，一方死后，另一方不娶不嫁。在家乡，还从未听过有天鹅到此驻足。实际上，这片土地的上空，正是候鸟迁徙的必经之路，天鹅对此不屑一顾，一定是因了身下的那片干涸。

那天阳光很好，水面上残浮着淡淡的雾霭，数不清的天鹅飞起飞落，还有苍鹰、灰鹰、鸥鸟、秋沙鸭……也汇聚在一起觅食嬉戏。何止是在这里，在下游的小凌河边，仍有同类的珍禽纷纷现身。不知它们会逗留多久，即使三天两日，也足以让城里人兴奋不已。

我忽然想起那篇命题作文，还是少了文学的想象。

那一方水土

穆涛兄的话让我无言以对——"李文亮是北镇人，你也是北镇人，那你就写写北镇，写写那里的一方水土吧！"

夜里睡不着觉，想着怎么填写这张不深不浅的考卷。我知道，医生李文亮被称为"吹哨人"，在抗击疫情中不幸离世，因此得到世人的关注。那么，李医生为何方人士，也于瞬间被人搜索完毕。随之，北镇这个地方，似乎一夜之间便神州皆知了。

"地因人传，人因地传，两相帮亲，俱著声名。"之于李文亮与家乡的关系，若用余秋雨先生在《洞庭一角》里的话，显然不够妥帖。李文亮作为一名普通医生，是个少有顾虑、讲真话、爱同事和朋友的平常人，况且他又是刚刚离去，所以，他的家乡此前的名声，自然与他没有关联。而他的名字，也不是因为他生于斯的故土才传得那么迅疾。至于后两句，更是未见踪影的事。

现在，他的家乡人还在隐隐悲痛，没有谁因了地名的显赫，首先去感谢一个年轻的生命，也很少有人说他是家乡的骄傲，因为北镇人也不忍心用这样的结果，去为他的故土换回什么荣光。这些都没有，有的只是痛心和惋惜，并由此而生的一种怀念！

世人关注北镇，则是出于本能的意识。既然知道李文亮这个人，他的妻子、孩子和父母，乃至他的家乡，自然会在关注之内。有些好奇的好心人，也想透过曾养育他的土地，看到他身后的山川风物，以及那些陌生的人群，甚至要找出他身上的某种特殊基因。也许是我过于敏感了，人们想的怕是没有那么复杂，只是关切而已。

其实，对于李文亮医生而言，北镇就是他的家乡。北镇就是北镇，北镇不是绍兴，没有出师爷的传承，更比不了湖北红安，一个县就能出了几十个将军。总之，论文论武，北镇的水土没有专门对哪一类人的盛产。

连续多日，接到远方朋友的电话或微信，问我：北镇在哪儿？北镇是个什么样的地方？甚至问我认不认识李文亮。我一个年过六旬的人，早年离家漂泊，哪里会结识这位小老乡呢！

作为北镇人，我当然亲近故乡的土地，也熟悉那里的风土人情。北镇不是镇，是辽宁省锦州市管辖的一个县级市，坐落于辽西走廊，有五十万余的人口。在降水量不多的辽西地区，北镇的雨水算是最丰沛的，几乎少有大旱年景，风灾雹灾也不多见。所以，除了那些都遭遇过的灾难，北镇从城到乡，人们一连多少年，日子过得很是安稳。

但是，此前的这片土地，绝不是不受外人青睐的，而是很早就名声在外了。这不是因为有哪个名人产生了效应。当然，作为任何一地的土著，不管脚下是何种的水土、身边是何样的人群，都免不了要说"人杰地灵"的。我敢说，对我的家乡赋予这个赞誉，倒也并不为过。翻阅史料，便可知晓好多人物。东丹王耶律倍，其八世孙耶律楚材，且有一批辽国重臣和皇族要人，都曾与这里过往甚密。辽东总兵李成梁，多年于广宁（今北镇）镇守，频传佳话。从古至今，从这里走出去的后来成了高官、企业家、银行家和新闻界、出版界大小名人的，委实不在少数。而北镇的名声，最终不是取决于其中的哪个人，即便历史上有好多的人物，却也不被更多的人熟知，而当今有了地位和功业的，其名声大都在区域或行业之内，无以让北镇因人而名。

让域外认为北镇非同一般之地，并常常慕名而来的，不是因为别的什么，而是因为一座山。这座山叫医巫闾山，属松岭山脉，呈东北西南走向，山无险绝之势，最高海拔八百余米。但山体容貌与好多山迥异，除了一片偌大的黑松林遮盖了山石的真相之外，其他山体几乎石异松奇。山石大都裸露，阳光照在石上，光泽明亮，好多松树从石缝而生，远看像是长于石头之上。早晚的山崖，总要被霞光浸染得一片火红。

似乎北镇所有的历史与文化，都与此山密切相关。大概是从童年起，便常听老人们说，医巫闾山是一座圣山。然而，它究竟圣在何处，只是到了增长记忆的年纪，才知道虞舜即位，把全国分为十二州，各封一山为一州之镇，家乡的属地为幽州，医巫闾山便成了幽州的镇山。到了隋朝，山脚下专建一座山神庙，初称"医巫闾山神祠"，为祭祀山神之所。明朝，从京师过来有条主路，从北镇境内穿过，时称驿路。清初，皇太极下令延长修建，当时谓之"叠路"，后人称之为"大御路"。也许医巫闾山是中国北方唯一的镇岳，与大清的江山社稷息息相通，使清帝们先后沿着这条路，或去巡幸，或去奉天祭祖。仅康熙至道光年间，四位清帝共十余次途径广宁境内，并留下近百篇（首）歌咏医巫闾山的诗文。乾隆对此地更为情有独钟，竟然四次行至，三次登山吟咏，且为景观题名，留下多处墨迹。

可以说，北镇人几乎没人不到此一游。我的家离医巫闾山大阁景区有二十多公里，那时交通不便，直到十三岁那年，才随外祖父去那里玩耍过一日。现在，到此一游是极为便利了。李文亮家住县城里，县城就在医巫闾山脚下，他去那里游玩怕是不止一次两次。

我每次细观医巫闾山的山石形貌，想到蕴藏其中的岁月遗存，会禁不住联想到这里的人。

"一方水土一方人"，这是俗话。少时懵懂，对此话心生不解：水和土与人到底有何关系？土地里长出庄稼，庄稼变成了粮食，谁吃哪儿的粮食都会充饥，都会长身体；至于水，无非有水质的优劣，喝哪儿的水也是水的感觉，怎么会因水因土而划分出不同的人呢？后来渐渐懂得，水土不是水和土，而是一方历史，一方文化，一方民风与民俗，而人呢，则是由此而生的独特的人格群体。

这么一想，医巫闾山真的像是有了对人的观照。

善诗文、喜书画、崇尚科考，在北镇地域古来有之，且日盛不衰。我的外祖父虽是农民，但他喜欢吟诵《三字经》《千字文》，吟诵得只字无误。他更善舞墨挥毫，能写一手好字。故乡似如外祖父的农民很多，绘画的人更是不在少数。三十年前，北镇就被文化部命名为"书画之乡"，农民书画家足有千余人。读书兴教早在这里蔚成风气。若说办学水准，北镇颇有成就。李文亮曾就读的北镇一高中，多年来一直是全省的重点高中，培养优秀学子无数。北大、清华校园，几乎每年都有来自北镇的学生。去年恰逢建校百年，好多从这所学校走出去的人，回到母校表示庆祝。李文亮没有回来，他也许抽不出身，也许以为自己身份平常，没有什么值得向母校汇报的。

说起读书，北镇的老少众人，少有不知耶律楚材的。人们倒不是看的官位与功绩，多是因为他少年在闾山显州书院，苦读诗书及天文地理，十七岁便考取举人。说来也怪，一代名相，幼时怎么偏偏到医巫闾山来伴书立志？看来，还是源于圣山的那片灵光。他的读书堂尚在闾山之上，为他立的一尊塑像也常为人拜谒。

这方水土的人，在外人眼里看来，免不了有些许的轻慢。

但他们真的不是轻慢，骨子里透着的是坚硬和倔强。我不止一次听过阎海文的故事。他家住北镇农村，祖父和父亲都是清末武秀才。抗战之初，他奉命驾机屡屡炸毁日本海军陆战队的目标，当飞机不幸被敌军击中后，被迫跳伞。面对敌军包围，他整理戎装，向蓝天立正、敬礼，并把最后一颗子弹射向自己。我采访过家乡当过四届全国人大代表的佟玉兰，她当年一个弱小女子，竟然只身深入名震四方的土匪老窝，侃侃说事论理，促成匪伙顺利归顺到八路军某大队。

我常常被他们的事迹所感动，但我回答不清，在他们流淌的血液里，究竟注入了多少特殊的基因，只是觉得他们的性格，与医巫闾山的石头和松柏很是相像。

他们似乎更习惯于思考，思考这"幽州重镇"到底给自己留下了什么，思考怎样才不辜负厚重的文化积淀和灵山秀水，而在思考之后，他们依然老老实实地躬耕于脚下的泥土。

也许是由于清帝的过往，必经北镇境内，所以，当年沿途的人们格外小心，从不荒半亩土地，且耕作得田垄均匀笔直。直到今天，这里的农民依然如故，把田野侍弄得如织出的锦绣。我发现，在当今农业的词典里，第一次有了"观赏农业"的词条，而似乎只有在我的家乡的土地上，才能找到对这个词条的图解。

我一直觉得，家乡人的眼光不同寻常，总是能在古老文化与现代文明的气息里，发现他们认为是新鲜的东西。记得20世纪80年代初，对于祖祖辈辈种植庄稼的农民来说，背叛庄稼去种植葡萄树，像是倒行逆施的举动。有个人叫李鹏学，脸膛黝黑，身材高大，在我的家乡当公社书记。他带领农民把高粱和玉米赶走，让葡萄树在此扎了根。当时，这在东北也属先例。我在市报社当记者时，多次采访过他，也知道人们背地里不再叫他李书记，而叫他"李大干"。如今，北镇成了全国葡萄鲜食鲜储基地，农民因此走上致富之路。想当年，东北人冬季只吃酸菜和窖贮白菜、土豆和萝卜。北镇就不同，硬是在寒冷的季节建起塑料棚室，生产出品种繁多的蔬菜来，一举改写了东北冬季没有新鲜蔬菜的历史。对于常年生活在闹市中的人，不会想到山区的果树之下能长满嫩绿的韭菜。北镇就能，而且也成了一大景观。

乡情总如一根根无形的线，把人心连接在一起。至少在一个村庄之内，人们不仅关心自己土地上的收成，而且时常把目光投向左邻右舍，投向与自己从事的种养业有着同样品种的人家。有一次，我回乡探望亲属，正赶上葡萄初发霜霉病。听人介绍，葡萄一旦患上这种病，粒子先在坐果的根部变黑，之后会纷纷脱落。像是有洪水即刻来临，自家葡萄患病的业主四处奔走，进院便喊："看看哪，好好看看哪！粒儿有变黑的没有？"很快，村庄里响起喷洒药物的噗噗声。

乡情使人温暖。人到老年，无论身处何方，乡愁总会自然泛起。我想，文亮该不会有多少乡愁。他年轻，不到二十岁就离开家乡，去了武汉读大学，参加工作后娶妻生子，且又忙于工作，时年三十四岁就停止了生命的脚步。他活着的时候，在家乡所见到的一切，早就透出现代的色调，包括每条街道，每盏路灯，每幢楼房，都是现代的元素了。但是，我想他会完全知道，他当年生活的北镇城，原本是广宁古城，而这古城的由来也是缘于这座圣山。

据载，耶律倍生前最爱医巫闾山的奇秀，死后便葬于此，名为显陵。辽为奉护陵地，于闾山东南麓置显州，开始奠基筑城。此后至明，屡次修缮扩建。城内有崇兴寺双塔、鼓楼和李成梁石坊。文亮家属于城里老户，居在鼓楼北百余米处，从上小学直到上高中，他天天会看到鼓楼。鼓楼曾是李成梁的点将台，清代改为鼓楼，现为著名的旅游景点。文亮的父亲是一家小工厂的工人，母亲是商店的营业员，两人早已下岗，都属老实本分人。而绝大多数北镇城里人，既不失乡下人的淳朴，更善表达意志和诉求。

有一年，去眉山采风，知苏东坡为眉州黎侯写过《眉州远景楼记》，其中有言："故其民皆聪明才智，务本而力作，易治而难服。"意思是说那里的民众都很智慧，安分守己地努力劳作，容易管理却又难以制服。北镇与眉州相距甚远，不知何故，这些城里人多少也有眉州人的秉性。那个年代，古城墙被强行拆毁后，官方还要扒掉鼓楼和石坊，结果激怒了城里民众，他们且上书且拦阻，终于使古建筑得以矗立至今。听有人故意传言，说谁敢动双塔一块青砖，谁家就会断子绝孙。于是，双塔也幸免于难。青岩寺也在医巫闾山，那里有座石像，俗称"歪脖老母"，实为一尊观音像。那年月，石像不知被哪方小将推至山涧里，使"老母粉身碎骨"。后来，还是山脚下的人们在荆棘丛中把石像的碎石一块一块地拾起，然后细心拼接，最终使"歪脖老母"重获新生。

这方水土和这里的人啊，就是这样！不知穆涛兄还想让我说点儿什么？

疫情之下，沟帮子熏鸡的生意显得冷清，水馅包子百年老店的门前，亮出"暂时关闭"的牌子。我想，疫情终会过去，一切都会很快好起来。

待春风轻拂，医巫闾山的梨花依然繁茂，依然是一片浩瀚的香雪海。

风 归 故 乡

　　中国北部的海岛——小笔架山岛，犹如风的一处乡愁，让它那么终日不舍地顾恋着。

　　当岛上的迎春花刚刚开出几点金黄，春的讯息便催促风的脚步，从山东半岛一路向北，径直扑向这座仅有一万三千平方米的岛屿，一头扎进锦州湾的怀抱。

　　人类与风相识开始之前，风早已有了亿万年的资历，人类最初无法认知它的心思，不知道它无常的面孔和乍隐乍现的身影，究竟想要给人类带来什么。

　　无论人类的脚步行进在时光的哪个区间，风依然亘古不变地吹着，时而温顺，时而暴虐，时而炽热，时而凛冽。"北风其凉，雨雪其雱。惠而好我，携手同行。"早在《诗经》里，便可看到人逃离寒风时的惶恐。而"春风如贵客，一到便繁华"，不过是风给人的一时恩惠。古往今来，那些消逝的情景，使人不得不相信：一场狂飙，能让华丽的建筑转眼成为废墟，满山的林木匍匐在地，即将成熟的庄稼一片狼藉，船只被风掀起的滔天巨浪卷入海底……还有森林大火，如果没有风助火势、火借风威，燃烧得绝不会那么猛烈无情。

渐渐地，人类面对风，便由初始的惧怕和屈服，不得不转入对抗式的防御。于是，建筑物开始变得坚实，田野里有了防风林带，海岸上筑起了防风堤坝……所有的一切，都似乎告诉人们：风是魔鬼的化身。

早年间，风的变化多端，之于日夜守望大海的人，如同飘忽不定的幽灵，神秘、诡异、令人心神不安。它从哪里来？要到哪里去？要以怎样的速度行走？在缺乏科学预报的年代，锦州湾的渔民可以发现浪底之下的游鱼，却不易猜透风给出的这道谜题，他们出海前的心境，也如大海一样的渺然。

无数个黎明，锦州湾的渔民手搭凉棚，眺望苍茫的大海，揣摩着风的情绪。他们脸上深褐色的皱褶，覆满了风的足迹，一直目视远方，目视着天上的云，以及在雾气中朦胧的海平线。也许没有谁会比他们更会观天象，几只海鸥的叫声和海燕飞行的姿态，还有云朵飘动的方向，在他们看来，都在为某种天象做出解释，并给出对风对雨对浪的答案。

此时的风，便是他们命运的主宰。生活里的苦辣酸甜，似乎都系于风中，所以一举一动，都要看风的脸色。像是有一把开启大海之门的钥匙，牢牢地握在风的手上，而风的心情如何，便会决定渔民的欢乐、烦忧或愤怒。当渔船在曙光中驶离港湾，又在夜幕下平安返回岸边，他们把一篓篓的海货抬出船舱，家人在岸上喜笑相迎，那又是完美的一天，随之不能不感谢风的一份美意。

每年从春至秋，来到锦州湾的风，无论是从山东半岛缓缓北上，还是从华北平原漫步而来，都要先进入渤海的大门。这片近似封闭的海域，少有巨浪和岛屿，为风的行走铺展着平坦的跑道。当风行走到这里，顿时会眼界大开，心情不再是原有的淡定，而是突然变得欣喜若狂。它们像是顽皮的孩子，在海上忘情地奔跑着、歌唱着，那么自由欢畅而又健步如飞。

　　谁也说不清楚，就那么经年累月地奔走，风到底历经了多少年的踏访，才会和海浪一起，在渤海的底角把锦州湾的海岸击打成一个小小的弯弓。当然也不会知道，在光阴流转到哪一年，与小笔架山岛毗邻的大笔架山岛，才有了状如笔架的模样，那个担笔的凹处，是不是风最喜欢行走的路线？岛屿与陆地的连接，当然是海。然而，在大笔架山岛与海岸之间，除了海，竟然还有一座被誉为千古奇观的"天桥"。海潮涨起，"天桥"受两面潮水的夹击渐渐隐没；当潮水退去，一条蜿蜒的路，清晰地从海里露出，使海面一分为二。

　　我每次在离家不远的"天桥"上行走，都感觉那路像是被两面的海水托举着，而鸣响在耳际的阵阵涛声，分明是海吃力的喘息。当海已精疲力竭，不得不把它轻轻放下，等到恢复了体能，依然要把它重新托起。我的身体有些摇晃，心却不知向谁询问：海水涌到这里，怎么会莫名其妙地分手，而在转瞬之间，却又那么顾盼不舍，彼此非要相拥一起？

　　从西南吹来的海风，猛然掀起我的衣襟，我朝风吹来的方向望去，发现这座岛屿斜卧的角度，与风的方向毫无二致，而两侧岩壁的奇峭如劈，清晰地裸露着风的印痕。于是，一个大胆的想象，突然浮现在脑海：也许就是风，以千百万年不变的毅力，把岛上坚硬的山体切削成了细小的沙石，然后吹送到岛的脚下，任凭潮水的推送和培堆。这条一千六百多米长的天路，该是风与海最早的一次合作，留给锦州湾最杰出的作品吧！

无论船上的帆是如何借助风力，使海上的运输和捕捞节省了多少燃料，风依然还是人们放心不下的浪子。更多的时候，人类对它的憎恶远远胜于对它一时的好感。某一天，突如其来的鱼群游至一位年轻渔民的船头，之后又倏地消失。那是罕见的偌大鱼群，一网下去会是怎样的收获啊！鱼群把渔船带进海的深处，一阵飓风掀起的巨浪，顿时把船吞没到海浪之下。风不可系，影不可捕。那次距今遥远的海难，时常给人带来些许的隐忧。每当海风乍起，多少渔民的妻子匆匆跑向海边，焦急地凝望大海。夜幕降临，看点点渔火向岸边闪动，她们悬着的心才渐渐得以平复。

如同耕夫祈求风调雨顺，渔民祷告的则是风平浪静。为了风和浪的乖顺，常有人焚香跪拜在妈祖的脚下。笔架山上，在很久以前建造的龙王庙里，缭绕的香火注满了人们深重的情思。似乎"保家仙"的力量还显薄弱，在一个渔村的仙堂内，便多了一尊"风神"的塑像，案上摆满了更为丰厚的供品。

而风呢，依然我行我素，丝毫不理睬人们对它虔诚的期许！锦州湾的海浪一如昨日，与风一起呼啸着，向着灯火阑珊的海岸拍打。当北冰洋的冷空气涡旋掠过贝加尔湖，翻越蒙古高原，穿过松岭山脉与阴山余脉形成的喇叭口似的地带，一种叫作"伯努利"的效应使风忽地变得烈性十足，天地骤然寒冷起来，人们对风又加重了几分不满情绪。

人与风的抗争，似乎也走不出物极必反的逻辑怪圈，终于有一天，在岁月的一个拐点，彼此到了一个歇息和再做选择的时刻。不知是人先看清了风的秉性，还是风早已悟透了人的心思，就在人对风余恨未消的时候，风突然改变了肆意妄为的行径，开始乖乖地顺应了人的愿望，并在一个透明的舞台空间，扮演了个性鲜明的主角。

　　风在海边奔走的路上，吹动着风电的叶轮不停地旋转，灯火开始闪耀在所有渔村的夜晚。人们看到，往常在日夜里狂奔乱跑的风，第一次在这方土地上把自己的能量转化为一处处光明。大概从这天起，人们从内心里开始亲近它，并也因往日对它的诅咒生出些许的愧疚。

　　好风也知时节。每年6月至9月，全国沿海大部分地区的风，要么疲惫得睡意沉沉，纹丝不动；要么暴躁得横冲直撞，不可一世。无风或台风，都让所有的海上运动者十分沮丧。宛如风的一处乐园，锦州湾海域却让风迷恋得忘记歇息，依然迈着既不疯狂也不迟慢的脚步，贪婪地在海上玩耍不停。对锦州湾的风惊叹不已的，最初是来自法国的四位航海家。在领略了世界上无数处大海的风浪之后，他们根据对监测信息的搜索，发现锦州湾的海域更适宜风帆运动。就在这片海域扬起风帆、穿行海上的瞬间，他们惊奇地看到，风、潮、涌、浪、流这些不可或缺的海上元素，使这片海的表情呈现得那般丰富，风又是如此强悍而富有韧性，被风卷起的浪，竟会从不同方向，不时地簇拥一起，变化出不可计数的奇妙、险绝的形态。像是哥伦布发现了新大陆，他们终于发现了一处风的迷人宿地，并庆幸能与世界上如此美妙的风牵手一回。其实，地地道道的锦州人王启光先生，作为锦州湾航海俱乐部的创始人，在体验过白令海峡、英吉利海峡、马六甲海峡、琼州和台湾海峡的航行之后，便一口咬定，还是家乡的风最能让驾驭的风帆找到穿行海上的灵感。

就这样，一个关于风的话题，引起了当地政府从未有过的关注。犹如推介本地宝贵的特产，锦州湾的风被推介到国内和国际风帆运动的论坛。于是，那些为风而来的海上重要赛事接踵而至，锦州湾的海域不再沉寂。彩色的帆影在风中飞快地穿梭变幻，像是写在海上的一首抒情诗。那些常人并不认知的动作——控板、换舷、收帆、摇帆、绕标、冲浪、滑浪、破浪……一一娴熟地接连展现，仿佛实现了对每个诗句的完整表达。

毕焜——一个被风托起的名字，就闪烁在海浪之上。这位2018年雅加达亚运会的帆板冠军，毫无悬念地站在国内帆板冠军的领奖台上。他的故乡就在锦州湾的岸边，从小就喜欢大海的他，常常不惧风浪，在海里游泳。似乎是命运的安排，他成了一名帆板运动员，开始在家乡风浪独特的海湾迎风弄潮。在领取奖牌的一刻，我看着他异常健硕的身躯，看着他棱角分明的肌肉骨骼，忽然想到风，想到风中的浪，仿佛觉得他是风浪携手完成的一尊雕塑。他弯下身来，深深地鞠躬，似乎在致敬故乡的风，致敬被风日夜亲吻的海。

晨光初露，风徐徐而起，锦州湾的海面浪化泛动，继而波涛奔涌。在夕阳的余晖里，如晚归的渔舟，风又回到静谧的港湾，等待明天对它的又一个礼赞……

紫　秋

　　"来葡萄园劳作的人，无论早晚，都能进入天堂。"

——赞美诗

一

　　仿佛就在医巫闾山山神的目光稍作移动的瞬间，如期而至的金色便在这方谦卑的土地上消失了。

　　分明是一个金秋的日子，北镇市壮镇堡的田野里却没了一丝金色，没了任何可以标志收获季节的色彩。无数根水泥杆或是木桩，支撑起一片片浓密的暗绿，从农舍的屋檐径直铺展到村外，伸延到与远处的村庄、河流的边界，驱走了当年所有玉米的金黄与高粱的殷红。在几乎相融一体的暗绿之下，晶莹剔透的葡萄如紫云层叠，缀满了棚架下低矮的空间，一股甜丝丝的气息在空气中涌动、流淌。

哦，我阔别已久的土地就这样悄然换了一副面孔，这副面孔让我新奇，让我陌生，让我恍然若梦，不知它的表情里究竟藏匿着什么。

忽然，一阵秋风漫过成熟的田野，我像是听到了高粱和玉米发出的最后的回声。在我有记忆时就是这样，就是这一阵秋风把庄稼从沉睡中唤醒，告诉它们已经到了回馈汗水的时刻。尽管这样的回馈周而复始、年复一年，但它们依然欣喜地迎接主人挥动的金镰。

倚望在童年时常与外祖父乘凉的老槐树下，若有所失的惆怅使我的脑海浮现出往昔秋天的场景：秋风与金镰的舞动声汇成流水般的声响，一辆辆满载庄稼的畜力车，伴随着一串串鞭声和吆喝，从大地的深处驶出来，驶向几座早已碾压平坦的场院。赶车的人路过我的身边，将手中的长鞭高高扬起，得意地甩出一声脆响，然后送我一个憨憨的微笑。我在车后的飞尘里奔跑，拾起车上滚落下的一穗玉米，继续向着大车驶去的方向追赶。

此时，大地里的气氛远不像米勒《拾穗者》那样冷清，大公无私会战式的劳动过后，一幅捡秋图便绘制在大地之上。每个人以《拾穗者》中人物的姿态俯下身去，形成一个偌大的松散人群，在收割后的田野里快速地蠕动。他们为了获得一点儿果腹的食物，急切地寻找和翻捡属于自己的每一穗甚至每一粒粮食。

后来，捡秋图恢复了《拾穗者》的宁静，没有了哄闹的人群，几乎和画中相等的人数，悠闲而从容地俯身于自己的田亩。但画面的景深之处却不是房舍，而是载运庄稼的机车。数不清的场院的上空，不停地飘起又落下阵阵烟尘，烟尘里细碎的秸秆、枯叶被风吹落到场院的一端，饱满的籽粒便如雨点般落下来，在地上弹起声音细弱的高度，后来落下的籽粒直接融进了一个不小的粮丘。

玉米被剥光了层层的包裹，在屋檐下和门楣上赤裸裸地宣告：秋天过去了！

看来，我只熟悉童年里曾亲近过的金秋，熟悉金秋里呈现的并非全部金子似的色调，所以禁不住在那里时而痴痴地凝望，时而让思绪沿着记忆的路径忘情地奔跑。但是，我没有挽留那些个秋天的意思，更没有因眼前无边的紫云而痛惜消逝的金色，我只是觉得往昔的金秋更像收获的季节，是让一年的汗水滴淌下去之后揭晓回报的时刻。因此，我以为只有那样的秋天，才会使耕耘者的心里充满期待和感动。

面对建在大地上的葡萄园，我一时模糊了田野的概念。但凡叫作田野就该有身影，而它的身影又在时空中颇有秩序地往复奔走。初春的新绿、盛夏的葱郁、晚秋的金黄和寒冬的洁白，构成了田野恒定而交替的几组色调，分外的鲜明、清晰而富有动感。我觉得，田野的奔跑一直就在眼前，无声无息，紧紧地围绕着你，还没等你回过身来，它又换了一副装束。我一时不再称呼眼前的土地为田野，是由于它不被秋风所着色，竟然让一个本该韵味十足的金秋变得似乎没有了秋的味道。

一辆机动三轮车从葡萄园里驶出来，车厢里装载着满是葡萄的一个个塑料箱。我与驾车的人彼此一望，因为面孔的陌生而将目光迅速移开。突然，一辆摩托车从同一处轰响而出，而与骑车人相互打量同样是无语的结局。我在新漆过的乡间柏油路上行走，仿佛误入了异乡的土地，这缀满葡萄的园子也似乎在某个异乡的村头。我开始寻找通向外祖父老屋的那条阡陌，而寻找的结果却是走进了栽种葡萄的园地。

终于，我看到与外祖父同族的舅舅，他开着一辆电动车，当我问他的去向，他笑着只说出两个字："收秋！"便驶进一座葡萄园里。

我忽然明白什么是秋——农民眼里的秋。

自从战国时期那位悲秋之祖开了悲秋之先，多少文人雅士便将悲与秋粘连在一起，逢秋便多了一个"悲"字，感物伤怀，悲从中来，悲秋的泪水满含双眼。其实，秋不过是在生命的忧患中最激越的一次律动。但这样的律动或许只属于农民。他们的双脚插在自己的泥土里，当然没有思乡的哀愁，因之也就没有"自古逢秋悲寂寥"的感伤。他们盼秋，盼的是春华秋实，"春种一粒粟，秋收万颗子"；他们更喜秋，"喜看稻菽千重浪""稻花香里说丰年"。当"西风紧，北雁南飞"，秋空的几声雁叫，在农民的耳里毫不凄清，反倒如听闻报喜的佳音。此时，他们知道大地就要捧出丰硕的五谷。所以，在土地上劳作的人群，在每一个风调雨顺的年景，一定是秋必含喜，喜必言秋。

而一向冠以金子般色彩的秋却渐行渐远，最终隐没在壮镇堡黝黑的泥土里，使秋天已不再涂有固定的颜色。

葡萄，一种叫作"巨峰"的葡萄，成了与往年几乎同一时间维度里唯一的果实，它的每一串、每一粒相同的紫，便是这个秋天统一的色调。

像是葡萄园主们预先有了时间的约定，正午刚过，三轮的或四轮的机动车便纷纷驶出葡萄园，将满车的葡萄运往自家或租用的储窖。这场景倒是再现了岁月里的几分喧嚣。可以看出，人们欣喜于这种色彩的秋天，欣喜于在这样的秋天里流动的气息。这场面虽然没了骡马的嘶鸣，更看不到采取一种拼抢式的行动，匆急地将大地的果实归入自家的仓廪，但每户在各自的单元里，依然显得那么忙碌而又颇有秩序。

这就是那位舅舅说的收秋？我问自己，又即刻做出了回答：当然是。收获秋天里的果实，不是收秋又是什么？只是秋里调换了另一种颜色，植物的籽粒调换成了另一种植物的果实，只是离开了遍地秸秆的萧瑟语境，才使这习惯的说法显得有些生涩和蹩脚。

我对往日的秋收依然有种说不出的亲切与怀念，它让我一下子想到消逝在夕阳里的金秋的身影，想到它在告别这片土地的时候，是否怀有与我同样的心情。

二

送别祖辈们相亲相爱的最后一个金秋的身影，壮镇堡人不知辗转反侧了多少个夜晚。

不知从何时起，土地上的人便和土地拥抱在一起，并与土地上的庄稼形影相随。壮镇堡人将自己生命的根系深扎在这方土地，就意味着土地——确切地说是土地里长出的粮食，赋予了他们生命的给养，所以，他们对土地从春到秋的耕耘，犹如对生命的本能的期许，期许一代一代地延续与繁衍。正因为如此，他们对粮食的母体——大地上的庄稼，始终如一地以注入汗水的方式，注入着越来越深厚的情感。

一头倦怠迟慢的老牛，拉着一副钝滞无力的犁铧，在土地上犁出生命的纹理，最后将金子般的色彩铺展在秋阳之下，这时还有什么比土地、比土地上浮动着粮食的庄稼更让人心醉神迷？也许就从那一刻起，壮镇堡人为在绵延起伏的医巫闾山东麓，拥有六千多亩之多的良田，每年生产出那么多供给生命的玉米和高粱，开始在邻乡近村有了高人一等的感觉。

毋庸讳言，在一个粮食短缺、温饱难保的年代，玉米和高粱作为东北土地的主要供奉，自然是医巫闾山脚下的农民唯一的青睐。当大山里的果农，用装满一个驴车的白梨、鸭梨、麻梨、秋子梨、雪花梨、山楂，在壮镇堡仅仅换回一袋玉米和半袋高粱，人们对庄稼的亲近便如父母亲于子女，荒漠亲于绿洲。

一边怀有对先祖选择这方沃土的感激，一边不忘荫及子孙的天然使命，他们把那些终年覆盖于田头的蒿草归入了泥土，让田野拓出一个新的长度和宽度，让低洼积水的坑塘挺起身子，保持了与土地同样的高度，并和土地一样生长玉米和高粱。也就是为了得到更多的粮食，壮镇堡春天的大地才出现了笔直的田垄，每一粒种子破土为禾苗，便会受到精心的呵护。

当第一声春雷带来的细雨润透大地，会使这里的人们兴奋得手舞足蹈，而一旦大地的湿润被烈日吞噬，庄稼的身躯因遭受灼烤日见萎蔫憔悴，人们便不遗余力地把可以取来的所有的水，一担一担地挑至大地的深处，直到自己也因水的枯竭而变得和庄稼一样为止。每当我看到农民心急如焚的抗旱场景，似乎觉得他们对庄稼的救护，更像是救护自己的儿女，救护他们岌岌可危的生命。

就这样，不知多少年、多少辈，在每一个秋天过后，无论土地的回馈与滴进的汗水是否相匹配，这里的人们总是一如既往，在下一个春天，毫不犹疑地重复选择谙熟于这方土地的种子，让玉米和高粱成为又一个秋天的身影。

而在二十几年前，在距离壮镇堡不远的地方，却出现了与当下的秋天相同的紫色，并有消息传来，每家每户因为栽种葡萄获得了每亩十倍于玉米和高粱的收入。这令人不可思议的对比，使祖祖辈辈都在秋天收获庄稼的人们感到惊疑，于是，有人纷纷去那个地方探个究竟。当看到一个活生生的事实之后，他们再面对自己的田野，面对秋后田野里被秋风卷起的残留的枯叶，禁不住从心底发出声声叹息，那份心情似乎比萧瑟的秋风还要凄冷许多。

可有谁能那么绝情地赶走庄稼，用习惯使用锄杠的手去进行一场陌生的栽培？明明知道人家的紫秋远比自家的金秋金贵，可更多的人还是犹豫了。因为他们只熟悉和庄稼一起行走的路线，在泥土里，在田垄上，在连接田垄的场院，在场院通往仓廪的阡陌，只熟悉如何俯下身去，犁地、播种、间苗、施肥、夏锄、收割……而葡萄显然不具有庄稼的习性，莳弄起来绝不像庄稼那样得心应手。

那一个冬天，人们串门的脚步声突然变得密集起来，是种葡萄还是种庄稼的议论如户户升腾的炊烟，笼罩了壮镇堡整个村庄。但无论是谁，在远离饥饿的日子，似乎都疏远了对粮食的情感，并渐渐对它生出一种抱怨。打多少斤粮食能让房子更像房子，能让赶集和进城的衣着更加体面，能让农用机车甚至轿车开进自家的院子，能让银行的存款有个心花怒放的数字……在这一连串的疑问面前，人们和土地最终都现出同样的无奈。那么，如果真的像那个不远的地方，使土地生长出那么多的葡萄，就会换来大把大把的钞票，就会让一连串的疑问不再是疑问。至于粮食，有了钱到哪里都能买，而且是买上好的大米、白面，可以不再祖辈吃玉米、高粱米。

人们为此有些兴奋了。

接下来又开始忧虑：如果葡萄不待见壮镇堡人，到头来落个血本无归，连买米买面的钱都没了，那还不如继续种庄稼。那些日子，夫妻之间、父子之间、兄弟姊妹之间，每天几乎不间断的争吵，只能被黑夜所驱散。接下来的春天却和往年一样的宁静，田野里依旧是笔直的田垄和嫩绿的禾苗。

如果不是一位朱姓的村干部率先背叛了庄稼，将自家的田亩全部栽种了葡萄，到第三年便获得了令人惊羡的收入，壮镇堡的春天也许还会再现那个田野的状态。正是因为这方土地上的人复制出了葡萄园的景象，才使众多的人陆续迈出了犹疑的脚步，开始向着他们曾经亲近的庄稼挥手作别。

当一种割舍即刻就要发出断裂的声音，人们便捂住耳朵、闭上双眼，没有呻吟、哀哭和呼喊，咬咬牙终于扭过身去，将对庄稼的最后一眼凝望定格在了记忆的底片。

在这里，没人知道古老的格鲁吉亚人近万年前就已经栽种了葡萄，更不知道《圣经》中所记载的上帝，在创造了宇宙天地和光明黑暗之后的第三日，就创造了包括葡萄在内的有生命的植物。因为陌生而无法掌控预想的结果，好比在黑夜的陌路上行走，无法预想前方的路会遇到什么，所以壮镇堡人表现出异常的忧虑与不安。虽然温饱早已来临，但十分有限的资金、有限的土地、有限的人力，却不允许他们在自己的家园随心所欲，不允许除了种庄稼之外的任何闪失。他们在经过阵阵犹疑与彷徨之后，小心翼翼地调整着意志的方向标。

将与禾苗迥异的葡萄苗植入残留庄稼体温的泥土，他们仿佛古希腊的奥德修斯种植了人类的第一株葡萄，庄严、神圣又充满忐忑。而一种期盼被另一种期盼所代替，便犹如对自己的生命进行了一次置换，他们的心和手都有颤抖的感觉。也许就是因为一丝的犹疑，一些人没有决然舍弃全部大田，仍保留了一块可供退守的安全地带。这种状态宛如一只脚插进庄稼地里，另一只脚踩在葡萄树下，似乎只有这样的站立才会稳固、牢靠，既不能轻易被庄稼绊倒，也不会在葡萄树上吊死。但没过多久，他们身体的重心开始由平分的两脚，渐渐转移到了葡萄园里的那只脚上，随之便把踩在庄稼地里的那只脚拔出，整个身子全部扑在了葡萄园里。

　　他们把命运绑在了葡萄树上。

三

　　汪曾祺的《葡萄月令》将我误导了，以为栽种葡萄是那么闲逸而愉悦，似乎葡萄藤一搭到架上，梢头就魔术般绽开了芽苞，随后指甲大的苍白的小叶就变绿了，又像小孩喝奶似的饮水后，就出现一大片的青枝绿叶，开出颜色淡黄嫩绿的小花。而采摘后的葡萄园，也如"一个生过孩子的少妇，宁静、幸福而慵懒"。

　　文人眼里看栽种葡萄，因为是用眼而不用手，更不用出力流汗，所以看着看着就看出了一番景致。然而，由粮农转身为果农的人们，栽种葡萄哪里会栽出这样的心情和雅兴？

　　二舅妈说，栽上葡萄苗就盼它快点儿长大，除了浇水、施肥、打药，一天要到园子里看几回。可它长到多少年，却永远像个孩子，只要从窖里爬出来，一个春秋别想让你有一天的消停。她说的一个春秋，是从清明开始到11月初，整整七个月的时间。其间，汪老先生笔下的栽培环节和细节确是几乎一个不少，但他白描出来的每一个环节和细节，没有烈日、汗水、病虫害，以及葡萄园主的焦虑和愁苦，所以也就无法让人看到种植葡萄的艰辛。其实，种植葡萄远比种植庄稼付出的汗水更多，如果要记述这样的栽种过程，应当记述用多少汗水才能赢得多少收获，或者收获是怎样辜负了汗水的付出，而景致的东西一定是归了文人。

夏日的一天，我住宿在二舅家，早晨天还没亮，外面便传来噗噗的声响，偶有人们的喊声掺杂其中。我坐起身听那声音，不像只在院子里传来，而像是在整个村庄的上空和远处的大地。后来我才知道，这喧杂已经持续了几个早晨。

一种霜霉病又侵入到葡萄园。听人介绍，葡萄得了这种病，粒子先是在坐果的根部迅速变黑，之后会很快纷纷脱落。人们还记得，那年中秋，晴空没有一片云飘过，只是一阵微风拂来，葡萄园里便响起淅沥的雨声。但这轻微的落体与撞击土地发出的轻微的声音，却如硕大的冰雹一样，沉重无情地砸落在葡萄园主的心上。眼睁睁看着即将成熟的葡萄归入泥土，犹如快要到手的钞票化为乌有。这使他们禁不住想念高粱和玉米，它们的籽粒无论怎样稀疏与干瘪，总不会那么轻易地随风而逝，即使是微不足道的回报，也会让主人看到它们最后的一份心意和心情。而葡萄当中的一些精神脆弱分子，似乎预感到半途而废的命运，就那么草草地结束了自己，连一点儿影子也不留在枝头上。

每天，家家户户都急着往葡萄上喷洒药物，不知有多少家吃过这种病害的苦。二舅家的表弟告诉我，那年，扣除葡萄园使用的立柱、木杆、铁线、化肥、农药、绑绳及人工成本，全村七百多户有一半以上是赔本经营，每亩葡萄最多赔了两千多元，有的农户当年损失了两万元之多。人们曾对使用的农药产生怀疑，甚至要找卖药的店主讨个公道，但愤怒之后，因拿不出确凿的证据，加之舍不出打官司的费用，也就不了了之。

一些葡萄园主的心碎了。

人们本是要借葡萄改变困苦的命运，而它就偏偏那么不解人意，上演了那么多让人意想不到的爱恨悲欢。而葡萄树，在被庄稼曾占领过的古老的土地上扎下根去，就像是埋下一枚吉凶难料的占卜签，祸兮福兮全然凭了主人的运气。葡萄园主们一起去抽属于自己的签，结果总如平素求签占卜的人群一样，抽到吉签的人幸好不在少数。所以，多数人不至于痛惜消逝的那些个金秋，但在暗暗庆幸之中，一种恐慌又不时在心头袭扰。

出力流汗是农民的天职，他们觉得天经地义，而数不清的病虫害却使他们常常手足无措。除了霜霉病外，黑痘病、白腐病、黑腐病、炭疽病、白粉病、灰霉病、褐斑病、毛毡病、穗轴褐枯病，以及绿盲蝽、红蜘蛛、透翅蛾、根瘤蚜、天蛾、叶蝉等虫害，远比大地里庄稼的病虫害要多得多。他们不怕庄稼上的任何一种害虫，也不怕庄稼患上哪一种病，而对葡萄树上发生的一切，他们却害怕得心惊胆战。先是请来明白人，可明白人一走，他们又变得糊涂起来。

也不知植物与人之间是谁先传染了谁，肿瘤成了彼此的共患。根瘤病就是葡萄树的癌症，根部的肿块一旦阻断了水分对枝干的供给，整株葡萄树不久就会枯死。壮镇堡几年后的每一座葡萄园，如同每一个偌大的人群，都毫无例外地拥有恶性程度不一的肿瘤患者。就像无法根治癌症一样，葡萄蚜虫对葡萄生产构成了严重威胁。令人惨不忍睹的是，葡萄树入窖时，枝干刚刚被按下身去，根部就随之折断了，一棵侍弄了几年的好端端的葡萄树，顷刻间变成了灶房里的一把烧柴。好在这里的葡萄园主们，并不知道遥远的欧洲葡萄园，在上一个世纪根瘤蚜已蔓延到不可想象的地步，成千上万以种植葡萄为生的家族，在这场灾难中彻底崩溃。因为没人向他们讲述这充满血泪与哀哭的故事，所以他们不会面对眼前的葡萄园滑向一种可怕的联想。

葡萄园主们继续与葡萄树一起行走，他们知道这不是庄稼行走的路线，走着走着，便不知不觉地迷失了方向，朦胧中似乎又走进了往日的农田，眼前的一株株葡萄树，也仿佛是一株株高粱和玉米。此时，他们以种地的逻辑去揣度葡萄的心情和嗜好。比如，春天里将鸡粪施进土壤，底肥产生的力量会把禾苗迅速托出田垄，使庄稼露出翠绿、茂盛而坚挺的姿容。于是，大量的鸡粪就做了葡萄园的底肥，以为葡萄苗受到这样的善待，一定会和庄稼一样，尽快站立且壮大起来，结出更多更甜的葡萄。但无论是葡萄苗还是葡萄树，身下遇到这样的肥料，无异于遇到燃烧的烈火，很快就会被活活烧死。看到片叶不留的枝条在风中呜咽着摇曳，不知有多少当年的种田人捶胸顿足。

仙堂里开始多了几炷香火，刚刚成熟的最好的葡萄被供奉在保家仙像前，一种当年对风调雨顺、五谷丰登的祈祷，变成了对葡萄树无病无害的求告。一些人习惯用这样的方式去化解心中的愁苦，并试图通过超人的力量扭转眼下的困境。但更多的人清楚地看到，那些整天焚香叩首的葡萄园主，并没有使葡萄园安然无恙，所以他们最终又不得不跪拜在科技的脚下。

科技种植使病虫害得到了控制，但对市场风雨的变化莫测，使他们一度陷入更大的恐慌。每斤葡萄五元的价格，没过两年就跌到两元、一元甚至几毛钱。当年的一位好伙伴一年赔了两万多元，直到见到我时脸上还是愁云未散，交谈中他喃喃重复几遍："不如种庄稼了。"

我忽然觉得，他们像是在大海里驾一叶扁舟，无力抵御风浪，命运就在浪尖波谷起起伏伏，如果真的遇到更大的风、更大的浪，我担心他们会被彻底吞没。

葡萄园主们的心最终还是平静下来，因为他们找到了可以说服自己的理由——种庄稼也有灾年。

四

神话中的那位波斯国王詹姆希德显然是对葡萄爱重不已，竟然想到把葡萄存放在罐子里，以备反季节时食用。这也许是世上最早的葡萄储藏，其储藏的目的无非是为了满足一种口福。而壮镇堡的葡萄园主们把所有收获的紫秋全部藏匿在冬天的怀里，却能让那鲜丽晶亮的葡萄在寒冷的季节孵化出金子。

这当然不是壮镇堡人的发明。远在距村三十公里之外的北镇县城北端，早就有一座可供储藏水果的大窖，聪明的医巫闾山人把秋天摘下的水果储在窖里，等到春节前后卖上好价钱。这是全县唯一对果农开放的储藏窖，但由于容量有限，且又路途不便，村里的人根本不情愿将葡萄送往那里。

人们心中的价格指针毫不迟疑地滑过采摘的秋天，停留在虽然神秘莫测，但相信一定是收益不菲的深冬的刻度，使众多的葡萄园主纷纷开始兴建葡萄储藏窖，以期让自家的葡萄和远处大窖里的水果一样，经受住一段寒冷的寂寞，待到令人兴奋的价格在市面上一出现，迅速让葡萄在市场现身，并换回大把大把的钞票。等到二舅家的表弟建起储藏窖时，全村用电制冷的储藏窖已经有四百多个，一般的窖储量十万斤，最大的可储二十万斤以上。

那储藏窖的形状如高大的房子，只是没有烟囱和窗户，大都占据了农家本是院子的地方。东北农民喜欢自家有大院，且用高高的围墙围起来，似乎这样才会脸面有光、居住安然。但在壮镇堡人的眼里，建窖比建房更重要，宁可院子变小，院墙扒掉，也要给储藏窖留出位置。为便于招揽客户，有人干脆临街建窖，每座窖的外墙都涂上鲜艳的色彩。我一到村头，就看见一座崭新的高大房子，淡绿色的墙面上大字赫然：莫说北国少春色，窖储葡萄胜江南。

偶有大小车辆于正在采摘的葡萄园边停下来，随即有人下车搭话："葡萄多少钱一斤？""不卖，尝尝吧！""啥时候卖？""到时候就卖！"而葡萄园主们并不清楚究竟到了哪一天，葡萄价格才会飙升到理想的高度。所以，他们把采摘的葡萄一箱一箱整齐地存放在窖里，并不像将大地的粮食归入仓廪那一刻心如止水，而是变得更加忧心不已。此后的每一天，人们见面的话题总是离不开窖里的葡萄，离不开对葡萄价格的猜测。

村外的大道边竖起大大小小的广告牌——此处卖葡萄。但过往的车辆似乎觉得不是买走葡萄的时候，即使有人招手停车，也仍然视而不见，路边那些广告牌湮没在一片烟尘里。

买与卖之间虽然就这么揣度着周旋着，但总有一天双方会拥抱在一起。贩卖葡萄的商家把壮镇堡看作发财宝地，在多少个冬天里，被人们称为"老客"的葡萄商，或早或晚地过来讨价还价，最后将葡萄一车车买走。一个葡萄园主某年获得二十万元的收入，让自家的祖坟冒出好大一股青烟，而年收入十万八万的人家并非屈指可数。那些曾赔了血本的人，也会在不止一个冬天里心花怒放。

当大把的钞票揣进腰包，人们开始庆幸对庄稼的背叛，庆幸因为有了葡萄，才有了农用车、轿车，有了一排排崭新的房子，以及彼此都不肯透露的银行存款的数额。

也许到了财大气粗的时候，他们开始对远道而来的城里人投以挑剔的目光。每个葡萄园主都不会想到，曾经不怎么把乡下放在眼里的城里人忽然发生了奇怪的逆转，对壮镇堡这片土地显得格外亲近。他们当中就有从这里长满蒿草的田埂上走出去的人，因为在城里当了工人，有了城镇户口，曾让在田埂上肩扛锹镐的庄稼人好生羡慕。谁能料到，工厂的小路上突然长满了同田埂一样的蒿草，当他们脚踩蒿草从工厂里走出，回首厂房的地方已耸起一片待售的住宅楼。于是，他们开始想念土地和土地的气息，并渴望在家乡的田野上找到生活的依靠。已经是葡萄园主的乡亲或亲属，无疑会以一颗恻隐之心接纳他们的到来。而对要求来此打工的陌生的城里人，葡萄园主们并不是来者不拒，他们还是愿意把每天同样的工钱，付给那些前来的农民，觉得他们的手脚更相似于自己的手脚，所以更适合在葡萄园里劳动。

就在我一开始提到的那个紫色的秋天里，先后从四面八方来到壮镇堡葡萄园的打工者已有三千人之多，大大超过了全村人口的总数，难怪在村里村外见到那么多陌生的面孔。

这让我想起《圣经》中关于在葡萄园做工的比喻，但这里的葡萄园主无须分时辰去雇请打工者，更没有上帝的怜悯与恩典，而是根据一连几天的需要雇用短工，无论是谁，按天计算报酬。打工者在擦干满脸汗水的一刻笑了，一年里全村近三百万元的工钱鼓满了他们的腰包。

已经与唯一的一种葡萄树走了很远很远，如果它在某一天突然停止脚步，那些果实真的变成了没有欢乐的忧伤，还能回过身来走回到那个金秋吗？

当然，葡萄酒倒是古老而高贵的饮品，它的价格要远远高于冬储的葡萄。于是，葡萄酒就在梦里酿出来了，又在梦里卖出了高价钱。梦醒之后不久，他们真的见到离村不远处突然出现一座城堡，是比壮镇堡明代的城堡多出一个圆形塔楼的城堡，一车车刚刚收获的葡萄被送进城堡里，在城堡里变成了葡萄酒，又一车车从城堡里运出来，运往县城和更远的地方。

一场大雪严严实实地覆盖了医巫闾山，葡萄园里厚厚的积雪被阳光照耀得洁白明亮，在雪下蜷缩的葡萄树正等待来年温煦的春风……

PART 3

时光深处

▼

夜色如约

《白蛇传》的主人

建昌的灯火

晚秋的祭奠

夜 色 如 约

　　那种莫名的思绪总是随着夜色如约潜入心底，多少回我试图在白日里寻找到这种感觉，看它是否也能如在夜里一样冲撞着我，甚至想把被它包裹的彷徨、迷惘、苦涩包括那些个惊恐的噩梦，统统抖落开来，交付给阳光永远带走。

　　插队的夜是那么宁静与安谧，满天的繁星无忧无虑地将晶莹而柔柔的光润洒落进一扇扇破旧的窗棂，先是轻抚着年轻人疲累的筋骨，而后是风尘初浸的额头。此时，万籁俱寂，灵魂与肉体紧紧相拥，静静地聆听心中美妙的律动，然后有梦笑着走过来。从身处山野的那个夜晚开始，就渴盼这样的梦陪伴到天明，因为梦中有好大一片绚烂的晨霞，为自己的明天铺就一条宽广的大路，那路恰恰通往心里憧憬的地方。

　　我很快发现，我的心还没走出天真的乐园。光天化日之下，除了在田间挥汗如雨和一阵接一阵的急促喘息，似乎再没有什么可供白昼拣选。夜里的所思所想还在夜里停留，当我从睡梦中睁开眼睛，它又迅速转过身去，站在了今天夜幕准备现身的路口，等着给我和昨夜一样死死的拥抱和淋漓的劫掠。这真是奇怪的现象，那些思绪在白昼里竟然就是几滴朝露，有一线阳光便也无影无踪了，看来白昼只生产汗水、疲惫，还有四肢一阵接一阵的疼痛。

几片白云在头上悠然而过，分明是在嘲笑年轻人面朝黄土和背负青天的软弱。

由此我懂得，任何一个白昼和夜晚，它们都被一条清晰的分割线将人的两种状态隔离开来，有形的看似公众的行为归于白昼，而那些看不见摸不着的东西全都交由夜去随意打发，这也许是上帝为它们划出的不容分辩的权属。我曾不止一次地探究，白日里的人难道没了思想？甚至没了想法？这样的疑问显然令人耻笑。那么既然有意识、有心声、有情愿与不甘、有忧郁和想象，在阳光下或是没有阳光的白天，怎么就被手中的锹镐和镰刀挥舞得一干二净？劳作难道真的会埋葬灵魂？

这绝不可能！我还是相信灵魂始终在生命的血液里，只是在血液汹涌澎湃时，它被湮没了，或是昏了过去，一时失去知觉。当血液在无声的夜里静流，正是灵魂出没的时候，先是沿着牛羊踩踏出的山路行走，然后走到一条公路上，紧跟一辆驶向城市的汽车奔跑，之后，它又悻悻地原路返回，栖身在一个精神的幽深之处，与黑夜的星光一起闪动。

它就如同一个不明的飞行物体，突然出现在星空，黑夜既为它的驰骋照亮方向，又将它的身躯很快藏匿在自己怀里。而思维的散步与奔跑似乎就是那个物体瞬间的存在，它神秘而不为人所知，又在寂静之中无法按捺涌动的心情，便借助黑暗匆匆而来。它全然没了顾忌与犹豫，没了羞怯和畏缩，有时就在大山外遥远的时空，有时就在白昼曾经往返的地方，沿着自己的心路轨迹放荡不羁地行走。而它的行走似乎没有方向，像不明的飞行物一样，不知是有意躲避还是无意隐身。

这本是黑夜给予思想和灵魂的自由，人在黑夜里才会思考光明。

那些个山村的夜晚，当老榆树刚刚染上淡淡的暮色，思绪便插上飞翔的翅膀，再也无法安稳下来，我拼命似的按住它的头，不然它一昂起就要即刻凌空。可它从不在乎我的心情，在夜里，在没有观众的擂台，任何强大的气力都无法抵御思绪的力量。它无缘无故地把我抛出很远，或干脆将我打倒在地，甚至对我的惨痛不屑一顾，肆无忌惮地在夜里腾跃翻飞，让我的身体彻底脱离了依偎。久了，我反倒习惯被它抛出甚至打倒的感觉。它并非恶意让我走开，永不见我，它很快回来，搀扶起我的躯体，且用不知从哪里找寻到的光芒，毫不吝啬地照亮我前行的脚步。我渐渐发现，其实不只是我，每个知青在夜里都在放飞思绪，去迎接思想的一道光束，为自己的脚下照亮方向。只是相互间不会轻易让对方发现自己的秘密，犹如那个不易发现的不明飞行物，它只属于自己，属于自己的梦境。

而白昼呢，它用太阳的光芒与炽热占据了所有的空间，包括属于我的一点想象的可能也不肯放过。想到白昼里的每个去处，像是遭遇绑架的出行，途中又像是被蒙住了双眼，重复着从这个山坡到那个田间的弯弯曲曲的路线。只要黎明来临，太阳升起，身体则变成了远离灵魂的躯壳，在田间在山冈在青纱帐蒸气升腾的深处，所有的躯壳都在拼命地为一个秋天的季节而蠕动。看来白昼先是为那些躯壳打开一扇门，然后看着它们慵懒地走出去，走到一个地方停下来，再看它们吃力蠕动的样子，并随时收藏他们洒落下的涔涔汗水。而知青劳动的意义不会离开对思想的改造，包括对灵魂的净化，思想和灵魂却与劳动着的肉体身首异处，不能不说是对那些汗水的辜负。

由此我断定，所有的焦虑与不安、忧心与神往都在夜里，在夜最初的黑暗里萌生，又在夜的倦怠时绽放。多少个夜都这样过去了，我和多少同学也曾懊悔对夜的随意消磨。而细细地追溯起来，尽管那些不着边际的疑惑和毫无根据的想象，只为一颗心的青涩做出证明，但那种对心灵的抚恤与慰藉，总如一束即将燃起的火把，明明知道它无法驱赶眼前的黑暗，也要期待它变成熊熊的火焰，将一切悲欢燃烧成绚烂的晨霞，迎接太阳冉冉升起。

也许就是为这一刻的呈现，脱缰的，思绪的野马，始终不停地奔跑在夜里期望的旷野上，而在那些有无雨雪、烈日与狂风的白天，则不会看到被它溅起的一路泥水和长长的烟尘。

夜晚的笛声吹响在几颗星星的脚下，那声调并不悠扬，从林木稀疏的山腰传送出来，在晚风里忽强忽弱，时断时续。听每个夜晚吹奏的曲子，都是对上一个夜晚的吹奏，进行无数遍的重复。我想，那无非是在重复夜里同样的心情。如此的表达，虽然让听到它的人意乱心烦，但吹奏者一定会陶醉其中。一种莫名的惆怅，让简朴的乐器充当了发泄的角色，所有的惆怅都化作笛声融入了夜色，被夜里的风吹散到远离大山的地方。当看到忧郁的脚步渐渐远去，吹奏者便从山上走下来，一头扎进梦中。

记不清有哪些个夜晚，笛子和口琴相遇一起，彼此的声调是那么不相和谐，犹如大小不一的一双鞋子，让穿着它的人错乱了脚步。这很容易让我看出，在同一个方向里，却产生了两种不同的志向。但我说不清，他们各自要走向哪里，起码在眼前的夜幕下，他们和我一样，连走出大山的可能也没有。也因为如此，才不得不用这样的合鸣，代替夜空下无可奈何的心声。而黑夜听得清楚，那些个像是离开音符的节拍，杂乱得如一团悬浮于风中的柴草，最后渐渐沉落到夜幕的一角。合鸣的声响虽飞不出这片荒野，却让他们看见命运微笑的目光。从这时开始，落寞与兴奋、失意和满足便调换角色，希望随之伸出手来，将年轻人冷冷的心轻轻捧起，温暖为小屋的午夜点亮灯光。

　　月光里似乎没有温暖，知青们却情愿在月光里行走。每个夜晚的月亮虽不是一样的容貌，但它始终保持冷漠的姿态，轻易不理会一些人的想入非非，更不愿看到在它眼下的欢愉和狂放。我一向以为，它天性无情。这与先人给它的喻义倒是有了几分契合。如钩似弓的面孔与"地上霜"的凝想，难免"夜吟应觉月光寒"。夏夜比起冬夜的月光同样清寒。双脚在月光里蹚行，像是有水的清冷骤然间溅上心头。没有涟漪和声响，蹚过了一段，觉得又被浸湿了全身，再继续下去，心里反倒轻松了许多。也许是月光浮起了沉重的心思。夜深了，我的脚步还在月光中跋涉，我不知道从村里到村外的反复游走要去往何处。我忽然觉得自己是鱼缸里一条小小的游鱼，不停地翘首窜动着身躯，却又始终陷于囹圄之中。是谁强迫我到这里来？强迫我和一群穷苦的人乘坐一驾不知去向的马车，痛楚地颠簸着、摇晃着。我时刻都想跳下去，回到出发原点。那群人便伸出宽大的手，死死地护住我的身体。月亮明白，他们一旦鼾声响起，我会跑进它的目光里，但除了一份冷漠，它送给我的只是纷纷扰扰的无助的情绪。

几声狗吠像是撕咬住一种忧伤，最后留下略带哀怨的余音。我即刻停下脚步，凝视和我同样披着月光的影子，唯恐吞没了它的心事。我常常是这样，在月光里时而驻足，打量我的影子是否与我相依。我担心它突然掉头逃离，丢下我在不被人发现的月光深处，直到孤寂地沉没其中。时而又厌恶它丝毫不讲回避的一味尾随。我不愿看见它惴惴不安地看着我，在那个年代的任何夜晚，怜悯或牵挂都是多余的表示。

哦！月光照亮的山野覆盖了我满腹的心思，快让身边的纠缠包括所有声音全都离开，然后用头上的夜幕将它包裹起来，否则那些超越时空而又转瞬即逝的想象，绝不会在月光中重新泛起。

一只鸟从它栖息的一本集子里飞出，为我衔来泰翁的诗句——"如果错过太阳时你流了泪，那么你也要错过群星了。"我不能接受如此残酷的判词，今夜星稀，但有月光的沉浸，还能错过些什么？我愤然将那只鸟赶走。后来，我不再眷顾留在夜里的思考，因为月亮即使不用任何揣度，也知道我搭建的那条思路，刚刚延伸到村头，已被几座大大小小的山岭牢牢地封堵。从这个时刻起，故乡城市里的灯光照在心上的温暖，骤然跌进了月光的清冷。我忍耐不住清冷不休的侵袭，便从月光中跳上岸来，迅速走进屋子，随之把我的影子闩在门外。至于它和月亮说些什么，我不想听到一句。

凭窗望去，那个影子却颓丧地蹲在对面的屋檐下，它闪动着光亮，像是一点萤火，不愿稳定在同一个位置。我久久地看它忽明忽暗地闪动，就像看自己飘忽不定的心情。当视线透过夜色锁定那个光点，那光点竟然弥漫着淡淡的烟雾。我终于发现，睡在我身边的人不知何时溜了出去，竟然充当了我的影子。他不止一次地说过，最喜欢思绪在夜里飞来飞去，那是无数只蜜蜂围绕自己往返的状态。他偷偷告诉我，已经品尝到从理想的花粉里酿出的甘甜。而我对他的仿效，毫无悬念地认定那是一个错觉，确信他是在编创少年的双眼一看便知的童话。因为我的味觉却是一种浓浓的苦涩。也许黑夜里蜜蜂的违心出行，采撷的就是这种违心的味道。

他和那点光亮依然不离，相互陪伴。光亮虽然微弱，但它能把他固定在一个角落的十字架上，让痛苦的四肢在昏暗的天地之间伸展开来，所以他才不需要月光，且躲藏到黑暗深处。他也许担心月光泛滥的后果是一个不堪的湮没。

伴随雷声的轰鸣，一道闪电划破夜空，他和她的身影在村头的垂柳下，被曝光出秘密而清晰的恋情。白昼里从未发现他和她在一起，在劳动的田野里他们即使相遇，也会装作陌路，各自低头挥动着镰头。他们不知依偎了多久，深夜里分明的秋意早已化为温煦的春情。那些隐匿于白昼里的情话，一定能为软弱迷茫的命运输入某种能量，而闪电之光令他们猝不及防。他们并没有惊惶，只是无意识地缩一下头，身影便凝固在淅沥的雨声里，像是钻进了温暖的被子。

我发现，爱情习惯走在命运的曲线上，而命运模糊得一如雨夜的苍茫，爱情便大胆地举起火把，为命运亮起一束光焰。而我看不清命运和爱情到底谁走在前面，还是为他们被夜吞没的身影忧心忡怵。是的，他们应该即刻起身离去，不然秋夜的雨落在身上，定会生出怯怯的悲凉。在雷声后的又一个电光中，两个身影依然保持依偎的状态。也许这样的状态会遮蔽风雨，让爱情之火久久地燃烧。他们不选择离开，是怕这簇温暖突然消失。

一切都沉寂了，包括一切放飞出去的思绪，都带着沉沉的倦容，用最后的气力破窗而入，回到冰冷的土坯炕上。

又一个黑夜远去了。一抹晨霞早早地睁大眼睛，等待一群躯壳现身于又一个白昼……

《白蛇传》的主人

　　写人物几乎都写名人，因为名人受人关注，反之，似乎难获反响。

　　他是大山的儿子，直到今天，他的户籍还没离开那座偏僻的山坳，而且头上始终没有带过任何的光环，所以，他与"名人"二字毫无关联。我写他，绝不是为了读者的兴趣，而是想为一种命运做出真实的解释，并为自己的愧疚选择一种表达的方式。

　　时至今日，建昌县头道营子乡碾子沟村的老人，还记得1975年寒秋里那场"白蛇风波"。

　　那天夜里，知青点四十三名同学，突然被召集到村小学校的一间教室里。文贵兄站在讲台上。夜风钻进室内，把昏黄的马灯吹得忽明忽暗，使他的脸庞时而清晰，时而模糊。此时，他的身份却不是讲台上的传道者，而是被拉出来示众的一件展品，确切地说，是一个供人声讨的活靶子。

　　他的年龄和我相同，当时都是十九岁。论月份，我还小他七个月。

命运，似乎总是在不经意间便掉转方向，逢凶化吉与祸从天降，往往不会有预兆在先，欢喜和悲愤也仿佛变脸术，突变于转瞬之际。

作为九年级毕业生，文贵兄回到所在的坎守杖子大队，便令人刮目相看了。公社把他列为大队后备干部，有朝一日，他或当大队长，或当大队党支部书记。上级对他培养的第一步，是派他到异地锻炼。所谓异地，不过是从本村到邻近的村，相距不足十华里。那年初秋，他来的地方，正是我当知青的村子。没过多久，我在与他接触中，发现他确有不凡之处。他读书多，读后讲得如同诵读一般。若论口才，好多人称他为"铁嘴"，每次开社员大会，听完他的发言，人们都要报以掌声。在劳动的间歇，他偶尔为大家说一段单口相声，博得一阵喝彩。知青们原以为，返乡青年的双脚终究离不开泥土，所以开始见到他时，对他并不关注。后来，他的言谈举止，让几乎所有的知青对他不敢有半点漠视。

我和他之间的友谊源于读书。在文化贫瘠的年代，关于书的话题，常常引起我极大的兴趣。那时少有书读，好的文学书更不易读到，有描写爱情的书，一般都被列为黄书禁书，想看只能暗中去求借。所以，喜欢读书的青年人，能得到一本好书读，绝不是件容易的事。一本书也不知辗转过多少人的手，卷边儿少页都不足为怪了。

一天晚上，我和文贵兄同住在社员家。他压低声音告诉我，他刚看完《白蛇传》，并说书似的讲起许仙和白娘子的爱情故事。当时，我只知道这个故事的一鳞半爪，并没有亲自读过《白蛇传》。

这对我来说无疑是一种渴望。他答应了我的要求，说过两天就把书带过来。他反复叮嘱——读"黄书"不可为外人知！

在知青点的房后，他把《白蛇传》塞给我时，向四处张望了一下，并又重复那句叮嘱，随即快步走开了。现在想起来，他那时的动作，像极了电影里的地下交通员。但他的机警却没有躲过知青点一位同学的视线。我还没看上一眼的书，就被这位同学死缠着拿走了，他倒是满口答应我严加保密，阅后立即送还。到了第二天，他却情不自禁地手拿着书，在知青点的窗前对着几个同学讲白蛇和许仙，全然忘记了对我的承诺。

万没想到，一个脱口而出的借书要求，却为他埋下了不幸的种子。没人知道是谁把此事告到了公社。时隔三天之后，公社领导带四五个人，夜里赶到知青点。事先，公社已经派人把书收缴，并依据书皮上的签名，找到文贵兄。他承认是这本书的主人。

像是深怀对知青格外的呵护，公社领导直奔主题，痛批黄书危害。其中的大意是：你们知青到了广阔天地，是要接受贫下中农的再教育。《白蛇传》是毒害你们的黄书，人和蛇搞在一起，纯属伤天害理，绝不能让妖魔鬼怪的东西毒害了你们！然后，他大声呵斥文贵兄做深刻检查。

此时，我的脑袋嗡的一下，心悬到了喉咙口。这是多么令人惊恐的时刻！我真的害怕他说出我的名字，一旦说出借书的人是我，公社便会认定我是这起事件的主要责任者，那么，结果可想而知，我将要面临怎样的惩罚。那时，我因家庭出身问题，已经觉得前途无望，如果再有"黄书"加身，那便是雪上加霜。我记得自己是坐在教室最后排的角落，我选择这个位置，是觉得可以逃避一场灾难，但坐下之后，心里却一刻也没得到安宁，恐慌得像是大祸临头。

"我叫潘文贵。"他声音低缓，抬头向前望了望。我伸长脖子，想让自己的目光和他的目光相遇，以便让他知道我对他诚恳的乞求。因为隔着好多人，彼此的目光无法邂逅。

外面骤然风起，接连滚过几声闷雷，风裹挟着雨滴，猛烈地撕扯着教室的门窗，整个屋子顷刻间变得寒冷起来。往年，这个季节很少下雨，更少有雷声。

马灯的灯芯几乎失去了光亮，文贵兄的脸庞随即没了清晰的轮廓，而他的声音继续："书是我的！是我拿到知青点来的！是我主动借给他们的！"他故意提高嗓门儿，像是担心自己的真诚被风雨淹没。顿时，一种镇静和惊怵的对比，让我第一次意识到自己内心的虚弱。他在检讨中却把法海当作靶子，说他把白娘子压在雷峰塔下，是丧失了人性。公社领导立即叫停，不许他再提《白蛇传》里的一个字。他把头低下来，说了一声"对不起"，然后向我们深深鞠躬，像是完成了最后的谢罪。

传播《白蛇传》故事的同学当然要检讨，但他完全没有文贵兄说话的底气，显得有些失魂落魄，发言时支支吾吾，反复说着一句话——"以后再也不敢了！"

风雨停歇下来，室内寂静得如一潭死水。

突然，公社领导向知青们宣布：公社党委决定，取消潘文贵后备干部资格！随后警告：知青要是再看黄书，别想回城！说罢，一行人连夜回返。

月亮在云层里露出半个脸，朦胧的月色洒落到操场的坑洼处，现出斑驳的光亮。文贵兄没有马上离开，他站在学校的院墙下，仰首向天。我怯怯地向他走近，像是面对一座碉堡，随时要遭到来自里面疯狂的扫射。他迎过来，却一言不发。良久，他握住我的手说："没什么，农民的儿子，本来就是农民！"我一时无言以对。

他趔趄着避开地上的积水，背影在月色中渐行渐远。

事后不久，我在当地被选为民办教师，文贵兄本可以和我一样，去他所在大队的学校教书。由于那个事件的阴影依旧笼罩着他，使他无法走进校门，只能和父辈一起面朝黄土。

其实，这个由一本书引发的故事，并没有太多的情节，只是故事的结局浸染了些许悲剧色彩，使人在回味中禁不住为一个农村青年的命运深感惋惜，并为我留下了永远的愧疚与牵挂。

当我离开那片土地之后，总觉得有种负罪感，认定是自己把一个情深义重的朋友，那么无情地抛弃在那个荒山野岭。我也会时常陷入关于"如果"之后对他命运的想象。如果没有那本书的事情，文贵兄凭借自己的才华和年龄优势，完全可以步步登高，成为一名出色的领导干部。我即便明知世上所有关于"如果"一类的猜测，都不过是一场虚拟的游戏，但我却不能从那个虚拟中彻底摆脱思绪，回到坚硬的现实之中。我恨那个告状的人，恨那几个公社来的人，以致把他们都归于"恶人"之列。不知过了多少年，我才在"年代"二字里找到事件的根由，才觉得他们未必就是恶人，也许和常人一样，都怀有善良的心地。

在与命运的抗争中，文贵兄如同一位不屈的水手，看似任风浪沉浮，实则在咬紧牙关，时刻向着他心中的彼岸拼力搏击。回到村里务农时，他以童年时就有的刻字爱好，给社员们刻名章，每个字收一毛钱。当时，他所在生产队的劳动力，日收入不足两毛钱，刻一枚章的收入算得上是丰厚的。他还是向往城市，在一家建筑公司当上报道员，每天给工地广播站撰写稿件。家乡实行包产到户后，他以为致富的时机来临，便返身回村，开始耕种自家分得的三亩薄田。但是，恶劣的自然条件使他获取温饱之后，再无其他的收入可得。婚后不久，他来到建昌县城，靠刻字谋生，至今长达三十八年，计数刻公章私章十万枚以上。现在，他的刻字社在县城里独一无二。一双儿女大学毕业后，都已在省城安家立业。

我以为，文贵兄生活的路径，虽谈不上有何辉煌，但能谈得上是对生活的善待，他毕竟靠一技之长得以安身立命，得以衣食无忧。尽管他对自己一路走到今天，再也没有半点的悔恨。不知为什么，我的思维却一直停滞在他命运的拐点，并常常因自责生出丝丝的隐痛。

其实，在每个人的心中，总会留有许多人的身影，在生命的昼夜与你相随。时间，把他们一一铭刻在心灵深处。他们不全是你的亲人、恩人，也许还有仇人。其中，一定会有你认为愧对的人。无论时光与距离多么遥远，他都会时常走到你的面前，默无声息地凝视着你，然后又转身离去。这梦幻般的情形看似不可思议，但会使你泪湿双眼，心神难安。

我要见文贵兄！为了内心获取一份安宁。

直到去年，我才打听到他的下落，而他对我多年的生活境况，竟然完全熟知无误。看来，他在心里始终惦记着我，珍视着彼此在那个年代里的缘分。这让我看到了情谊的真实形态——如一簇不灭的火焰，始终带着炽热的温度；也如一株常青树，在时光里默默地生长、延展……

　　见面之前，我也做了相应的准备，首先想到的还是《白蛇传》。当年，文贵兄是它的主人，把他被人收缴的书，再以另外一本予以偿还，这样的做法看起来近于滑稽。但我觉得，这确是一件特别的礼物，因为它能唤醒记忆，唤醒对那个事件以及对事件中那些人的重新认知。好不容易在网上购得一本，编著者为赵清阁。（实际上，他借我的书是张恨水编著的版本，文贵兄现在还能把开头语背得只字不漏。）另写书法作品一件，上面题诗一首：四十五年岭上村，白蛇旧梦怆离魂。天回人老沧桑换，难抹心头一缕痕。

　　相见白头晚，难尽韶华情。四十五年后，在建昌县城刻字社的门前，我和文贵兄拥抱一起，然后手握在一起，握得死死的，如两把铁钳久久互咬不放。顷刻，岁月里的温度猛然升腾，其中再也没了忧戚、悲酸，再也没了寒冷、惊惧。随之，我的脑海忽然浮现出许多人——依旧留守在那个山坳里的垂老的乡亲，曾经在荒冈上一同挥舞过镰头、却因疾病早逝的农民朋友，甚至还有在更广大的空间里，被水火被地震被无数场恶性事故夺去生命的人。我们知道，我们是何等的幸运！

　　我们互握的手开始摇晃，胡乱地不分上下左右地摇晃，似乎庆幸一场成功的逃离。我却恍惚觉得，就是因为手的摇晃，把蓄满心底的所有的思念，在瞬间便搅动成了语言，它们不分先后，全部涌到了喉咙。我一时无法挑选它们跳出喉咙的顺序。

　　"对不住你啊，文贵兄！"抢先而出的，还是从四十五年前那个夜晚开始，一直在我心里不知说了多少遍的一句。我强忍泪水，文贵兄却只有微笑，好像记忆里从来没有那个夜晚。

但那个夜晚并没走远，他被宿命论的昏暗笼罩的声音，依旧回响在我的耳边，只是他后来对宿命实行了决敢的背叛，并在背叛中受到风雨的洗礼，找寻到了属于自己的家园，才使他对那个夜晚里的遭遇做出了另一种解释："尘封往事数十春，岁月冲刷了梦痕。心头一缕消未尽，留在壶中笑对人。"当晚，在大凌河畔一家餐馆小酌对饮，他用自己的一首小诗，说出了当下的心情，并自嘲云："青云有路靠螺旋，白蛇不碍仕途弯。翎柔本无凌霄梦，性本守耕乐康安。"看来，那个夜晚的风声雨声，早就在他的生命中化作了淡然一笑。

街灯映着路上残留的初雪，两位老人相携而行，脚步是那么轻缓，仿佛忘记了辽西冬夜的寒冷……

建昌的灯火

我寻找那座小城的踪影，如寻找我迷路的恋人。当我
找到你，你却让我如此陌生……

时光之水可以将某些记忆冲刷得模糊不清甚至荡然无遗，也能
让其得到某种浸润，使意识里本不以为然的事物，渐渐生长起来。
其中的缘由，大都来自一种对比。想来，如果没有当下街灯的灿
亮，早年几处微弱的灯火，怕也不会在脑海里时隐时现。

当年，我到毗邻燕山余脉的一个山村当知青，脚下的那片山
野是属于辽西建昌县的地域，距离建昌县城四十多公里。僻壤之于
都市，无疑是荒漠的；县城虽不等同于城市，但毕竟有城的属性。
所以，那时的建昌县城，在我看来就是个繁华之地了。我的想象与
常人认知的县城没有区别：有楼房和比较宽阔的马路，路两旁会有
明亮的灯光，把夜晚的街路照亮。于是，我不止一次跑过山路，再
乘长途客车，匆匆逛一次城里的百货商店，也去电影院看过两场电

影。待我真正仔细打量建昌县城的容颜，还是在参加工作之后。招工回城，我回去的却不是故乡的城市，而是就近的建昌县城。那时，我不知道贫困县是一顶帽子，更不知道这顶帽子很早就严严实实地戴在这个县的头上。当想到还有很多同学没能走出那片荒野，心里也就很快平复下来。一个人的命运已经毫无悬念地归于一方水土，那么，他理所当然要在意这方水土上发生的一切。我知道，从此以后，这个小小县城的一街一巷，都会与我密不可分，因此对它便格外关注。

进城报到的当天下午，我便开始寻找县城的感觉。穿过几排低矮的平房，走到一条土路的尽头，见到一条柏油路。这条路我是熟悉的，尽管并不宽敞，路旁还是排水的明沟，但比之于知青时天天行走的起伏弯曲的山路，也算有几分康庄的气象。后来才知道，这条叫作红旗街的路，长度不过六百多米，宽不足七米，而且是全县城唯一的一条柏油路。县委、工会、商业局、供销社和电影院、剧场都在这条街上。一家商店叫"东方红百货商店"，坐落在柏油路中段的街口。这显然是县城的中心区。即便如此，街上却见不到几辆汽车。马路最早也许就是马车走的路，否则，马车不会在这条街上过往得堂而皇之。

我好奇的还是夜晚的灯火。这条街当然有路灯，但只有两盏。一盏在柏油路的起点，即南端红旗旅社的门前，一盏在主干土路与柏油路交叉的地方。另有一盏灯，却不在这条街上，也不在街北的终端裕民桥边。这座桥应该有灯才是，因为离桥几十米的东侧，就是政府大院，路灯本该安在"官府"的眼皮底下。有条东西走向的土路，从桥头横穿向西，在不远处的山坡上，便是省城下放干部的住宅区，排列着十几幢简易的红砖瓦房。桥上如有灯，下放干部路过时也好借点光亮。然而，路灯的设计者却不考虑这些，也未对县政府有何偏向，而是把灯杆竖在桥头和政府大院之间。这种节省，在今天看来，似乎有些滑稽。

无论如何，路灯的瓦数总该远远高于住户的照明灯，但实际情况并非如此。我曾问过市政的一位熟人，他告诉我，路灯的度数有过二百瓦的时候，后来担心耗电量大，改为一百瓦了，有两个路灯竟是六十瓦的灯泡。灯的安装很是简易，在水泥杆的上端套一个铁箍，铁箍上探出一根弯管，连接反扣着的瓢状的灯罩。安上去的都是白炽灯，光线如耄耋老人的目光，昏黄而微弱。市政有个小伙子，一人负责全城十四盏灯的开关。他骑着自行车，车后驮一个梯子，到有路灯的线柱下，把梯子竖起来，登上去用钥匙把开关盒打开，行使他不可有任何改变的权力。开灯没有固定的时间，以天黑为令，而关灯的时间，像是不可更改的铁律，不论四季如何变换，到晚上十点钟，路灯必须逐一停止照明。

我工作的县物资局，靠近一片农房和菜地，门前是没有路灯的，最近的路灯在南面的大桥头。这座横跨大凌河的"建凌大桥"，呈东西走向，尽管是去往城东的唯一通道，但并未多得一分厚待。三百多米的桥长，只有两盏灯各自兀立桥头。记不清有多少个夜晚，我在这座桥上往返。县木材公司隶属物资系统，最先拥有一台菲利普12英寸黑白电视机，每晚都有几个人过到桥东去观看。从桥东看完电视返回桥西，桥头上仅有的两点灯火，有时已经不见了。河水的流响和两岸杂树的暗影，使这一带充满了阴森的气氛。星月隐去的夜晚，天色是浓密的黑。独自一人骑着借用的旧自行车，在坑洼不平的桥面上左右摇摆，总是要加剧心里的紧张。有次看电视回来，刚下过一场暴雨，桥面的洼处积满雨水，由于天黑，视线不清，自行车轮胎突然被坑沿儿卡住，我和车同时摔倒在泥水里，造成右腿部严重擦伤，当夜进了医院。为了能看上电视，我仍要继续忍耐这一地带的恐怖。

县城里几处疏落的灯火，在都市人的眼里不免有些凄清，但县里人似乎并不觉得这景象有什么寒酸。我经常看见有人在灯下"楚汉相争"，一群人聚此围观不语。飞蛾和各种不明飞行物在头顶上下飞舞，他们始终浑然不觉。只是灯光的亮度却无法让年老的棋者清晰地辨认出每个棋子的身份，所以，有时不得不将棋子拿到眼前看个究竟。在人群之外的光晕里，也有人在闲叙家常，人们像是要把每一线灯光占尽，丝毫不辜负属于县城独有的这份厚待。

一个冬天的夜晚，雪花在灯光里纷纷扬扬，光线覆盖的雪地，显得苍白与清冷。就在那个夜晚，我在县政府门前见到了范敬宜先生。那时还不能称他为先生的，也不能称他老师，所有人都叫他老范，我一直叫他范叔。作为范仲淹的二十八世孙，他也没能摆脱被错划成"右派分子"的厄运。"摘掉帽子"后，他携妻儿从省城下放到建昌山村，后来，他和爱人吴秀琴被调到县里。吴秀琴在广播站当编播组组长，我当知青时，常寄稿件给她，又多次去过她的家，有了与范敬宜接触的机会。他学识渊博和待人诚恳，熟悉他的人会因之讲出许多动人的故事。他不止一次对我的写作给予指教，每次都能听到对我勉励的话语。他在县农业组当干事，每天伏案疾书，撰写领导讲话或调研报告，有时加班到很晚才回家，甚至一直工作到天亮。

雪花渐渐稀落。他从政府大院走出来，走进路灯投下的光线里，帽子上的雪花闪动着晶亮的光点，呼出的气息在围巾下方凝结一层薄薄的白霜。他主动和我打招呼，问我这么晚了怎么不休息，我说有点感冒，刚去医院买药回来，又急忙补充一句："范叔，我没事！"他关切地看着我，那目光像父亲打量自己的孩子。"吃了药，早点休息吧！"他在雪地上踏出咯吱的声响，渐渐走出那片散乱的灯光。我知道，过了裕民桥，向西的路上没有灯光，但这对于他来说，完全不碍行走的脚步。他每天都是这样，头微微地抬起且微笑着，看不出因命运对他的摆布有何悲催，似乎所有的不幸和苦难都未曾发生过。走过一段上坡的黄土路，然后南折向下，迈过河道上几块大小不一的青石，再上行几十米，就是他家所在的红砖瓦房。他仿佛熟悉脚下的每块石头，熟悉路面上的每一处凸凹，所以走起路来显得那样从容淡定。望着他渐行渐远的背影，我的鼻子忽地一阵发酸，心里默默地叫着："范叔、范叔……"

　　没想到，这盏灯投下的光亮，竟然会与我相亲了许久。范敬宜调去辽宁日报社之后，我被调到县广播站当编辑，单位和住处就在县政府的西隔壁，而且离那盏灯只有几步之遥。天黑时，灯光总能从院墙外，吝啬地洒在宿舍房前的一角。光线虽然暗淡，但会除却些许的空落。不知为什么，那一束微弱的光亮，时常会勾起我的回忆，让我想起范叔行走的神态，还有在那个雪夜里稳稳的步履。现在我总是觉得，他依然活着。他就是一盏灯，一盏永远明亮不息的灯，以自己高尚的人格、丰厚的新闻作品和精辟的论著，为我国的新闻界照亮了一片天空。

　　阴阳潜移，岁月已远。我离开建昌已近四十个春秋，城里的几点灯火早已被大片的灯火所湮没。曾经留下范敬宜深深足迹的那条黄土路，也已修葺多年，只是平坦的水泥路面和造型精美的路灯，却再也迎不来他的身影。夜晚，六座跨大凌河的大桥如彩龙共舞。我在当年的那座桥上流连，宽阔的桥面和两侧依次排列的灯盏，像是在反复地提醒我："这不是你寻找的地方！"其实，我真的不清楚，自己是在寻找什么。那么漫无边际，而又那么似有所寻。两岸绚烂的灯火，怕也在笑我的愚痴。似乎顷刻间，我便穿越时光里的一段晦暗，正在时代文明璀璨的中轴线上行走。

而此时，昔日的灯火却并未消逝，依然闪动在历史的对岸……

晚秋的祭奠

梦开始的地方

石头也有温度

——题记

　　那场秋风拂过沟壑和田野，让大地褪去了零落的金黄，枯槁与萧瑟便成了知青岁月的底色和声音。而当时光之水一次次漫过记忆的田垄，所有的困苦、迷惘和忧伤，开始渐渐洇染成无法了断的挂牵，似乎那不幸才是我的大幸。于是，那段岁月里在心中结成的冰体，渐渐消融为一颗颗思念的泪滴，悄悄落入梦境里萌绿的草叶之间。

　　四十三年过去了，又是一个晚秋。

　　一位年逾六旬的老者，沿着他曾在梦里无数次踏过的山间小径，缓缓寻找在那底色和声音里浮现的荒野气象，还有白云、老牛、房舍和疑惑而亲切的目光……

忧郁融入了泥土

早晨，雨后的山野浮荡着薄薄的寒雾。

当我沿着一条满是泥泞的小路，爬到村南远远的山坡上，然后弯下身来，把手捧的鲜花轻轻放在一座红褐色的坟茔下，眼前缭绕的几丝雾气倏地消散了。这诡异的情形，马上让我意识到有一种神灵拨开了相隔于阴阳的幕帐，正窥视着我为他溢出的涟涟泪水。我仿佛看到了他的那张脸——每道皱纹都嵌入忧郁的脸，在他不停吞吐的烟雾里渐渐清晰起来……

在辽宁最西部的小山村身为知青的第一个黄昏，我先是看到了这张脸的冷漠。他像是预感到，这群陌生的青年要给这个山村带来一场可怕的灾难。站在知青点院子中心的一块石头上，他只是简单地向我们讲了几句欢迎的话，便从那块石头上下来，消失在观望的人群中。我以为他在"表示热烈欢迎"之后，一定会用两只手掌拍打出声响，并以此带动现场的社员们鼓起一阵掌声，但他没有那样做。记得是我们给他鼓的掌，而他却是抬起一只手来，深深地吸了几口烟。

从那一刻起，我知道他就是这方土地上至高无上的人物——建昌县头道营子乡碾子沟大队党支部书记吴祥。那年他还不满四十岁，看上去却比他的实际年龄大得多。与那些挥锹舞镐的社员相比，他的面色显得更加黝黑，只是从那件褪色的藏蓝制服上，才看出他和社员有些许的区别。他的表情倒是有些特别，不仅不苟言笑，而且始终阴沉而忧郁，像是有不解的愁苦重重地积压在心头。也许就是因为这副面孔，才让这方土地上的人们对他心存几分畏惧。

知青们无人不晓，上级下达回城指标后，都是由大队负责上报回城人员，而远离城市的年轻人的命运就牢牢掌控在大队书记的手中。

嘴上讲扎根农村而对回城日夜充满渴望的知青们，无不在细心观察大队书记对自己的态度，即使他的一丝微笑或一句暖语，也足以让艰难的脚步荡起一阵春风。相反，他对你的半点苛责甚至某次不悦，也会让你心生忧虑或不知所措。所以，知青见到吴祥，恭敬得如面对一尊菩萨，心里默默向他祈祷，为自己发个慈悲，以便早点回到父母身边。

我在《那些个黄昏与黎明》一书中，还写到我看见他时的样子："心里总是有些慌乱，说话一字一句往外吐，唯恐失言冒犯了他，有时畏惧得不敢正视。"

也就是从那时起，我开始懂得了权力的含义，看到了一个人可以远远超越一群人的力量，并在他深陷的眼窝里释放的目光中，服服帖帖地接受再教育。我很快感受到他手中的权力随时对人的摆布。在不到半年的光景，由于他的一句话，便让我从泥土里即刻拔出脚来，走进大队的学校当了民办教师。记得他找我谈话时，表情如往常一样的忧郁，不住地吸着烟，好半天才开口说："这是贫下中农对你的信任，好好干！"我刚说声谢谢，他便狠狠地拍了一下我的肩膀，便转身离去了。

学校就在知青点的房后，此后的每天清晨，当所有的知青肩扛农具走向山冈或田野的时候，我便以一种逃离苦难的心情走进低矮的教室。那是多么丰厚的一份待遇啊！再也没有风吹日晒和起早贪晚，每年四千五百个工分，仅比吴祥少三百个，而知青每年出工最多的人，也很难挣到三千个工分。吴祥这尊菩萨对我发了大大的慈悲。

我渐渐发现，这尊菩萨的慈悲，很快发散到每一个知青身上。他待知青似乎远远亲于当地的乡亲。在村里走路，除非遇见比自己辈分高的人，他会主动打个招呼，若遇见同辈或晚辈，即使听见对方和他说话，他也只是冷冷地应声而过。而与知青见面，他忧郁的脸上总会掠过一丝微笑，并要停下脚步和你说上几句话。每隔一段时间，他就会到知青点来看看，询问大家的身体和吃住情况。也许是因为他一贯表情严肃的缘故，他偶尔和知青开句玩笑，也没人敢当面回应。

此刻，我记忆的底片忽地现出一个雪后的清晨。

那是离家后的第一场大雪，一夜之间覆满了山野。天刚放亮，我听到窗外有用铁锨清雪的声音，待我起来走出门外，房前通往厨房的小路已清晰地显露了出来。我看见一个人正手拄铁锨站在厨房的窗前，待走近才看清是吴祥。他的帽耳和眉毛上挂了一层白霜，呼呼地喘着粗气，鞋子上包裹了一层雪。我当时特别想对他说些什么，但一时竟想不出一句话来。他一定会对知青的懒惰很生气，但他却什么也没说，倚在窗台前卷一支"蛤蟆烟"，吸了几口后把铁锨扛在肩上，只是对我说了一句："雪后的山里最冷，多穿点儿衣服！"我望着他远去的背影，忽然想到了父亲。

他像是严冬里的一座火炉，让远离城市的一群孩子感受着温暖，但他又无法让自己蓄积并散发出更大的热量，以至于常常为知青的需求发出一声声叹息。到山里的第二年，知青的口粮与本地社员一样全部改为粗粮，吃一种叫"晋杂五"的高粱米，有的同学患上了胃病。也是一个雪天，在一个寒冷的傍晚，吴祥驾一辆马车驶进知青点的伙房前院，他从马车上下来时，双腿僵硬得险些摔倒。"这回好了，有两袋子白面，有胃病的可以吃点儿面汤养养了！"他满面白霜，拍打着棉大衣上的雪花，显得格外兴奋。我们哪会想到，他在县里整整熬了三天，才找到曾在村里蹲点的一位领导，为知青特批了这份细粮。

知青却辜负了吴祥的苦心。白面到后的第二天，就有十几个同学喊胃疼，甚至躺在屋里拒不参加农建会战。没喊胃疼的人一眼识破了群体性的"苦肉计"，便要求点长一视同仁，用白面给大家做一顿面条吃。腊八那天，伙房做了满满一大锅热汤面，正巧吴祥在房前路过，走进来看见了知青狼吞虎咽的场面。点长迅速地盛了一碗面条递给他，他却连连笑着摆手，说他的胃口好着呢，吃什么粗粮都不犯忧。他转身走后，知青才想起那个雪后的夜晚，那汤面的滋味顿时变得五味杂陈。

尽管他惯常的表情让人有些畏惧，但知青的脚步还是渐渐迈进了他家的门槛。而我怀有的一种想象，在掀开他家破旧的门帘时，竟然找不到一丝踪影。两口漆色斑驳的板柜——看上去形体已经扭曲，像是经历了久远的年代——一高一低地摆放在北墙位置。这显然是屋子里最醒目的家当。他的爱人把两个儿子叫到一边，热情地让我坐在炕上。土炕糊了一层新旧不同的报纸，只有炕头的位置铺着一块残破的席子。席子专属于吴祥的老母亲，她盘坐在席子上，手端一根长长的烟袋。

"我家穷，让你们城里人见笑了！"吴祥说，"过几年，山里的日子会好的！"他的语气很是坚定。他还说出自己的一个愿望，现在回想起来，让人不免感到有些酸楚。他说争取两年以后，也能戴上手表，并要买一块上海牌的。

记得当时全村二百多户人家，只有两个人戴手表。一人是吴祥在公社水库当技术员的弟弟，戴的是孔雀牌的，价格一百一十元。另一个人是省城的下放户，我记不清他的名字，只知道他姓海，曾是东北机器制造厂的八级钳工，还与全国著名劳动模范魏凤英一起搞过技术革新。他戴的就是上海牌的，一百二十元的价格，在当时的国产手表里堪称极品。要知道，那个年月的穷山沟，农民遇到最好的年景，每个工分只赚得四分钱的报酬，每天每人若以十个工分论，日赚四毛钱。剔除个人应付的口粮款和相关费用，几乎所剩无几。如果天公不作美，一天挣不来一枚邮票钱。所以，吴祥的想法已经远远超乎了当地人对生活的期望值。他说出这个愿望时，忧郁的眼神忽然闪现出明亮的光泽，却又在瞬间消失了。

山雀在头顶的几声鸣叫，似乎有意打断我的思绪，但我的眼前依然是他的面孔，继而是他清晰的身影。他一只手掐着烟，一只手不停地向我们挥动，泪水从他深陷的眼窝里流出来。在那个知青集体返城的晚秋，他就是以这样的手势和神情，站在一群人的最前面为我们送行。

"吴书记，我看你来了！"

好在我离开这个山村以后，三次回到这里看望他，不然我会羞于启齿，对他发出这哽咽中的呼唤。

"走吧，杨老师！"我的学生——年近六旬的村支书，挽着我的手臂说，"当年好多头头们都不在了。"他指了指环绕着村子的大小山峦。

我明白他的意思，那是山里人永远歇息的地方。我能清楚地记得他们的职务和姓名——大队长郎克达、支委周化文，一小队队长杜春山、副队长张珍，二小队队长廉信，三小队队长王荣，四小队队长张庆云、副队长张起，老贫农代表李富……这些当年在村里有头有脸的人物，如今都已化作了一抔泥土。我似乎觉得他们并未离去，而是转身换了一种生存方式，悄悄地从山下走向他们每天眺望过的山坡，继续守望着自己的家园。

山风吹来，松林里荡起一阵轻轻的涛声。

远去的声音

"喝——粥——啦！"那声召唤拖着长长的余音，从飘散的炊烟里传来，缥缈而又酸涩。

喝粥当然也是吃饭，但我在当年碾子沟人的口中却从未听到过"吃饭"二字。其实，他们说"喝粥"比起说"吃饭"更为确切，因为在他们的眼里，饭是指煮熟的米，而一碗饭可以煮出好几碗粥。那年月，山里人不论男女长幼，每人一年三百六十斤口粮。收成好的生产队，每十个工分可增加二两粮。按照这样的标准，若是顿顿吃干饭，怕是有两个多月要揭不开锅，所以他们必须选择以粥充饥。如果把喝粥说成是吃饭，显然夸大了一个事实。从祖上一路喝过来，吃饭一词便被喝粥取代了。

同样是粥的称谓，碾子沟人喝的粥却是用"粆籽"煮出来的。"粆籽"是碾压后的玉米，不筛除玉米的脐和皮。据测算，玉米的脐和皮要占玉米重量的百分之十左右。那时的口粮主要是玉米，每百斤玉米筛除了脐和皮，就等于白白流失了十斤上下的粮食。于是，他们将碾碎的玉米连脐带皮一起煮，煮时水多粮籽少，煮好后便往锅里投放一块食用碱，用勺子翻搅一阵，粥就变得黏稠起来。

每到吃饭时，总有孩子或大人在房前院外，所以不时地会听到主妇发出喝粥的召唤。起初，我对粮籽粥一无所知，以为是人人皆知的玉米碴子粥，喝粥时也一定会配有其他干粮。后来，不止一次去老乡家串门，才认识了那种从未见过的粮籽粥，并看到各家餐桌上几乎一样的咸萝卜条，除此，再没有其他的食物了。

山里祖祖辈辈种植玉米，间或种些谷子，人们似乎没有吃过大米和白面。于是，在一个漆黑的夜晚，出现了令人心酸的一幕——

初到山里的几天，知青们吃不完从家里带的各种食品，有人将发霉的馒头丢进伙房前的泔水缸里。也许这情景进入了他的视线，夜深人静时，他将手伸进那口缸，捞起馒头便跑，情急之下绊倒了竖在缸边的一把铁锹，即刻招来一声"抓贼"的叫喊。次日早晨，有人对着伙房的窗户说："是你们不吃扔掉的，我不是贼！"待喊抓贼的同学从伙房里的宿舍出来，那人已经不见了，窗台上放着一个完整的暗红色的馒头。

一个人如果遭受羞辱，要么选择愤怒，要么选择隐忍。碾子沟人也许会怨恨知青的那声叫喊，但他们没有愤怒，只是默默地忍受屈辱，忍受着喝粮籽粥岁月的困苦和艰辛，并在自己的土地上无怨无悔地挥洒汗水，周而复始地收获可怜的玉米，再将其碾压成粮籽，继而用粮籽煮出稀薄而粗粝的供养生命的粥。

当知青们返城后长久地怀着一份朴素的怜悯，依然以往昔的心情牵挂着这处荒村僻壤的时候，改革的春风早已拂过了碾子沟人的心田。他们不再甘于喝粗籽粥的日子，开始为一个又一个梦想奋力抗争。

无论大山怎样遮挡视线，他们还是看到了一个奇妙的市场，看到了与本村相同的山野，竟然能生产出每斤价格一元以上的山楂。于是，每户都在分得不多的土地上，划出一块栽种了山楂苗。四五年过去了，待山楂挂满了枝头，市场却换了另一副面孔，山楂价格每斤跌到了五分钱。人们在扼腕叹息后将山楂树砍掉，栽种了苹果树苗。苹果树结出果实不到两年，因腐烂病没有得到根治，果树相继枯死。后来，又栽植栗子树，严重的干旱也使其化作了一堆干柴。

命运之神仿佛开了一个又一个玩笑，人们在经历宿命的悲戚之后，一群年轻人率先背叛了土地，把致富的目光投向沟壑之外的广大地域。知青离开这里的时候，这些人还没有来到这个世上。岁月奔走到一个拐点，转身倒置了它曾经的投影。就像当年的知青涌向山里一样，这里的年轻人背着行囊从山里走出，与四面八方的人流汇合，向着知青返回去的那些陌生的城市涌去。

多少年过去了，打工者们早已陌生于前辈对"三转一响"（自行车、手表、缝纫机、收音机）的向往，他们不知道山里曾经的一号人物，对一块上海牌手表怀有怎样的渴望，更不知道粗布的"缅裆裤"是何等的款式，至于喝粗籽粥，把吃饭叫作喝粥，记忆中不过是老人们讲过的故事而已。他们不只是羡慕城里人的生活，而且渐渐蓄积起足以对其效仿的能力。全村常年在外二百多打工者，每年将从一个个遥远的地方带回的钞票，变成了他们的爷爷在梦里才浮现过的情景。一些人尽管不情愿走出大山，却不肯放慢致富的脚步，靠饲养畜禽同样获得了不菲的收入。

站在村南的山腰处向村里望去，一幢幢新房涂改了昔日农舍的散落，整齐有序地排列在山坳里，被大片的林木环拥着，又被一条条水泥小路分割出鲜明的组群。而几座醒目的二层小楼，则是打工者和养殖专业户们又标新了一个富裕的高度。炊烟依旧袅绕在房舍与大山之间，然而，它所笼罩的再也不是灶前一张张愁苦的脸和粗籽粥的味道。

我发现所有的山都升高了许多，当地人叫作大洪山、小洪山和西山，还有我叫不出名而只记得修过梯田的大大小小的山，几乎覆满了松树、刺槐和各种灌木。我很快醒悟过来，山体与我们的身体仍是原有的高度，只是那一层厚厚的绿荫，向上托升了山的轮廓。那时的山上几乎没有树，只是村里一条河的岸边有几丛稀疏低矮的灌木，但对于偷偷恋爱的知青来说，则是唯一隐蔽的去处。其实，那几簇枝条根本无法藏匿他们依偎的身影。

我和妻子在爱恋之初的第一次约会，就选择了一丛灌木的后面。那是个夏日的傍晚，灌木的枝叶正繁茂，我们以为是到了最隐秘的地方，虽然羞涩和胆怯让彼此的身体留出了小小的距离，但没过几天，社员们在私下里便有了近乎神秘的议论。

山有了不同昔日的气象，晚秋的田野却仍是当年的色调。像是心怀一份不舍的亲情，人们还是喜欢玉米，似乎玉米相连于自己的血脉。所以，那些尚能拿起锹镐的人和养殖业主，依然在自家的土地上播种玉米，但他们播种的目的，早已不是用收获的籽粒碾压粗籽，而是卖出去换回大米和白面，或是用来喂养猪牛羊和鸡鸭鹅。记得当年受政策限制，每家仅喂养几只鸡，鸡的饲料与任何粮食无关，鸡蛋却是远远贵重于粮食的珠玑般的宝物。因为用一个鸡蛋可在村里唯一的小卖店换回一把盐。

我自然想起那个小卖店。它离知青点不足二十米，我时常看到碾压完粕籽的人背着口袋从小卖店路过，或走进店里买一块食用碱，带回去煮粥用。小卖店里陈列的所有物品，加在一起的价值也不过三四百元。知青们买的是香烟、罐头和卫生纸，而农民们走进小卖店，常常是用目光对简陋的货架上的一切盘点之后，最终买走的还是盐、碱和火柴。现在的村里，已有几家规模不等的商店。当年的小卖店还在原来的位置，门的朝向和店内空间仍与从前一样，只是换上了"超市"的牌子。

当我的双脚迈进门槛的刹那，似乎迈进了时光深处，心头顿时泛起隐隐的忧伤，马上生出一种终于逃离那个岁月的庆幸，不忍去想那逼仄而清寒的场景，但我又无法剪断眷念的丝窠，还想在当年出出进进的屋子里，找到可供触摸的岁月的温度。而目睹的一切，又猛然将我拉回到活生生的现实——一个虽含混着几分空落却是令人大喜过望的存在。我发现，店里的商品尽管够不上充足和丰盛，但与城里的小型超市已无二致。

一个小女孩身着红夹克，脚穿红白相间的运动鞋，笑眯眯地跑进来，从衣兜里掏出五块钱，说"口香糖，西瓜味儿的"。就在她从售货员手上接过口香糖，跑出门外的一刻，又一个小女孩突然浮现在我的脑海。她也是穿红夹克的小女孩，一样十岁出头的年龄，也是在这个屋子里，似乎就在摆放口香糖的位置，雨水从她摞着补丁的肥大的衣襟上，从她一根小小的发辫上滴淌着。她踮起赤裸的小脚丫，把两只各攥一枚鸡蛋的小手举过头顶，然后接过一包盐，哈着腰跑出门外，消失在密密的雨帘里……没过几天，她出现在知青点的房前，当时我正倚着门框吃午饭。午饭是大米粥和馒头，她指着我的饭盒问："哥哥，你们吃的东西为什么是白的？"直到现在，我还为给她出示的关乎宿命的答案懊悔不已。

机动车的声响打破了山村的寂静。

当年听到知青乘坐的卡车声响，众多的山里人纷纷跑出家门，把汽车围个水泄不通。在载着知青的卡车进村之前，村里从未开进过一辆汽车，老人们是从知青到村的前两年，才隐约望见公社所在地的方向，烟尘里包裹着一个会移动的物体。他们中的绝大多数人，还没等到农用机动车和小轿车开进山里，便早已离开了人世。一二十年里，村里有了一百多辆农用车和三十多辆轿车，让现在还活着的喝过粃籽的老人，不知不觉地陷入了一种梦幻。

村支书执意请我去他家吃饭，我便想起在他的父亲家喝粃籽粥的味道。那个雨后的傍晚，因负责做饭的同学忘记了雨前备足柴草，结果造成"无柴之炊"，大家只好奔往与自己关系要好的老乡家讨饭吃。当我走进李大伯家时，全家人正在吃晚饭。饭当然是粥，用泥土烧制的灰黑色的粥盆，蒸腾着浓浓的热气，屋子里弥散着一股淡淡的甜香味。他们知道我的来意，非要取出珍贵的小米给我做饭不可。我当然要谢绝，不容他们再说什么，已经坐在了饭桌前。我端起粥碗，将第一口粥刚刚喝到口中，舌尖上顿觉丝丝的甜香。我的第一反应是，粃籽粥味道不错！当我开始动用牙齿时，上下牙之间忽地受到不硬不软的异物的阻隔，随之便是一种涩涩的滋味，牙齿再不敢肆意地咬合。后来在一个梯田会战的现场，时至正午已是饥肠辘辘，粃籽粥还是香甜而顺畅地进入了我的腹中。

我还是想念它的味道，便让村支书给我做一顿粃籽粥喝。碾子沟已没有一盘碾子，他的儿子在家特意筛选几斤白玉米，骑摩托车往返四十多里路，在一位亲戚的村里碾压出了粃籽。喝粥时，我只看见碗里漂浮着星星点点的玉米皮，而玉米脐却不见了。原来是村支书的爱人以为我咽不下玉米脐，便特意把它筛出去喂鸡了。

粃籽粥怕是难寻了，那声拖着长音的呼唤早已消逝在远方。但在城里多少次去粥铺，看着各种米且又添加各种补品的五花八门的粥，那个牢牢嵌入耳鼓的声音，禁不住会莫名其妙地回响起来。它仿佛是对我的召唤，一声接着一声，长音与长音相连，依然飞荡在炊烟徐散的早晨或黄昏。这来自记忆天空的回声，让我始终不敢忘记那片狭小的天空之下的土地，不敢忘记那片土地上曾饱尝艰辛的人们。

想起吊挂的犁铧

村部的一排新房建在当年学校的位置，房前是一个供村民健身的广场。安放在广场东侧的几种健身器材，让人很容易与城市住宅小区的一角联系起来。暮色中，我看见两个男孩手抓单杠，嬉笑着摇摆身体，这情形倏地将我的思绪牵回到广场的前世。

那是学校的操场。东侧竖起一个树皮斑驳的木桩，木桩上方用铁线固定一块木板。确切地说，那不是木板，而是树的主干被锯成两半，并用若干个"两半"拼成的一个平面。篮球架和篮板的全部，来自山里几株矮小的黑松。扭曲且下垂的篮圈生满了厚厚的铁锈，校长无意中在公社的废品回收站里发现它时，才知道是公社中学将其当作废铁兑换了仅仅一毛钱。

操场上的寂静与喧嚣，完全取决于一个废弃的犁铧的声响。不知是谁，也不知是在哪年，将它从犁的前额牵了过来，与泥土一样的锈色，包裹着它仅剩的多半个身躯，一根铁丝穿过锈蚀出的漏洞，把它高高吊挂在教室的屋檐下，使它堂而皇之地充当了课钟的角色。当用一根铁杆对它进行敲打时，它便像一位垂暮的老者，从喉咙里发出低沉而沙哑的声音。但学生们听得真切，只要这声音响起，操场上就会掀起一片尘土。在弥漫的尘土里，一群衣衫褴褛的孩子，总会在拼抢学校里仅有的一个篮球。那个篮球的颜色灰黑，上面不知用的是什么皮子，打了一枚不小的补丁。球囊像是从未有过鼓胀的时候，松弛得似乎没了弹性。即便如此，孩子们还是乐此不疲，无论它落在谁的手里，孩子们都会呼喊着奔向篮球架，把它投向那个起死回生的篮圈。当犁铧的声音再次响起，几溜烟尘分别尾随在孩子们的身后，一同涌进了教室。

在学校任教的第一天，我就是踩着这铧被敲打出的声响走上讲台的。当时，公社中学将六七两个年级全部下放，由各大队的小学办"戴帽中学"。因为知青的身份，加上地区报纸和县广播站接连刊发、播出了我的几篇诗稿，六七两个年级的语文课便非我莫属了。其实，我只是一个九年级的毕业生，而十年"文革"又占据了我整整八年的学龄，所以"知识青年"对于我、对于我们那一代人，便是个徒有其名的称谓。但面对那些不识几个大字的农民，我以为自己就是个有文化的青年。

那天，我有了人生的第一次装扮，棉袄套上了深蓝色的对襟袄罩，草绿色的军呢做成的围脖，在前胸和后背各垂一角。我看过电影《早春二月》，肖涧秋在村上的学校任教，就是以这样的装束出入于教室的。但他的教室里摆放的桌椅，远比我眼前的要好得多。这里无论是书桌还是坐凳，都不是统一的规格。桌子的制作方法与篮板相似，桌面也是用锯开的圆木拼在一起的，凳子则是以一破两块的木料为柱，支起窄窄的一块木板。几乎同一种样式的书包，凌乱地摆放在桌板上。其实，那书包只是一个用毛巾缝制的小口袋——把一条毛巾对折起来，缝好两边，然后在袋口处穿一条线绳，书本装进去，将线绳抽紧，线绳多出的部分便成了挎带或背带。这显然是当时山里孩子上学的"标配"。

我开始点名并询问每个学生的情况。七年级班共有二十七名学生，年龄最小的十六岁，最大的二十岁。他们的入学年龄大都在九周岁以后，一些人中途辍学，有的复学与辍学相互交替。我随意挑选了五名学生，让他们分别来读上一年级学过的一篇课文。他们对本该熟悉的文字却并不熟悉，有的多处读错或突然停下，有的刚刚读过几行，额头上便沁满了汗珠。待这个过程结束时，他们的目光暗淡，呆呆地望着我，像是祈求得到我的宽恕。

怪异的课钟声依旧按时响起，而这声音却将学生催逼到两个不同的地方——教室和田野。

六年级的陈洪柱，坐在教室的最前排，却第一个在我的视线里消失了。他的名字早早地写在了生产队的社员出工簿上。在夏锄的现场，我找到正在和社员们一起锄草的他。头上的一顶破旧的草帽，遮住了他那张黝黑的脸。

"回校念书吧，你还小啊！"

陈洪柱不语，手上的锄头反复地勾画着田头的泥土，仿佛有芜杂的心思深埋其中而又不见头绪。

"柱子，快过来！别偷懒！"一声带着凶狠的呵斥，让陈洪柱打了一个寒战。"爹喊我。"他转身跑进田野深处。

对柱子的惋惜还在心头，又一个孩子的境况让我心痛许久。记得那天下午的第一节课刚开始，随着"咯吱"的声响，教室的窗户被打开，旋即一个人把脑袋探了进来，大声喊道："兰子！给我回家！"没等我看清楚，那人的脑袋便缩了回去。

兰子名叫郑晓兰，十六岁，身材瘦小，曾辍学两次，但不久便复学了。她很聪明，每次作文成绩在全班都是名列前茅。母亲因患肺病去世后，她便和男孩子一样，经常上山打柴。寒假的一天，刚下完雪，她打柴时不慎摔倒，身体在滑落时，幸好被两株小树卡住，否则就会掉进深谷里。她在讲述中，并没有怨恨父亲让她过早地操持家务，只是对父亲不让她读书、让她长大后快点找个男人嫁了心怀不解。下课时，她含着泪水向我讲述后，伏在课桌上不住地抽噎，头上的鬓鬏也在微微颤动。最终她没有拗过父亲，成了女社员中年龄最小的劳力。

没有放农忙假，田野里却出现了学生的身影。不到半个学期，六年级班二十三名学生辍学六名，七年级班更是只剩下十八名学生。校长为此大为恼火，接下来的课钟都是由他手持铁杵，向着吊挂的犁铧愤怒地击打，犁铧上的锈末纷纷飘落下来，而那声音却变得更加嘶哑、沉闷。

其实，谁也不会关注一块废金属的去向，而犁铧的身世又和泥土紧密相依，所以它也和泥土一样容易被人忽视甚至忘记。不知为什么，在曾经的操场上徘徊，那个残破的犁铧似乎还在屋檐下孤吊着，耳畔仿佛还有那声音在酸涩地回响。即使我在城市里的校园旁走过，一听到清脆悦耳的铃声，还是禁不住想起那个犁铧和它被敲打出的含混的音质。

现在的课钟早已改用电子音乐铃，但它已不在这个山坳里响起。前几年，上级政府对教育资源进行整合，全乡原有的八所小学合并为两所。教师至少是大专以上的学历，有的是大学本科的毕业生。距离碾子沟最近的是什巴畲小学，八栋高大的房舍，共八十间教室，彰显了这所小学不小的气派。但一听从村子到学校有五华里多的路程，心想，对于每天往返的孩子们来说，走这一段路还是要花费很大气力的。但我的忧虑在次日的早晨便彻底消失了。

在明亮的霞光里，一辆黄色的面包车从村外驶来，稳稳地停在村部广场的路边。等候在这里的孩子们，肩背各种样式、印有不同图案的书包，开始有秩序地上车。我没有想到，在这偏僻的山坳里，竟然也有专门接送孩子的校车。

送孩子的有年轻人，更多的是老人。我不知道老人当中有无当年辍学的学生，如果有，他们在成为孩子的爷爷奶奶之后，是否对自己的学业还留有一丝悔恨，或是对父辈怀有深深的抱怨？我知道这突发的联想，似乎是在干涸的河床上去追找一段流水，未免显得有些滑稽与荒诞。

时光不会倒流，往事可以追溯。碾子沟村现在的老人们，记忆中不能没有那座驼峰似的土墙围起的校园，以及那个吊挂着的残破的犁铧，当然也会有远离它的声响，重复着祖上在山野里耕耘的无奈。也许正是因为有了文化缺失的伤痛，他们才会在通往知识的路上，如此呵护自己的后生。只要孩子在校的午饭吃得好，一路往返安全顺畅，家长们似乎不再计较每个孩子每天近十块钱的花销。对升入中学的孩子，许多家长不惜出钱在县城里租房，放弃家务专心为孩子陪读。校车启动时，从那些老人向孩子们招手送别的瞬间，我忽然觉得，所有的老人，以及孩子的父母，都像是有一种期许，一种源于内心的觉醒而生出的愿望，正在执着地寄托给自己的血脉。

校车渐行渐远，我又想起手握锄头的柱子，想起伏在桌上哭泣的兰子，还有在上学路上死死阻拦他们的父亲。

山里生长的记忆

如果有种记忆不可磨灭，那它一定是镌刻在了自己的生命线上，比如知青岁月。虽然那个岁月又被后来漫长的时光所掩埋，但它犹如一粒植入情感的种子，在我心灵深处长久地存活着，并让因此而生长的思念永不寡淡和消减。

从那个晚秋里转身离去，直到今天满头华发，我曾无数次忆起岁月里的寒冷、孤寂、彷徨和愁苦，似乎对所有痛苦的回想，才是对一种美好的追怀，以致无论后来遭遇怎样的命运，却仍在心底高呼——"向困苦致敬！"

我原以为，知青岁月只属于知青，只属于知青的记忆，却没有想到，当年的碾子沟人无不怀念那个有过知青的岁月。几十年过去了，在他们的眼里，我和一群同行者的身影，至今也没在这个山村里消失，依然在这片土地上时隐时现。

也许是出于一种特殊的惜念，碾子沟村仍然保留着曾出入知青的那排房舍。与这里的住户一样，房子呈起脊式，顶部铺盖灰瓦，整整十间连在一起，且又显宽大，当年在村里属于地标性建筑。听村里人说，这排房子由一位李姓青年从村上买走。据说，买房者的初衷是将来在此建一座小楼，但不知为什么，他却迟迟不将它拆除，还组织工匠修缮了塌陷的房脊，并用原有的灰瓦重新铺盖了屋顶，看上去还是当年的模样。这真是碾子沟知青的幸运！它虽然够不上一份历史的遗存，却同文物一样不可再生再造。试想，能有多少当年的知青，还能在"广阔天地"里找到自己曾反侧其中的尺椽片瓦呢？

我在这房前驻足良久，凝望着曾属于我的那间老屋。"你是哪来的？在看什么？"一位中年妇女微笑着问我。

"哦，我是当年的知青，回来看看！"

"嗯，经常听我爹念叨你们！"

"你爹是……"

她说出她爹的名字，我却一时想不起来。我向村西方向走去，迎面一位老汉停下脚步，他对我一个瞬间的端详过后，竟然大声地叫出了我的名字。他紧紧地握住我的手，我却因羞惭涨红了脸。

啊，我的乡亲！我以为铭刻在你们心里的，应该是你们在远方的儿女、故去的亲人，还有饥饿、地震、干旱、飓风和冰雹，可你们的心里至今还装着知青，还装着和知青在一起的岁月，难道那一帮年轻人的影子，就那么值得你们久久地牵记？

知青到底给了他们什么？是新奇？是喧嚣？是悲悯？如同鸟

儿飞过天空，看不见留下的痕迹，又仿佛是一股洪峰，早已消失了涛声。知青将自己带走的存放在心灵深处，却模糊了自己留下的东西。而山里人的记忆始终没有被时光所攫噬，始终有知青的面孔和声音，似乎知青就是他们在远方的亲人。这完全出乎我的预料。

围拢在摆放着丰盛菜肴的餐桌旁，现任村支部书记张安端起酒杯说出第一句话："好想你们啊！"他的眼眶有些湿润，或许想起与知青一起锄禾的情景。我的脑海又浮现出吴祥的表情，分明看见惜别的泪花还挂在他的眼角。我饮尽杯中的酒，接纳了乡亲一个长久的思念。接下来你一言我一语的忆述，便如细浪般层层叠叠，径直涌入我情感的河流……

"你们走后，我娘一直觉得屋子里空荡，她总说，有知青的日子真好！娘在临终时，还念叨过知青常来家串门的事儿！"

"我们的女青年当时发现女知青用香皂洗脸、搽雪花膏，留的是'五号头'，真是太羡慕了！"

"你们每天早晨刷牙，慢慢地就有人跟你们学了！"

"是你们来了，才帮我们拉上了电，老人们都记得！"

"你们不来，学校的教师都难选！"

"你们真不容易。这里的年轻人开始不愿出外打工，家长就说，人家知青像你这么大，早就离家干活了！"

他们竟然用知青的一次远行去教育自己的孩子，很难想象这种超乎逻辑的例证，会在他们的生活里变为一种合理的比对。他们和他们的父辈，似乎忘记了喝粗籽粥与知青吃细粮吃干饭的反差，忘记了身着打补丁的衣裳面对知青时的尴尬，甚至忘记了仅以两元钱的价格卖给知青一只看家狗的愧痛……

因为有了知青的牵手，所以城市与乡村才有了近距离的相视，而作为终年劳作在山里的农民，在呼吸到一丝文明气息之后，只是将羡慕的目光投给知青，却依然对自身的命运心安理得。他们像是彻底相信了宿命，相信面朝黄土的天经地义。

一幅照片让我思忖许久。它保存在我的一本相册里。照片上站在山坡下前排的是我们知青，男生都戴着破旧的棉帽，几名女生头裹围巾，每个人的肩上扛一把铁镐或钢钎，后排站着十几个憨笑的农民，其中多数没戴帽子，有的妇女也没戴头巾。近处有几行用碎石和土块垒起的田坝，远处的山峦堆积着皑皑白雪。很显然，这是一份在严寒里战天斗地的记录。记不清那位摄影师来自哪里，只记得他让在场的农民把头上的棉帽和头巾摘下来，借给知青戴上。据说，这幅照片在县"广阔天地，大有作为"的摄影展上获了一等奖。

现在想来，这位摄影师对照片拍摄的构思确是煞费苦心。但事实上，它却颠倒了农民与知青的关系，使那个年代最为流行的"接受贫下中农再教育"的口号，蒙上了一层迷离的色彩。尽管照片的背景充满了苍凉与寒冷，但站在知青身后的农民依然佯装笑脸，而对困苦的无声诉说，却是站在他们前面的知青。实际上，农民的内心早已布满了累累伤痕，而且伤痕已结出没有神经痛感的疮疤，所以他们也许对自己与背景一样的角色不以为然，所以在描写知青的伤痕文学里，也就很少有作家用知青生活去反衬农民的困苦和情怀。似乎在知青岁月里，知青就是土地上的主人，就是遭受困苦与磨难的社会主角。我虽身为知青，却又一直为这样的不公心怀不平。

但碾子沟人对此并不计较。他们把从城里来的知青，看作是从天上下凡的一群神仙，担心脚下的土地会辜负上天的恩赐，反倒对知青的命运怀有深切的同情。就这样，在山间、在田野，在那些个与知青一起劳动的现场，他们对每一个知青都战战兢兢地呵护着。最初，他们无法预料这一群不速之客，会给这片小小的天地带来什么，以致在新奇中生出忧虑，甚至对土地、粮食、治安充满了恐慌。当他们看到知青脸上的泪水，看到软弱的肩膀受到一种压力偏斜过去，看到离开父母的孤独和无助，便毫不犹疑地走近知青，并带领知青在同一块土地上流淌汗水，使彼此的心紧紧地贴在了一起。

当"神仙"们抖落一身风尘重又归去，山里人突然觉得这方土地已经沾有了灵性，于是，关于对知青的记忆，诸如哪位知青为谁代写过家书、代买过药品，哪个人看病是知青在城里给联系的医院，哪些学生听过知青讲课，哪块荒坡是经过了知青的开垦，哪片林地是知青栽出的绿荫，哪次文艺会演知青扮过何种角色……如蓬勃的草木，一一在这座山坳里不息地生长着。而在所有个"哪"中，唯独没有哪个知青偷过哪家的鸡鸭和哪块地里刚刚成熟的玉米。连当时最珍贵的鸡蛋、小米和黏豆包，他们都送给了哪个知青，送出去多少，也在记忆中消失尽净。

我已淡忘了因一位同学偷看《白蛇传》引起的那场风波，碾子沟里却有人记忆犹新。他们至今还对当时的公社干部为一本书气势汹汹地给知青开批判会耿耿于怀。"钟铁瑞过得好吗？"这个看"黄书"遭批判的知青还在受到乡亲的牵挂。

"不知道你们都在哪儿，你们应该常给我们写几封信才是。"

张安的话怕是山里人的愿望。

也许因为时光的脚步荡起的那片浓厚的尘埃，使曾经挥手相望的距离越来越模糊不清，甚至使他们感到，一群与之形影相随的人，无故地疏离了这方土地。尽管岁月里的河汉山脊与风霜雨雪常常出现在梦里，但不能不承认，我们还是缺少对朴素情分持久的珍视和尊重，至少缺乏某种方式，让时光失去消磨的力量，并让记忆与山里的林木一同生长。

分明是洁白的雪花纷纷扬扬，而犁铧过处却正在进行一场春播，蓬勃的秋苗即刻铺满了田野，山峦上枯槁的草木也随之突现苍翠……当我的梦醒来，才发现寒冷与温暖共生在一个错乱的季节，那个岁月的底色和声音已失去了原有的荒寂与悲凉。

PART 4

哲思拾录

麻雀的哲学

　　天刚放亮，它们便如约而至，在房前的树梢墙头，叽叽喳喳地叫个不休。这等鸟像是不知道有四季，每年每天都是这样聒噪。起初，我却觉得它们没心没肺，并怀疑因它们而来的那句成语并不靠谱。

　　说没心没肺，是说它们不懂痛定思痛。人们曾把它们视为仇敌，列入"四害"，全民开展围剿，非要斩尽杀绝不可，结果近二十亿只死于非命，险些让它们断子绝孙。它们似乎忘记了先辈的灾难，依然没皮没脸地和人混在一起。

　　人的脾气怪透了。当年同仇敌忾捉它们、烧它们，如今对它们却又视而不见，好像什么都未曾发生过。又一想，一方忘记了仇恨，另一方忘记了罪恶，双方得以心平气和，这无疑是件大好事。但毕竟祸因人起，人不能装得若无其事，内心没有一点儿愧痛。倘若如此，反倒觉得那帮小家伙胸怀不小。

　　至今也搞不清一个来龙去脉。读点儿鲁迅，没看到他对麻雀有何厌恶，竟也在他家的百草园里，将雪地清除一块，用一面竹筛去罩麻雀。那是他童年里的乐趣。周作人在《鸟声》里说，麻雀虽然"唱不出好的歌来"，但"在那琐碎和干枯之中到底还含一些春光"。由此可见，他对它们还是有些许的好感。到了鲁迅的三弟周建人的笔下，却与大哥二哥针锋相对了。一篇《雀是害鸟无须怀疑》的文章，一口咬定"麻雀是害鸟"，并振臂一呼："害鸟应当扑杀，不必犹豫。"作为生物学家，又是时任的教育部副部长，话说出来是不同凡响的。不知道郭沫若先生是不是看过此文，才写出那首《咒麻雀》的打油诗，倘若是，当数落井下石。郭是大文豪，咒那鸟的用词绝非生物学家可比。他说麻雀属"五气鸟"（气官、气阔、气暮、气傲、气娇），并在"气"的后面又加了程度副词"太"，最后定性为"混蛋鸟"，"犯下罪恶几千年"，号召对其"毒打轰掏齐进攻，最后方使烈火烧"。可见，他对麻雀痛恨到了极点。

麻雀有那么可恨吗？我看没有。它不招人待见倒是有缘由的。颜值过低是其一。羽翼灰褐得如枯干的树皮，小脑袋晃来晃去，像是小贼的神态，浑身上下没一点儿亮色。其二，长相太丑也罢，却又无音乐天赋，除了叽叽复叽叽，喳喳复喳喳，哼不出一句好听的歌，让人的听觉早已疲劳不堪。第三个原因是与人夺粮。试想，人要是饥饿难挨，恨不得见什么吃什么，你一个鸟东西，在人还饥肠辘辘时，却斗胆偷人的一份食物，那岂不是想要人的命，不激怒人才怪呢！叫它"家贼"不完全是因它的脑袋颇有贼头贼脑之相，还因它在光天化日之下，确有贼的行径，生熟不分地偷吃谷粟。人对它们的驱赶耗尽了气力，只好用稻草做假人，替真人去尽一份看护之力。那个年代的雀口夺粮，像是关乎人死雀活，雀死人活，所以才对麻雀打响那场绝杀战。人和麻雀相比，当然是麻雀付出了异常沉重的代价。还是人最先醒悟，知道有乱杀之误，便用臭虫把麻雀从"四害"里赎出来，使麻雀算是有了清白的名分。

我很喜欢屠格涅夫的小说《麻雀》。小说里的那只老麻雀，为救它的幼儿，在那庞大的猎犬张开大嘴、露出锋利的牙齿时，表现得是那么无所畏惧，奋不顾身地用自己的身体掩护了小麻雀。老麻雀也有博大的母爱，看来是和人类相通的。但不知从何时起，人对麻雀始终贬损不已。麻雀在晚上视力不佳，天一暗下来便视线模糊，说人的视力有问题，有时要借用"雀盲眼"一词。听一阵嘈杂，也会说像一群家雀似的，乱得一团糟。看到从屋檐上掉下的小麻雀，人在潜意识里仍有"四害"的阴影，认为那是害鸟的崽子，即便见其摔死，也大都不生恻隐之心。这一点，我看该学老舍先生。他见一只伤了翎羽的小麻雀，怒斥"人是那么狠心"，继而慨叹"它被人毁坏了，而还想依靠人，多么可怜"。事实上，可怜这类鸟的人真是不多。尽管它们天天与人相伴，又毫不记恨人对它反复的哄撵与呵斥。

看来，鸟和物一样，都以稀为贵。好鸟知时节，该来则来，便能讨人喜欢。北方三月，报春花刚一抽芽，春暖儿（也叫黄喉鹀）第一个飞来报春，鸣唱清婉，且长相标俊，自然惹人喜爱。紧接着，金钟、地鸫、伯劳和蓝喉歌鸲、红喉歌鸲，还有黄鹂、蜡嘴、锈眼，纷纷前来登场献歌，把春意闹得分外的浓郁。这些鸟论相貌和才艺，都令麻雀望尘莫及。要知道，那统称靛颏的蓝喉和红喉歌鸲，还属清代四大名鸟呢！谁人能不喜欢？这期间，麻雀总要混入其中，只是不能随声附和，无论人家唱得多么动听，依旧是叽叽喳喳而已，犹如清风里突然搅进了沙尘。人们唯恐因它们扫了迎春的兴致，但又无法把它们清除出鸟的队伍，只好忍气吞声，任其喧嚣一时。

我倒觉得，人心总比鸟心大，麻雀尚能不计前嫌，人更要知道痛改前非，不打不骂它们才是。那些名贵的鸟，你再看它顺眼，听它入耳，也是匆匆过客，春天一过便一飞了之，只有麻雀一年四季与人不离不弃。在北方的寒冬里，麻雀、喜鹊和乌鸦算是常见的鸟。乌鸦是不上讲究的，喜鹊偶尔三只两只并飞，成群结队的鸟只有麻雀，叫声虽不悦耳，但毕竟是鸟鸣，总比空寂无声要好。其实，麻雀的功远远大于过。从人口夺食是它们不知尊卑，胆大妄为，除去这个，每只麻雀每天能捕食六十多只害虫，这可算是不小的功劳。据说，当年普鲁士国王的花园里，种植了许多樱桃树，快熟的樱桃常常遭到麻雀的啄食，于是国王下令捕杀麻雀。后来发现，麻雀是减少了，但害虫却把樱桃吃个精光。等到1860年的波士顿农田遭遇虫害，人们束手无策之际，当局从欧洲进口麻雀，让它们尽力繁衍后代，结果使虫害得到控制。到过波士顿的人，在广场中心会看到一座纪念碑——麻雀纪念碑。它向世人宣告：麻雀是人类的朋友！

国情不同，麻雀的境遇也不同。人们称常见的麻雀为"家雀"，似乎把它们看作是自家的产物。既然归自家所有，处置权当然掌握在家长手里。国人对麻雀下完黑手，便无声无息，最初连一声"对不起"也没有，也许是当作了断一桩家事。直到它们的先辈含冤蒙难三十年后，麻雀"家"的枷锁才被彻底打开，把它们放飞到野生动物保护的广阔天地了。

麻雀们像是没有记忆，抑或是在装糊涂，可谓大智若愚。这样当然很好，否则它们对人奈何得了。不过，它们还是没有放松对人的警惕，也许是它们的体内，遗传了对人恐惧的基因。你看，它们既不离开人，而一见到人却又振翅飞开。细细观察，我忽然觉得麻雀很像哲学家，至少不乏哲学的思维。它们飞行在特定的空间里，选择的范围与高度，始终在与人的远近之间，谨慎地保持着不即不离的中庸状态。这恰到好处地依了尼采的警示——飞翔得越高，在不能飞翔的人眼里，就越是渺小。麻雀不情愿渺小，渺小遭人蔑视。但它们知道离不开与人相处，所以在人的面前，从不摆显庞大，并甘心情愿地永远渺小下去。人不易看清麻雀的心思，还以为它们真的没那高飞远走的本事呢！

劝君一言：善待麻雀吧！哲学的麻雀！

吉祥与罪恶

——对喜鹊的评说

应该从有"七夕节"开始，因为知道牛郎与织女每年相会在鹊桥上，怕是很少有人诅咒喜鹊了。这是我的臆断，无法详细考证。

看来，一种传说在民间一旦家喻户晓，虚假的故事也像是真实不虚。喜鹊便沾了这个光儿，竟会日益变得吉祥起来。不仅说它能报喜，一听到它的叫声，便有喜事临门，而且衍生出诸多的习俗和喻义。民间普遍有画鹊兆喜的做法。喜鹊登上梅的枝头，便是"喜上眉梢"；若是两只喜鹊相对，则是"喜相逢"了。有绘画也有剪纸，还有各种雕刻（木雕、竹雕、石雕、砖雕等）的喜鹊图案，遍布于民间的居室、门楣和墙院之间。

生活里若无精神的寄托，定是无味的枯燥，犹如不见绿叶的枝条，没了生机和活气。所以，有了对喜鹊的赞誉，并让它蕴藉着某种祥瑞，再将一种美好预示于人，那便是件颇有意味的事。

少不更事时，有次曾用弹弓射树上的喜鹊，刚把弹弓举起，就听外祖母惊呼："给我住手！"之后，又听她讲了一遍喜鹊报喜的事：那年初秋申时，我要降生，几只喜鹊在院中鸣叫。外祖母赶来前，两次找人占卜，都说母亲腹怀女孩，几日闷闷不乐。她只生母亲一人，因无儿则视为无后，常被乡邻冷眼相看。谁料得一外孙，让她喜不自禁，从屋里捧出剥好的花生，出门向喜鹊撒去。

从此，她常说："喜事到没到，就听喜鹊叫！"后来听母亲说，我出生的地方有一大片果园，房子就在果园里，喜鹊几乎每天都那么多，也都是那个叫法！

乌鸦和喜鹊同属鸟纲鸦科，与喜鹊有亲属关系，也都食腐。在国人的眼里，乌鸦鸣叫是报丧。外祖母病故时，确有一群乌鸦在房顶盘旋而过，"啊——啊——"地留下令人心寒的叫声。报丧即使报得准，乌鸦也不受待见。若是无中生有，乱叫在哪家的屋后房前，主人自然会感到晦气，禁不住朝它们大骂几声。喜鹊报喜当然令人高兴，但如果喜丧不分，遇到丧事却学"乌鸦嘴"，那倒比乌鸦可恶得多。早年间，我对喜鹊的做法心怀愤恨。那天清晨，外祖母撒手人寰，我和母亲等人刚痛哭一场，出门却见院中的梨树上，竟然有几只喜鹊在叫。外祖母平素对它们始终善待，而这等东西却如此不讲情分，在我们悲痛万分时反倒前来幸灾乐祸，简直是岂有此理！这情形，即刻消除了我对它们的好感，也把外祖母曾经对它们的认知，归于迷信的一类。

其实，有些民俗之类，与迷信不易分辨，甚至如水乳交融，看似一体之物。比如，人死了要搞"开光"仪式，"开眼光亮堂堂，开鼻光喷喷香……"既然气绝身亡，五官哪还有那个功能！清明祭扫，烧一把纸钱，供逝者在阴间消费，明知是荒唐事，却也照此不误。这些是否属于迷信呢？我看还得稍加分析，不该生拉硬拽。也许有人追问：什么当属迷信？这并不好作回答。我想，只能这样排除：祈愿纯真的美好，或是共振于人的心脉的行为，便不可与迷信同日而语。为人之哀而哀，为人之喜而喜，说到底，都是人性赋予它们的情感，并又反过来作用于人，使人与自然界的生灵息息相通，这便是难得的一份和谐。后来，我对乌鸦和喜鹊的传说，并无任何的嘲讽。至于喜鹊对外祖母的不敬，有人另作解释，说它们是阎王爷的特派员，特来告知：阴间已为外祖母安置妥当，家人不必挂牵。知道这是编造的谎言，却也不再对喜鹊耿耿于怀了。

即便如此，喜鹊的现实表现，还是让人大跌眼镜。虽然它们的叫声难听得很，但若论智商，则可列百鸟之首，而论其行径，又可谓作恶多多。但凡高智商者，如若品行不端，其危害必是深重。喜鹊便是例证。春天，刚刚播到田里的种子，常常被它们翻出土壤，啄食得一塌糊涂；秋天，同样是喜鹊收获的季节，它们准确地把握机会，在果农即将采摘水果之前，便会倾巢出动，肆无忌惮地在果园里大吃大喝。不知是遗传了何种基因，它们对果实生熟的识别度极高，凡是被它们啄食的果实，一定是熟透的、最红最甜的。如果是苹果，即使是套袋（给苹果扎系纸袋以防污染）的苹果，它们也绝不会被那层裹纸所障目，一定是准确选择主人最称心的果，然后实现各个击破。而对稍有青涩味道的果实，却不屑一顾，上面的纸袋依然完好如初。

人当然高鸟一筹，便扎稻草人以替人看守，防止喜鹊袭扰。麻雀见了稻草人，以为那便是人，不敢接近田里的庄稼。喜鹊远比麻雀聪明得多，似乎早知这把戏是骗术，所以对其视而不见，依然我行我素。人们恼怒了，但恼怒又如何！一想它们的身份，只得捶胸顿足而已。要知道，喜鹊和那些鸟一样，早就受到法律保护了，难怪它们会如此胆大妄为。人有时也不解：老虎黑熊要吃人，狼叼走了羊，野猪糟蹋了成熟的庄稼，人若是动手还击，无论致命致伤，都要遭遇麻烦。这道理也简单，和其他任何动物相比，人都是王者。因为人有办法把它们制服，甚至把它们吃掉。因此，对它们给予保护，说明它们在人前，毕竟属于弱者。

有人还是想打死喜鹊，甚至想吃它们的肉，以滋补通淋，除却虚劳。尽管中药方子里有之，却没见谁真动手动嘴。这也许害怕冲了吉利。喜鹊有"吉祥鸟"的雅号，这雅号似乎颇有震慑力，与打死麻雀不同，谁敢打死喜鹊？那等于是毁掉了吉祥；而谁敢吃喜鹊的肉，无异于把吉祥沉入腹底。日后如遇不祥，定会以为喜鹊作怪，属于伤风败俗招致的祸患了。

想到喜鹊，不免想到喜鹊式的人。他们有看似善良的面孔，身份酷似喜鹊，让人们感到吉祥和亲善，而娴熟的夸夸其谈也要远比喜鹊的叫声好听百倍。但后来的结果，一如看到喜鹊飞来飞去，不见有何祥瑞之兆。喜鹊式的人终究不是喜鹊，法律绝不保护。

清晨，两只喜鹊落入院中，又忽地一跃而起，在树上喳喳鸣叫。看着它们早早地光临，不论今天是否有好事发生，此时的心情总是快活的。

喜鹊还是可爱！

为 乌 鸦 说

乌鸦和喜鹊都属鸟纲鸦科，写喜鹊时，顺便点了乌鸦的名儿，说它是报丧的鸟，而没说它一句的好。现在想来，这对乌鸦很不公平。

早晨起来散步，在公园的一株松树上，见有好几只乌鸦栖着，但并没有叫声。几个人在树下走过，它们像是什么也没看见，没一点儿惊慌，仍在原处向远方张望。我知道，乌鸦与人关系密切，即使是报丧，那也是为人传递讯息。不论人看它有多晦气，毕竟它心里还想着人。

乌鸦俗名叫老鸹。我一直弄不明白，它为什么要报丧？遇有不幸的事发生，我看它们确实现身过。早年在乡下外祖父家，村子里有座明代的城堡，城堡南门西侧有座庙宇，正殿供奉一尊关公像。人们视之为神，常有信众前去叩首焚香。后来，正殿成了生产队的仓库。一天，我的小伙伴跑进去，在里面烧花生吃，不料将堆放的柴草点燃，烧起一场大火。村子里的人跑来救火时，我看见上百只乌鸦，在庙宇的不远处盘旋，且"呀——呀——"地叫个不休。我时常在村头看见乌鸦，但都是三五成群，从未见过这等阵容。不一会儿，它们就飞走了。待到庙宇在火光中坍塌，关公殿变成废墟，那群乌鸦又飞回来，叫声令人有些惶恐。关公遇难，可谓大悲之事，乌鸦算是尽了哀心。

至于乌鸦在谁家的房前一叫，谁家就要出丧事，我还从未遇见过。但不知为什么，这鸟却一直不讨人喜欢。羽毛是黑的，没一点色彩，叫声是连在一起的"呀——呀——"，毫无婉转，比起众多鸟来甚为逊色，这怕是不受待见的缘由。又一想，也不全是，看它心生厌恶，也许它真有报丧的前科。人要是做过讨厌的事，且有案底为证，即便平日里也像旁人一样，还是会遭到嫌弃的，何况一个鸟类里的其貌不扬者。

有些事情的真假，的确无从考证，常因人云亦云，假也会真，真也会假。乌鸦之身，本来就难变清白，加之人这么一说，它便成了千夫所指的家伙。凡事怕较真，人对于乌鸦的妄论，一旦刨根问底，你便不会责怪它，更不会以为它的居心有何不良。

据说，早就破了乌鸦报丧的谜。人要驾鹤西去，身体会散发一种特殊气味，尽管微弱，乌鸦却能远远嗅到，随之便飞过来了。实际上，乌鸦来与不来，叫与不叫，将死的人总要把最后一口气咽下。只是乌鸦掌握不住分寸，偏偏来早了一步，人一死，就落下了人的怨恨，指骂它催走了人命。

人与人交往讲尺度，而且拿捏要准当。若不是交谊深厚，听闻他人喜事丧事，怕是要当作若无其事，似乎毫不知晓。这分寸就很有讲究，既可逃过随礼一关，免了一份花销，事后又可装作气愤不已，佯装怪罪人家对己轻贱。乌鸦闻到气息，要是耐住性子，来个静观其变，等到活人为死人恸哭时，赶来献上几声"呀——呀——"，那效果会大不一样。按某地民俗，当属乌鸦的"哭丧"之举，自然难能可贵。"哭丧"不完全是丧家的事，怕是要花钱请人的。乌鸦分文不取，且叫声沙哑得如哭坏了嗓子，定会招人一番疼爱。等到乌鸦栖在死者的坟茔上，无论它们怎么叫，人们便不再说什么，似乎它们正为死者表达着哀思。试想，如果事先不抢那个先，说不定它们在人的眼里，是何等善解人意的好鸟呢！

也许就因了报丧，接下来的问题，便也一股脑儿地出来了。它们只要聚在一起，便是地道的"乌合之众"。于是，形容那些杂凑在一起的人，也会常用这句成语。乌鸦生来便有聚集性，不喜欢孤独，且又遭人记恨，本不宜形单影只地生活。合而成众，一来遭骂的是群体，与己无关；二来鸦阵的气势，也给它们中的每个壮了胆。这对乌鸦来说，没什么不好，又没碍人的眼。人对此说三道四，显然是言辞过分！

其实，乌合之众也是一道风景。我家刚搬到锦州城里时，离房后几十米的地方，有一座古塔。据记载，该塔始建于辽代清宁三年，塔高有五十多米。每天傍晚，这里就有风景可观——成百上千只乌鸦，围着古塔上下翻飞，且群鸦共鸣，奏响"呀——呀——"的和声，不乏几分恢宏。在夏季里，也有一些燕子混入其中，但毕竟还是乌鸦的阵势。人们饭后到塔下望乌鸦飞，听乌鸦叫，心情虽说不上有多爽快，却也没有任何的悲凉。乌鸦不是候鸟，所以它们不挑剔季节，天气即便寒冷，依然在塔的四周盘旋。春来时，好多羽毛鲜亮的鸟，轻轻叫上一阵便飞走了。倒不是不喜欢天籁之音，知道那毕竟不能持久。乌鸦虽叫得粗哑，但四季里都能听到，所以让我觉得亲切。天长日久，我觉得它们颇有烟火气。烟火气是什么？那该是人间的气息，是从人间的生活里蒸腾出来的，是米粥的热气和咸菜的味道。乌鸦和人相伴一起，自然会与人相通。后来，站在古塔下，再听它们的聒噪便不同以往，它们也像是和人一样，生活里遇到了艰辛，忍不住要发出一种无奈的叹息。更多时候，我听那叫声里，似乎还蕴藉着一种不屈，吟唱着某种坚韧的精神。

　　不知是谁，给这景观起了个很雅的名字，叫作"古塔昏鸦"。意思是黄昏时分，群鸦绕塔飞舞鸣叫，可谓"天人合一"的胜景，后来还将其列入"锦州八景"之一。近年来，古塔那里很少有乌鸦，那景观也就看不到了。

　　越是想念乌鸦，越是感到要替他们多说点儿什么。不知从何时起，乌鸦成了生活里的一个靶子，动辄被人嘲讽和辱骂。借乌鸦喻人，也渐渐成为时尚。"乌鸦落在猪身上——看不到自己黑。"这话一看便知，无须解析。但要搞清楚，乌鸦即便落在了猪身上，有谁能断定它一定要挑剔猪的黑，而自己不去醒悟呢！况且，猪也不都是黑身，白的和半白半黑的都有。非要选头黑猪让乌鸦落，怕是对乌鸦的戏谑。人要自省，不一定找对比，批评别人的人，同样可以反观自我；不指责他人，也能洁身自好，修身律己。如此拿乌鸦说事，多少有点儿别扭。再说，以外表和长相论长道短，也不免有些肤浅。要知道，黑也是很好的颜色，没有黑，就没有白，黑与白是人间的面孔。都说人不可貌相，可轮到乌鸦就变了，一相颜色就可盖棺论定，这便是人的霸道。说"乌鸦身上抹石灰——要变白鸽"或说"乌鸦头上插鸡毛——想变凤凰"，实际上是人的痴心妄想，却无端地强加给了乌鸦。乌鸦只知道"呀——呀——"，哪知道人的嘴才是真的"乌鸦嘴"呢！

也许因为国情不同，在有的国家，乌鸦被视为吉祥鸟，喜鹊则被视为害鸟，与中国恰恰相反。仁者见仁，智者见智。但无论如何，对乌鸦要有公正之心。

了解乌鸦，要看到它的聪慧。《伊索寓言》中的《乌鸦喝水》，虽是寓言故事，但乌鸦的做法也并非是作者无据的想象。很早看过一份资料，说英国皇家学会的一个学报，刊登研究报告显示，乌鸦智商高到能懂得使用类推方法，而人们认为十分聪明的大猩猩却望尘莫及。有些昆虫即使藏匿在林木的洞穴深处，乌鸦也可把植物的叶片制作成条状，探进去使昆虫出来，然后再把它们吃掉。日本一所大学附近，常有乌鸦把胡桃叼到路上，等汽车把胡桃碾碎后，再飞过去美餐一顿。这种做法似乎不可想象。

喜鹊当然聪明，但干的坏事也多，这聪明倒不如没有的好。乌鸦则不然。吃腐烂食物不算做坏事，腐烂的东西本身就是废弃的，它们吃了，没占人的便宜，也减少了人的劳动。用智慧和善心做事，乌鸦竟能留下一段史话，那是了不起的贡献。故乡北镇早有"乌鸦救主"的传说：努尔哈赤被明军追赶，逃至一片荒草地，身体趴下之际，忽有大群乌鸦飞来，把他的身体遮盖得严严实实，明军见状以为无人至此，只好悻悻而归。外祖父所在的壮镇堡村南，相传便是"乌鸦救主"的原址。早年北镇的一些农舍前，竖一高杆，上有一容器，放进食物专给乌鸦吃。据说，这是努尔哈赤当年下的令，让民众务必犒赏乌鸦。

我最反感据说是出自西班牙的谚语："你饲养的乌鸦，长大以后会来啄你的眼睛。”这无疑是为诬陷乌鸦编造的谎言。乌鸦再不讨人喜欢，在中国人的眼里也不至于如此无情无义。况且，乌鸦反哺早就广为人知。乌鸦能孝敬父母，也能善待他人，这该是合理的推断。啄你眼睛的，甚至要吃你肉的，一定不是乌鸦，也许是你掏心掏肺喂养，后来变得狼心狗肺的东西吧！

噫，哀哉！

豆 腐 的 事

儿时在乡下，一年里吃不上几顿有肉的菜，但吃豆腐时而有之。每吃上一顿，也算是享了口福。

故乡在医巫闾山东麓，种植玉米和高粱，间或也种植花生和大豆。花生产量不多，秋后生产队能分给每人两三斤。花生虽可生吃，却不宜放在明处。孩子们见了，要流口水，家长如看管不严，很快便所剩无几，只好把花生锁在柜子里。黄豆则生吃不得，要炒熟了吃，炒熟了的豆子很香。倘若拌上葱花、清酱(酿造大酱时撇出来的液体，当作酱油使用)，再加进小半匙荤油，用盖碗闷上片刻，则是上等的"盐豆"了。"盐豆"是东北的叫法，南方很少有，自然缺了"盐豆"的称谓。盐豆吃起来味道特别适口。用筷子夹一粒放进口中，没等咀嚼完，便禁不住要夹下一粒，香得让你欲罢不能。于是，不停地咀嚼，不停地夹豆，随之快速往嘴里扒拉米饭。如此配合，米饭随盐豆下咽，便产生了加速度。不知不觉，盛在小碗里的盐豆怕是没了多半，而饭也在不知不觉中"造"下两大海碗。这正应了那句老话——家藏万贯，不可盐豆就饭。

黄豆普遍的吃法，还是用它来做豆腐。臭豆腐是城里做的，技术含量较高，农村做的是大豆腐（切成方块那种），也做水豆腐和干豆腐。用它包裹葱段，蘸农家酱吃，可算是"东北名吃"。

当年生产小队有豆腐坊，我常溜进去看做豆腐。豆腐坊里有三大看点。首先，看驴拉磨。做豆腐要用石磨磨豆子，拉磨要用驴。每次拉磨前，驴都很不情愿，主人按往常办理，对它硬性施以夹板绳索。它刚迈出的步子有些踉跄，且摇摇晃晃的样子，像是还没从梦里醒来。这时，主人会迅速取来"蒙眼儿"（驴眼睛上的遮布，防驴头晕，也防偷吃磨盘上的食物）给驴戴上。之后，你再看它，顿时心无旁骛，脚步均匀得颇有节奏。试想，驴被蒙上眼睛，眼前一片漆黑，应该恐惧才是。但事实却相反。它眼前的黑暗，恰似脚下的光明。在它看来，此时脚下的路，像是笔直而宽敞，所以，它才那么不知疲倦，一直昂首阔步。驴脚下的路是一个圆，一条没有终点的路，尽管它倔强不屈，无怨无悔地负重行走，但无法预知它在哪一天，被永远抛出这个生命的轨道。于是，心中总会生出几分怜悯。实际上，人的命运也大体如此吧！

其次，熬豆浆也值得一看。锅里的豆浆一沸，豆腐匠便要"扬汤止沸"，唯恐发生"跑锅"事件。"跑锅"当然不是跑了锅，而是锅里的豆浆完全以泡沫状溢出锅外，那速度在顷刻之间，可让锅里的豆浆不存一滴。看锅也很辛劳，如在夏日，满身浸透汗水。孩子们不懂这些，围着灶台看泡泡，不仅不担心"跑锅"，反倒还想看到那锅究竟是怎么跑的，并不知好歹地问道："锅咋还不跑啊？"惹得豆腐匠大怒："快滚！快滚！"

最后，是豆腐坊里几位常客的神态，让你是看不够的。他们是生产小队的干部，往往大清早赶到豆腐坊，蹲在不同的角落，边抽烟，边看缸里蒸腾的热气。用卤水点制豆腐之前，豆浆上面会凝结一层薄薄的皮儿，人们叫它豆腐皮儿。豆腐皮儿是豆浆里的精华，颜色淡黄，黏糊糊的，好吃得很。没谁立下规定，哪个人应该先尝，但总是生产队的一把手（政治队长），第一个把张开五指的手缓缓伸进缸里，停留在那张凝结物之上，然后轻轻收拢五指，再将那层皮儿缓缓提出来，随之一个顺势哈腰，脖子向上一扬，豆腐皮儿即入口中。看他喉结上下一移动，我禁不住咽下满满的口水。豆腐皮儿一般可出三张，间隔时间为三分钟左右。这情形过后，豆腐皮儿还会在缸里复现两次，主管生产劳动的队长和会计先后起身，对前面的行为如法炮制。保管员位列会计之后，他若在场，如轮不到吃豆腐皮儿，可得到半小碗豆浆，算是豆腐匠给他的面子。除去了豆腐皮儿这好东西，豆腐的豆香味儿会有所寡淡。但那时，吃起豆腐来似乎并无大碍，豆香的味道依然浓郁。

生产队干部贪嘴贪得颇有秩序，起初我不以为然。后来觉得，其中似有一种无形的管束。很清楚，这管束来自传统的等级。而生产队这个等级，本来几乎穷尽，但队里那些管事的人，仍可有等级之分。正因为如此，乡村的秩序除了宗族和辈分的作用之外，又有了另一种制约关系。我知道吃豆腐皮儿是小队干部的权力，与己毫无干系，只可分吃到熬豆浆留下的锅巴。锅巴味道虽苦，但毕竟残留一丝豆腐的气息，却也无任何怨愤。

童年与外祖父母生活在一起，外祖父最爱吃水豆腐。他花去两角钱，用一个烧制的小泥盆，从生产小队的豆腐坊把水豆腐捧回来。

外祖母剁好蒜末，倒上清酱，便是吃水豆腐的佐料。用汤匙把佐料敷在豆腐上，一口饭（高粱米豆饭）一匙豆腐地吃，美得不可言说。

也许是因为这些记忆的缘故，我一直喜食豆腐。直至现在，每日三餐至少两餐有豆腐，似乎体内奇缺这类美味。若有朋友相聚小酌，桌上没豆腐，定会扫了兴致。有时也想，这个潜藏于心的"兴致"，究竟源于何处呢？

豆腐味淡价廉，属百姓日常食品，虽上不了八珍席，却与文人关联甚密。至于豆腐是否为西汉淮南王刘安的发明，文人们并不愿做真假的考证，只是喜欢这一食品，并常以此为题，写入诗词文赋。"磨砻流玉乳，蒸煮结清泉""一轮磨上流琼液，白沸汤中滚雪花"，便是做豆腐的生动画面。苏东坡一定爱吃豆腐，否则不会有"煮豆作乳脂为酥，高烧油烛斟蜜酒"的诗句。元末明初大学者谢应芳，晚年喜食豆腐是出了名的，称赞豆腐"淡而不厌知者谁，中庸君子古来稀""不是醍醐，却又胜似醍醐"，并写有《素醍醐》诗和《豆腐诗》，可谓对豆腐夸到了极致。看来，豆腐的营养与口味，和谐得颇为独特，所以阳春白雪与下里巴人，都对它情有不舍。当代文人对豆腐同样推崇有加。梁实秋说，豆腐是我们中国食品中的瑰宝……关于豆腐的事情，可以编写一部大书。他与汪曾祺有同样的口味，一个说"我最喜欢的是香椿拌豆腐"，一个说"香椿拌豆腐是拌豆腐里的上上品"，以至于"一箸入口，三春不忘"。两人竟然写了同题《豆腐》的散文。就连革命先驱瞿秋白在生命的最后时刻，也在《多余的话》的结尾写道："中国的豆腐，也是很好吃的东西，世界第一。"怕是带走了他一份浓浓的乡愁。

用豆腐做出的菜肴名目繁多，南北两地记起来，足有几十种。

在豆腐的种类里，我觉得水豆腐（与南方的豆花相似）味道更好，且吃法简便，浇卤即食。东北人居家吃豆腐不很讲究，要么酱炒、拌葱、卷葱，或用菜肉炖吃。南方人做豆腐精细，做个麻婆豆腐，用的油、肉末、花椒、豆瓣，包括火候和收汁快慢，都是不可含糊的。东北人性格粗犷，自家做豆腐菜怕是没那个耐性。

当下吃水豆腐，尤其要吃上好的水豆腐，并非易事。时间当然不可压缩，从浸泡黄豆到磨豆浆、过滤豆渣，到熬豆浆和点制，非得多半天工夫不可。若是早晨要吃，头晚便要挑拣黄豆并浸泡好。水质、原料和工艺，该是做豆腐的三大要素。而水质当占首位，这与酿酒同理，若水质不佳，原料和工艺再好，也难见其彩。即便水质甘醇澄净，原料却不纯正，同样不得真味。若水质与原料俱佳，那要看工艺水准如何了。工艺不等同于做豆腐人的手艺，还有磨、锅、燃料等囊括其中。如此环环得体，豆腐才好吃无疑。

工艺无先进与落后之分。过去磨豆靠驴，一天仅磨几十斤。当下使用电磨，转数极高，几小时磨几百斤轻而易举，只是磨完的豆已是半熟了。熬豆浆过去用大铁锅，锅下燃秸秆草木，慢慢烧来，豆浆徐徐而沸，火候拿捏恰到好处。如今不同，人心浮躁，难以沉静，且又渴求效率与数量。于是乎，锅换成了雪亮的白钢制品，锅下燃液化气或煤气，火力坚硬旺盛，豆浆极速升至沸点。做豆腐的人早没了那份守望之心，往锅里丢进一包"消泡剂"，豆浆尽管沸腾，却不见一星泡沫涌动，"跑锅"的事彻底被杜绝了。点制豆腐的卤水，不知何故，由微黄也变得透明如水了……凡此种种，令人生出些许的困惑。

近日，肚子里像虫蠕动，非想吃水豆腐不可，便去找乡下朋友，觉得乡土之上，定有正宗的传承，可到头来，落个悻悻而归。那豆腐与城里市场上售的几乎同属一家之物，豆腐与浆水分离，毫无软嫩的口感，且不要说尝出豆香了。没过几日，亲戚邀我去他家的山里，说有山泉水做的水豆腐，其味道绝非城里可比。去后，餐桌上以水豆腐为主菜，配有土鸡炖红蘑，还有土豆炖豆角，另有鲜蔬一盘，但都不是当年的味道。而水豆腐与上次在乡下吃的，也并无大的不同。之后一日，乘汽车途经某县城，朋友劝去一家饭店，说有驴拉磨做的水豆腐。到后，果然见一黑驴立于店门左侧，不禁想起当年驴拉磨的情形，像是找到了久违的感觉。虽说那水豆腐鲜嫩，且有微黄的亮色，但远不如外祖父用泥盆端回来的味道。饭后出门，见驴两眼微闭，身边饲槽里还有多半饲草。原来，它根本就没服拉磨的劳役，不过是为人做个虚拟的招牌，以示豆腐的正宗而已。这种事未免有些滑稽。

是做豆腐的三要素残缺了？还是对豆腐味道的记忆出了偏差？我想，虽有前者的缘由，但那记忆犹在舌尖，怕不会是一种错觉。那么，既然如此，又是何种原因，让那种味道无处可寻呢？

思来想去，记忆与味觉，怕是不能永久相依的。记忆也许没错，但味觉却不甘寂寞，吃了鸡鸭鱼肉，还想品野味山珍，久而久之，便出现功能性障碍，与初始的记忆不辞而别了。

豆腐无言，人须自问。豆腐再变，也是豆制的东西，终究是豆腐的本色。人因味觉造成的嘴刁，说到底，还是源于人心的挑剔，不仅挑剔食物、挑剔色泽，也挑剔环境，甚至气温、空气和风。但只要不挑剔于人，不对他人说三道四、指手画脚，那挑剔该是生活的改观吧！

看来，品尝什么，先品内心才是！

话　酱

　　话酱，远不如话梅兰竹菊的好，可话得笔含风雅，意趣悠然；若是话江河湖海，能见文句畅快，且又一展襟怀。然以酱作题，把它"晒"于文学的家园，并要"话"出它的前世今生，似乎带有几分滑稽。

　　细思之，其实不然。

　　无论谓之大酱的酱，还是其他的什么酱类，都属于人的生活之需。而文学与生活如胶似漆，如此推断，酱与文学便有了关联。所以，酱这东西也会生发许多文字，附着不可名状的生活的影子。

　　从史料价值的角度看酱料，酱似乎显得无足轻重。尽管中国在三千年前就有人开始制酱，并属于世界上最早的制酱国，如今却少有人关注它的历史。近日得闲翻书，又查阅网上资料，知道《周礼》中便有"百酱"之说。最早的酱是肉酱，酒肉盐相融一起，传此制酱法为周公所创。"一碗枸酱伐南越"和"张氏以卖酱而隃侈"的故事，在《史记》里均有记载。孔圣人有言："不得其酱，不食。"可见酱在他的饮食中是何等地位。"藕糟分汁滓，瓮酱落提携。"杜甫诗中酱的珍贵竟然可与酒比肩了。几乎在历代诗文中，都能找到对酱的吟写。满族的先人早在隋唐时期便开始制作豆酱，至于说清宫御膳必备大酱和蘸酱菜，以不忘努尔哈赤率兵征战时，以酱补充士兵体力的说法，正史里似乎没有文字的详录。

酱与地域关联甚密。气候条件与饮食文化不同，致使酱料种类五花八门，辣酱、甜酱、面酱、麻酱、豆瓣酱、花生酱、果酱、虾酱、鱼子酱……谷物类的、豆类的、果类的、菌类的、肉类的、鱼虾类的，不胜枚举。普宁豆酱、沙茶酱、香菇酱、咸辣椒酱和鱼露之类，在北方厨房里很难见到。对酱的吃法也不尽相同，炒菜的、调汤的、做拌料的，或是直接佐饭的，都有自己的习惯。北京人喜欢吃芝麻酱、甜面酱，四川和重庆人喜欢吃豆瓣酱、香辣酱，广东人喜欢吃沙茶酱，湖南人喜欢吃剁椒酱，云南人喜欢吃松茸酱，说明对酱类的偏好也有很强的地域性。

细一观察，豆酱才是中国酱里的领军酱种。东北作为大豆的主产区，豆酱自然是酱里的大宗。其中经过蒸煮、制曲和发酵等工序制出的大酱，成为东北农家不可或缺的餐食佐料。

大酱的称谓，叫起来似乎粗俗，没有半点雅意。然而少了"大"字，却又看不出"酱相"和况味——从偌大的缸体里舀出来，颜色黄澄澄的，舀进蓝边纹的瓷碗里，待到那碗放在餐桌上时，必有大葱、大蒜或是黄瓜、萝卜、青椒等相伴左右。东北人性情豪放，吃饭也吃得有种气势，一家人围坐桌前，将时蔬蘸酱咀嚼，嘴里便会咔咔作响，随即再把米饭扒入口中，那声音又忽地浑厚起来，继而又是咔咔一阵相连，其吞咽带有些许的粗疏，节奏明快而酣畅，使一顿饭吃得铿锵豪迈，热汗涔涔。再看那盛酱的碗，早已被酱涂抹得面目全非。当下，无论是农村还是城里的东北人，用新鲜的时蔬蘸酱吃，都成了养生的时尚。南方人生活精致，吃酱要置放小碟。他们大都不吃生蔬，因为浇菜常用粪水，便以为生蔬不洁净，所以，在南方很难看到生蔬蘸酱的场面。最近在网上看到一句话——"到东北蘸酱去！"可见东北域外的人对东北大酱有了意兴。但时蔬蘸酱法并非东北人吃酱的唯一，酱也用于炝锅以调味，或与其他调料一起拌入冷菜冷荤，酱焖、酱炒、酱炖、酱熏等，都在各家的饮食中有所展露，颇有无酱不成餐的势派。

酱，这种含有盐的成分且又价廉的制品，几乎天天见于餐桌，似乎不会让人生出多少联想。但我却隐隐觉得，酱的味道并非咸淡所能说清。常言道："咸中有味。"那味也并不尽在舌尖，也在岁月的深处，在时间的中轴线上，在世世代代的悲欢之中。酱的味道一旦成为儿时的记忆，便会把一缕缕的乡愁勾兑得五味杂陈。

儿时生活在医巫闾山东麓的外祖母家，看到四季里的风霜雨雪，把盖在酱缸上的"酱幕斗"（用秫秸皮编织的斗笠，形如圆锥）剥蚀得一两年就要换上新的，但酱缸始终在窗前原地不动。记得那时全村家家做酱，俗称"下酱"。下酱要择时令。"十月可酿酒，六月可作酱"，陆游说的地点是江南。北方制酱在农历十月动手准备，待到来年早春开始下酱。其间的工序也颇为繁杂，从选豆、淘洗、烀煮，到做成酱块悬于梁下发酵，直到把酱块取下刷净、掰成小块入缸，最后按比例加进盐和水，步骤和细节十分讲究。那时的乡邻们，不知道大豆里含有多少蛋白质、维生素，对钙、磷、铁什么矿物质之类，同样不甚知晓，只知道做酱就是那些个法子，那法子是祖上传下来的，按祖上传下来的法子做酱，酱才好吃，所以哪一环节也不可少。

下酱也颇具仪式感，大都选在农历二月十九这一天。按佛家的说法，该日为观音菩萨诞辰日，当日下酱，寓意吉祥。我发现，外祖母家每年下酱，都要请来住在村头的一位舅舅。日出之前，他腰扎一袭黄布腰带匆匆赶来，脸上肌肉僵硬，没有一丝笑容。他在我们的围观下，边往缸里缓缓放着破碎好的酱块，嘴里边叨咕着什么。后来我才知道，那是他自编的咒语——"下酱喽！下酱喽！观音菩萨保佑喽！让酱香来让酱黄，雨不漏来蛆不生。酱黄黄，酱香香，谷家日子亮堂堂……"

外祖父姓谷，虽说他读过私塾，却能写一手漂亮的毛笔字，但他不能在这天代替那位舅舅的角色。按五行说，外祖父为土命，当地习俗以为，土命人下酱，酱的味道就是土味儿。他明知这说法无根无据，却也从不争执。外祖母是火命，也是不能在那天下酱的。只有属金命的人才有下酱的资格。下酱完毕，日出东方，缸体满是阳光，让人想到酱色如金，酱贵似金，千金不换。其实，金命的人哪能决定酱的品质呢！如果不是外祖母每天坚持用酱耙子捣酱，让酱快速发酵，酱也绝不会金黄而味美的。那时，酱缸里并不都是酱，黄瓜、土豆、茄子、豇豆、芹菜、香菜等，有时还有猪肉，都要借机沾沾酱的光儿。外祖母事先用纱布将其一一包裹好，然后放进酱缸里浸上一段时间，使这些被酱衍生出来的食物吃起来更有了一种别致的鲜美。

酱的味道似乎应和了人的性气，或是随了一个家的习俗。同是一方水土，采用的是相同的原料和毫无二致的工艺，但做出的酱却是稠稀不等、咸淡不一、味道各异，正所谓"同村同族人，百家百酱味"。这便有了比较，乡邻之间免不了要以酱相赠，品尝一下谁家的酱好。酱色暗淡的，送酱的人说味道好；酱色金黄的，品酱的人说，酱味儿少了纯正，结果品来品去，最终都说自家的酱最好吃。

看护好酱缸像是家中的大事。天气好的日子，酱缸是不被遮严的，只蒙一块白布，用细绳围缸口系牢，以便通风透气。当年少不更事，逢雨天想不起酱缸，只知道往屋里跑。外祖父和外祖母却不然，看到天一阴下来，无论离家多远，也要跑回家里窗前，把酱幕斗盖到缸上。雨水落进缸里，大酱会生出酸臭的气味，甚至让一缸酱毁于一旦。苍蝇当然是防范的重点，其卵入缸，酱里必有蛆生。实际上，苍蝇防不胜防，哪家的酱缸里几乎都有蛆虫。"米里的沙子酱缸里的蛆"，当是无关紧要的。外祖母从酱缸里舀酱时，每次都要用勺子敲击缸沿。蛆对振动反应敏感，禁不住要蠕动，外祖母看得真切，便用筷子把蛆一一夹出来抛在地上。鸡不怕蛆咸，抢着啄食。

有酱可吃的日子有种美好，有时也透着一种苦难。没有其他菜肴，更无肉可吃，唯有大酱与粥为伴，久而久之，自然会视酱如仇。然而，一旦没有酱吃，那日子更是艰辛。当年，我插队在辽西最偏远的山村，以知青的身份当民办教师，学校坐落在离村很远的山坳里。一年，山里的野菜还没长出来，仅有的几棵咸白菜被吃光了，加我四名老师，连续三天以盐佐饭。每人喝一口酸涩的高粱米粥，筷子便往盐罐子里一杵，然后送到嘴里一撸，借着盐味把粥咽下。一位好心的学生看到这悲催的一幕，给我们送来一小碗酱。当地的农民生活困苦，这碗酱也算是一份很重的礼物。校长为防我们吃酱贪婪，随即把一捧盐粒碾碎，全部拌入酱里，酱顿时变得咸苦不堪。

人在拼争中生长，如一株时光之树，苦难与幸福，失败与成功，绝望与如愿，都不可拣选地嵌入生命的年轮。而那个苦涩的岁月，恰恰是年轮中纹理最清晰的部分。记忆也仿佛是一条坚硬的绳索，把你紧紧地捆绑住，让你想挣脱而又无可奈何。面对今天，那些有关酱的记忆碎片，如果拼接在一起，到底会拼出怎样的图景，我一时无法说清，只是觉得它无法让我忘却，并早已化作情感之水，浸润到每一处干涸的生活空隙。

大酱的味道常留舌尖的，多半是从那个年代走过来的人。他们源于对味道的记忆，更知道酱的身后藏着故事，故事里藏着亲情、友情和乡情，便无法放下对大酱的亲近，以致成为生命中永远的不舍。年轻人对那个岁月没有记忆，当然对大酱和大酱身后的一切少有兴趣。当下，东北人乃至北方人在饮食里虽离不开酱，但在乡下做酱的户数却不多，其缘由是人们对传统承袭的情致寡淡，加之随处可以买到酱，也不愿费时耽搁了耕作和生意。但酱这东西，却像是时光的投影，始终与时光一样永恒。

一日，我去医巫闾山采风，大朝阳山城主人齐洪明先生以佳肴相待，餐桌上特配大酱两碟，一盘新鲜时蔬。齐先生文心重，且喜琴擅书，待客颇讲礼数。但举杯劝酒之余，他却连说两句："吃吧，大酱还有呢！"餐桌上明明摆着鸡鱼和山珍，他对宾客却只字不劝，反倒直言劝酱，且又劝得情意满满、真挚不虚，不免让人一头雾水。他自己忽地醒悟，便自嘲地一笑，连说"对不起"。细想，齐先生的话看似说得唐突，又有待人吝啬之嫌，但在不经意中的表露，也不难看出酱在他心里已是铭心刻骨、情结难消了，难怪他家的院落里酱缸棋布。其酱礼品与商品两兼，还被列入县级非物质文化遗产保护项目，号称秘制"齐家大酱"。至于"秘"在何处，不便问底，但从苦难中沿袭过来的制酱法，竟然也能入文化之流，可谓主人"酱心"独具，也足见寻常中隐匿的高妙。酱能批量生产无疑是件好事，只是那乡愁里的一个踪影不易寻见了。

话酱到此，酱的身份也不过是佐味品，味佐得如何，全凭品味去刺激口舌，看能生出怎样的味觉来。若是在咂嘴品出酱香之余，还能品出穿越时空而依然鲜活的风物和历史，则是人和酱共同的文化幸事。实际上，但凡被称之为文化的一类，都是要经过并经得起品味的。正确的品法是什么？我看是不该因它的金钱所值而妄论高下，不该对尘封的、惯常的事物和现象有所轻贱，说不定那些个残丝断魂，会与某一段光阴结着亲缘，即使存留一丝微弱的气息，也会有历史的温度和回声。文化似如星空，闪烁着不同亮度的每一个光点，都是构成星空的一颗星斗。今天渐渐浮出的制酱文化，也许正是对农耕文明自信无悔的吟咏吧！又一想，某些不值一品的伪文化，凭一身戏装以愚弄世人，或用来招财进宝，当真是文化的悲哀了。

晨光中的村落，弥散着浓郁的烟火气，仍有隐隐的酱香在空中飘溢……

PART 5

杂事简述

小酒馆
二品
网
禁足之后
如果删除一半记忆
打苍蝇
远古的呼唤
夜宿梨花草堂
▼

小　酒　馆

　　早晨听到一阵鞭炮炸响，以为是哪家又有迎娶之喜，便依旧懒床翻书，心想不足一观。

　　当晚，自楼上向下一望，对面的角落竟然多了一个门脸儿。门楣正中，有镂空款式的招牌——"小酒馆"，闪着火红的光亮。入户门与那"小"字倒相得益彰，窄窄的两扇，方木格嵌着透明的玻璃，灯光从里泄到门外的台阶上，一直漫到路的边石。哦，又开张了一家！

　　起初，我对它并不以为然。一来觉得店小，压不住客，况且名字颇俗，不会受人待见；二来此地饭店已星罗棋布，自西向东沿街三五百米，大小有几十家之多，必无竞争优势。人一患上"以貌取人"的通病，事物的外表便左右了第一判断。下楼散步，几次从酒馆门前走过，都对其不屑一顾。

　　自从老伴远去女儿家帮带外孙，我将冰箱里的食物全部吃光，才向小酒馆时不时投去一瞥。多日饭口，见酒馆常有人出入，且已不甘于灶台之苦，便在某个晚上屈尊至此。一进门，酒馆里的烟雾不浓不淡地缭绕，声音却有些嘈杂。东北人高嗓门儿，几个人凑一起，嚷起来能掀掉房顶。也许是屋子小，餐客像是刻意不让喉咙打开，所以声音够不上喧哗。屋子的面积，除去厨房、吧台和菜肴陈放的明档，不过五六十平方米。但细一打量，却不显拥塞，东西两侧各有三张条桌，每桌可容四人，中间两张小桌，每桌各对置一把木椅，走菜留出两个过道，宽度不至于让人侧身而行。

难怪小酒馆顾客盈门，原来是那菜最宜下酒。菜分炝拌和熏酱两种，炝拌的有萝卜丝、土豆丝、干豆腐丝、海带丝、花生米、红蝲蛄子、墨斗鱼、皮冻、黄瓜条、蚕蛹等。熏酱的有鸭头、鸭掌、鸭翅、鸭肠、鸭脖、鸡爪、鸡胗、鸡肝、鸡架骨等，此外还有猪蹄、猪耳朵、月牙骨（猪膝盖部位的软骨）、牛腱子、牛心管儿、羊肝、驴板肠……不下三十种，样样做得精致。炒菜、煎菜、炖菜可随时烹饪，菜价也还低廉。酒馆里当然备酒，瓶装和散装白酒算是主打，其中称为"小烧"的种类居多，也有两三种品牌的啤酒，只是没有红酒。喝红酒的人似乎身份高贵，宜去较大的酒店，且要配以西餐，所以一般不入此门。

开酒馆的是来自山村的小夫妻，家在百里开外，两人的脸上挂着笑容，为小店平添了几分温暖。环顾四周，仅有一小桌的对面空一把椅子。小夫妻的盛情难却，我只好落座。陌生人围一小餐桌共餐，好多年前在饭店里司空见惯，现在则不同，两人互不相识，却相对而坐，彼此的菜盘挨在一起，各吃各的，稍不留意还会把筷子伸进对方的盘子里，免不了尴尬。桌上摆着两个菜——溜肚片和炒豆腐。对桌食客是位老者，手把一瓶"扁二"（二两装二锅头），已喝下多半瓶，满是胡须的脸腮正泛酡红。我虽不嗜酒，但怕老板嫌弃寒酸，也要了一瓶啤酒，配了一盘驴板肠和一盘凉拌土豆丝。等我的酒一入杯，老者便向我抬起头来，用"扁二"示意碰杯共饮。谁知这响动一出来，他的嘴便合不拢了。

知他今年七十有三，欧阳姓。这复姓因与醉翁欧阳修相同，所以入耳即留。他说老伴患病过世一年有余，独子去了加拿大，一家三口每年回来一次，住不几个时日便要回返。老伴走后，儿子要接他过去，他却以为越是人老，故土越是亲近，异国他乡不是养老的去处。他敞开沾有污迹的衣襟，拿起"扁二"，又碰了一下我的酒杯，猛地向上啜了一口，随后发出一声长长的叹息。

我对嗜酒的人，尤为嗜白酒者，最初也怀几分不解：明明是辛辣的味道，入到口里，两眼微闭，眉头紧锁，嘴角的距离倏地拉长，宛若吞下了黄连一般，却依旧乐此不疲。但后来觉得，这其中自有妙处。你看，并非痛的痛苦状，在脸上总是一掠而过，接着再看饮者执箸钳菜，一举一动像是注满了一种情绪，表情也会渐渐复杂起来，直至自己无法把控。

人的情绪也有两极，那便是一悲一喜，确切地说，是大悲大喜。在平日，也有逢悲遇喜之事，或哭或笑，或哀戚或欢心，但大都很难达到极的境界。而酒的神力，可助你去这两极一游，让小欢大喜，飘飘然忘乎所以；让小哀大悲，伤心落泪，甚至号啕大哭。酒喝到这个份儿上，撕掉了掩饰，除去了虚伪，完全将真实的自我示于人，这怕是很难得的情形了，你对此不仅不会反感，而且还会有些许的尊重。都知道人心难测，有喜事临门的，却要佯装镇静，唯恐遭人嫉妒，即使偶遇不幸，竟然也能忍泪含悲，以免让人幸灾乐祸。而一旦酒浇透了心田，人心也就透出了真相，其缘由当然是受了酒的导引。我看这没什么不好，饮者酣畅，观者也为之痛快！

欧阳老汉喝酒，虽没达到悲的一极，但足以现出了苦衷。这情形忽地让我酸楚起来。我想起那个近年冒出的词语——空巢。按照这个现代仿译词的解释，空巢是指子女离开后老人独居的一种现象。由此可见，空巢与否取决于子女，子女若与老人同吃同住，"巢"的前面便少了个空字。然而，作为家的"巢"，明明还有人活在其中，且常有唠叨或争吵之声，却说是个"空巢"，便令人大惑不解了。再一想来，是否谓之空巢倒不要紧，要紧的是"巢"里的人。既然巢已成空，心中的孤寂与空荡，自是很难排遣的。几天前，看到有资料显示：全国空巢老人有心理问题的比例高达百分之六十，且有自杀和自杀倾向的比例逐年升高，不免令人生出几分惊悚。听到又有新分类，说若子女远离，老夫妻仍在一起，便是空巢期，若是死了一方，则变成了鳏寡期。对眼前的老者而言，空巢期还算是他曾经的一段好时光呢！

他说没了老伴，屋子里冷冰冰的，最好的去处是小酒馆，酒下肚了，回家凡事不思，倒头便睡。他看似说得轻松，沉重的心思却难以消解。他双手抚着桌面缓缓起身，离去时背影踉跄，我的鼻子一酸，眼里有泪水溢出。我比他虽年小十岁多，老伴身体硬朗，因独女落户上海，想来尚属"空巢"，谁知多年以后，情景会是如何呢？

此后，我多次到过这家酒馆。到小酒馆里的人，一饱口福或叙旧、抒怀者不乏其人，家中无人或不肯下厨，进来图个便利也大有人在，更有某笔生意，在酒入肚肠后握手成交。酒这东西有点儿怪，人有什么心事，酒后的脸上便露什么表情。喝酒的人年龄不一，表情也属各异。不顾天地的吹牛，面对现实的沮丧，久别相遇的真情，乃至逢场作戏的佯装相，尽在推杯换盏杯中宣泄与表现了。年轻人喜事多，喝酒时情绪高涨，偶有划拳行令者，以酒助欢取乐。听得出来，那酒令里无一句诗词联语之类的雅令，三星照啊，四喜财啊，五魁首啊，六六顺啊……倒也其乐融融。那声音似乎有意放低，没人撸拳奋臂、叫号争喧，所以不显有多哄闹。老年人常怀心事，习惯借酒浇愁，喝得短叹长吁，甚至泪水涟涟。一日，在家门口与老同学相遇，不胜欢喜，便邀他到小酒馆一聚。知道他酒量大，便要了一瓶"老龙口"。他酒意正酣时，旁边一个小姑娘对父亲说，明天学校开家长会，要让父亲参加。父亲摸了摸女儿的头，笑着连连应允。见父女俩携手出了门，老同学端起酒杯，抬首扬脖，喉结连动两下，眼圈突然泛红，之后竟然低头哽咽。半晌，他才道出心里的愧疚：这辈子最对不住女儿，自她上小学到大学毕业，没参加过她的一次家长会，边说边擦拭眼角的泪水。情绪带有传染性，我的心也被狠狠地刺痛——女儿小时候，要买一架电子琴，怎么就轻易地拒绝了呢？六十开外的人，为何会生出这份忏悔？我也颇感莫名其妙。其实，做女儿的也许早忘了当初的不快。

　　只要是晚上到小酒馆，总能见到欧阳老汉自斟自酌，若是他身边座位空闲，愿凑近与他共饮。他喝"扁二"，我仍以啤酒敷衍。他喜欢讲他儿子小时候的事，比如读书过目不忘，上学连跳三级。我愿意讲外孙怎样淘气，而又多么聪明可人。两人讲来讲去，最后还是讲到自己，讲到饮食起居、医疗保健，讲到哪天入养老院，直讲到风中秉烛，一命呜呼，便相对无言了！

人生不满百，常怀千岁忧。担心晚景凄凉，惧怕寿期将至，便是众多老人之忧，当属情理之中，绝非杞人忧天。年龄虽是生命的刻度，但刻度与刻度之间，犹如温度计上的显示，并非同样的温度。人一老，精神头儿不足，没了当年的血气，所思所想自然因时而变。但事实上，众多老者于心不甘，明知年老体衰为自然法则，却以为当下温饱不愁，且子孙如意，禁不住"寿欲"陡增。年至花甲者，不会渴望"古来稀"，即使年已耄耋，也盼奔往期颐。贪寿虽是天性，但之于老者，少了依靠最易生出忧虑，如此下去，反倒心力早衰，带着满腹心事早见了阎王。在这一点上，不知有谁能学苏东坡——"谁道人生无再少？门前流水尚能西。"在被贬黄州后，仍信念不移，告诫他人"休将白发唱黄鸡"，不要叹息年华易逝，如乐观面对生活，人生也会返老还童。然而，读其诗者，未必知苏仙之心，更难吟诵一二，便会以身践行。我以为，当下人心浮躁，老者一路走过来，也多未得以沉寂。看好多老者家中，喜欢悬挂书法作品，或淡泊名利、宁静致远，或抱琴观鹤、游心禅定，也见书曹孟德《龟虽寿》条幅，颇有以期座右的用意。但用来座右的警句名言，却未见得有振作精神之效，主人常常是大脑反应迟钝，而神经却极度敏感，整日触景生情、思虑深深，其郁郁寡欢之态，怕是一种浮躁的隐形。此番品评不会有多大偏颇，只是事情轮到自己，有时往往不能自拔。

公退赋闲，依旧免不了要"胸怀天下"。虽然时下媒体多如繁星，各类资讯唾手可得，但毕竟不是亲自见闻，似乎站在远处看风景。即便发生在本地乃至身边的事，明明看到对其描述的文字或图片，也因自身不在其中，像是隔雾看花，难以真切。坐在小酒馆里，却可洞若观火，能看出一个市井的风情来。比如，教师给学生有偿补课，早就看到网上有言要勒令禁止，而在星期日的酒馆里，看到爷爷给孙子点了一盘干炸丸子，孙子大口大口地吃完后，爷爷起身为孙子背起书包去补课，问补课费一次多少，爷爷吐着舌头，伸出三个手指，随即压低了声音："三百块！"还有，网上载文，保姆盗窃雇主家财物，更有甚者，纵火烧死雇主家四条人命。明知此事实属个别，看后还是对保姆心生嫌恶。小酒馆里也有保姆，看她微笑着给孩子喂饭，喂上一口，伴一声暖语。待女主人和孩子饭后欲走，没进一口饭的保姆，匆匆将剩下的饭菜打包，领着孩子出了门。又见，轮椅上坐着一位老太太，推轮椅的是个年轻的女子，其实也是保姆，正帮老人在明档前点菜问价，俨然一对母女的样子。于是，我在心里开始默默地给保姆正名，并想到日后，也应请个保姆才是。

泡在小酒馆的嘈杂声里，痛快地喝一次酒，似乎不啻一场大哭或放歌。而不善酒者，在酒馆里似乎少了欢喜，自然也少了悲戚。但欢也好，悲也罢，个中还是缺了一份情致。"我们看夕阳，看秋河，看花，听雨，闻香，喝不求解渴的酒，吃不求饱的点心，都是生活上的必要——虽然是无用的装点，但也是愈精练愈好。"否则，在周作人先生看来，生活便是"极端的干燥粗鄙"。若是持一点周先生的态度，也许便没了不必要的烦愁。

小酒馆里的灯光，每晚亮至深夜，欧阳老汉却有几日没到此一饮，听说他下楼时不慎摔倒，碎裂了髋骨，被社区的人送进医院了……

二　品

外孙出生时，右手背上便带有一块小小的胎记，不想竟引来许多说法。

那天我出差在京，临近傍晚，接到女婿电话，说孩子出生了，男孩儿，母子平安，还特意请托医院一位美女领导"踩生"（民间传说，新生儿第一眼看见谁，相貌和命运就会像谁，所以要挑选除父母以外的其他长相好且又聪慧的人，第一个去见孩子），她也夸赞孩子是个"小帅哥"。

外孙出生那天是农历壬辰年十一月二十六，算是抓住了龙的尾巴。其实，他出生时的长相，绝不像女婿所说的那样，不仅面色无明显的红润，眼睛也不那么明澈，只不过孩子都是自己的好罢了。爷爷奶奶看孙子，当然包括我和老伴儿看外孙，那就如同欣赏一件稀世珍宝，怎么看都觉得招人稀罕。

亲家有位朋友，说是精通占卜术，在京城以此为业多年，且有"大师"的名声。一定是因为喜不自禁，奶奶一边笑着看孙子，一边给"大师"打电话报喜讯。"大师"看在平素的关系上，忙里偷闲来了个远程"施法"，先是问了孩子的出生日、具体时辰，然后让家人看了看孩子的身上有几块胎记，都长在什么地方了……不知从哪朝哪代起，有了命理学，古今都有用胎记测算命运的，认为看胎记能看出人的吉凶运势。但乐于此道的人，自己有时却说不清楚其中的缘由，于是便抛出一句：信则有，不信则无。奶奶将孙子翻过来转过去地查看一通，并未发现有胎记。"大师"细心指点，让看脚心脚背，奶奶仍说没有。之后，又让看手心手背，看完左手看右手，终于发现一块黄豆粒大小的胎记，不偏不倚，长在右手背的正中，颜色青里带蓝，圆圆的，像用圆规画出的一样。禀报"大师"后，马上得到回话："那是官印！二品官印，二品官！"至于是正二品还是从二品，他不好再作精确了。

好听的话说得再不靠谱，也比不好听的话要好上十倍。世人做事先图吉利，明知那吉利的话只是图个吉利而已，也免不了心生欢喜。奶奶最先听到，自然喜不自禁。对方也许受到喜气的感染，不容分说，马上又给孩子取名"禹轩"。这两个字分开解释，很容易想到顶天立地的人物。"孩子们的名字，叫惯了似乎是各人出世时就写好在额骨上的"，知道丰子恺早年说过这话，更觉得有些诚惶诚恐了。我与亲家祖辈都是草根庶民，哪敢让孩子沾这两个字的边儿呢！

不知道是哪个古人说过，"教子一艺，不如赐子好名"。但给孩子取名，似乎不是父母的事儿，当爷爷奶奶的才最有资格。至于丰子恺说"其实都是他们的外公所决定"，在我的家乡则不尽然，姥爷姥姥属"外公外婆"，一个"外"字，便注定了一种异宗的身份。这与使用英语的国家大不相同。英语里的奶奶和姥姥都读

grandmother，爷爷和姥爷都是grandfather，这就很公平。我抱怨过汉语的词汇太丰富。在现实生活中，对"外"的一方，却也看地位高低、学问深浅的，然而，遇有"大师"级头衔的人，怕都不在话下了。

都说外孙这名字取大了，可又一想，那是出自"大师"之口，不好妄加评议。"大师"说，孩子五行之中缺火旺水，旺水则需大禹治之，至于缺火如何应对，似乎并未给出妙计。最让人不解的是，"大师"特意叮嘱，只能叫这个名，任何乳名不能叫。还说，凡当大官的，小时候多有劫难，这孩子官运旺，劫难会提早到来，只有叫这个名，方可消灾免祸。"大师"云里雾里的话本该权当戏说，可家里人说给我听时，倒是不失严肃的，尽管心里都明白虚实真伪。

"大师"说孩子会遇有磨难，却真的被他言中。其一，女儿早就决定自然分娩，不做剖腹产，可分娩中途医生却突然请家属签字同意立即剖腹产，否则母婴双双面临危险。剖腹产后医生告知真相：小家伙的脐带过短。如果不是处置果断，后果不堪设想。其二，算是生死攸关。出生后第二天，我到医院看外孙，面色还好，白里泛红，睡得正是香甜。到了第三天上午，女儿正准备出院回家，孩子却变得面色蜡黄，且呼吸急促，被医生迅速抱到了抢救室。晚上听到消息，我已在千里之外的工作地了。得知病因，外孙患的是溶血症。我立即打电话，找一位当儿科医生的朋友咨询，她像是边翻书边回答我的提问，医学术语我听不懂，只听清一句：严重者可致死。这话犹如五雷轰顶，当姥爷的哪能坐得住，马上连夜驱车回返。全家人紧急商量，将外孙送往省城医院，好在医治及时有效，让他逃过了这一劫。

难道是手上的胎记惹来的麻烦？外孙手背上如果没有那个胎记，就不会有官印之说，官印不在手上，二品之位也就自然没了根由。没了这些，孩子便是个平常人，"大师"也不必说孩子幼时不顺，非要搞得死去活来。至于五行不全、取名求吉之类，也都是由此衍生出来的。越是心疼外孙，越是忌恨那个被称为"大师"的人。

然而，人要是得到一句谶语，往往会用遇见的某些事去求得验证。自从"大师"对外孙有了那个预言，全家人也将注意力集中起来，非要探究这小家伙是否有过人之处。外孙刚满一岁，女婿发来一段视频，打开后看见外孙玩垂钓游戏。他坐在地板上，手里挑一根小木杆，木杆顶端有一条丝线，拴着个小红箍，那红箍从高至低，缓缓落在有金色花纹的小鱼上，随之便传来女婿的欢呼："太棒了！这可是两岁孩子玩的呀！"这似乎为自己孩子验证了一份聪颖。其实，别人家同龄的孩子，也未必玩不出这样的精彩。不过，这小家伙识字能力多少有些超常。他识字采用的是"点指法"。大人将识字卡片贴在墙上，读出字音，教给他看，只需一两次，大人再读出字音，他便跑过去用手指点中。一岁半时，用"点指法"就能点准一百多字了。

"官本位"倒是有点深入人心，夸赞哪个孩子聪明，往往要说长大了能当大官，似乎孩子聪明就是当官的料。外孙生来就带"二品官印"，这聪明就像是有了归顺。但我没指望他长大了非要谋个官职，只是希望他做个好人，能够平安快乐。看着外孙爬上爬下地玩，玩得满头是汗，玩具散乱各处，便觉得心里舒服得很。有时看着他，恍然觉得他就是我，是我像他这么大时的样子。我在外祖父家中长大，他们看我玩耍时的表情，与我看外孙没有两样。这像是突然复制出来的岁月的影子。

外祖父读过几年私塾，写一手好字，他对我的希望也是读书。他称上大学为"念大书"，教我识字就是让我将来能"念大书"，说只有"念大书"才有出息。但出息指的是什么？等长到十几岁才恍惚懂得，就是不和泥土打交道，在城里吃大米白面。他从来没指望我长大当官，且不说什么二品，七品八品也没提过。也许这份荣光和他的祖上搭不上边，也许他是个农民，还没开那个眼界。他也找人为我算过命。那时没听说过有"大师"。算命人眼睛半睁半闭，但不是盲人，抬起的一只手上蹲着一只黄鸟。外祖父向他报完我的生日时辰，他让我闭上眼睛，让我说长大了想干什么。我好像什么也没说出来，他就为我来个"黄鸟抽签"——鸟从他手上忽地飞落到准备好的一个小竹筒上，从中衔出一枚细小的纸签，又飞回到原处，张嘴将纸签丢下。算命人先是给那鸟吃了什么，然后看签连说几句"这孩子有大出息"，于是，便接过外祖父付给他的两枚硬币，慢慢离去了。后来知道，算命人是为了谋生。

我记事的时候，手里玩的是叫作"嘎拉哈"（猪、羊等动物腿部关节的骨头）的东西，玩起来很是快乐。现在给我的外孙玩这种玩具是不会行得通的。即便玩现代玩具，外孙也不很满足，有时甚至大发脾气。无论大人小孩，可选择的东西多了，就会产生困惑，高兴不起来。有一次，奶奶因他乱扔玩具，呵斥他几句，他马上跪地，"咣咣"狠磕两头，顿时额上隆起一个青紫包，还留有地面砖拼接缝隙硌出的一丝血痕。朋友知道后，又把这件事同官印联系上了，说孩子小时候脾气大，长大了才能当大官，这话自然让我一笑了之。

外孙周岁刚过，"大师"死了，说是心肌梗死，年龄刚到花甲。

我也为他难过好久，他毕竟是亲家的朋友，而且又为我的外孙说了那么多吉利的话。"二品"的由来还是"大师"的功劳。朋友相会，总免不了有人问我，"二品"怎样？长高了吧！渐渐地，我也觉得"二品"这个叫法儿有意思，新奇不俗，还挺诙谐，其中又蕴含一种希望，尽管这希望属天方夜谭。"大师"突然驾鹤西去，给外孙取的名似乎沾了晦气。不会言语的外孙当然一无所知，给自己取名的偏偏是个短命人。我心里犯疑，等他懂事了，又该如何怪罪大人呢？有人对我说，怕是这孩子的名取大了，犯了上天，冲了"大师"。这就有些牵强附会了。人家也是在行里混的，不会那么容易就被冲着的。且不论他的死因，毕竟人是不在了，可孩子的名字已经上了户口。改名吧，对不住好心的逝者，不改又怕那"大师"不是大师，取的名属于信口妄言。想来想去，叫"二品"不该有错，这不是另取的乳名，是"大师"说的二品官印的"二品"，不是特指外孙其人。而大名怎么个取法儿，"禹轩"却是不再叫了。

孩子已满两岁，"二品"就叫到如今，叫"二品"自然想到那个"官印"。我经常去看外孙，叫几声"二品"，总要看他右手背上的胎记。我渐渐发现，那胎记的青色似乎褪去很多，蓝色变得鲜明起来，圆圆的形状没有任何改变，只是面积比出生时大了一倍多。我一托起他的右手，他就用左手的食指，对那个胎记指指点点。他说话晚，看人家的小宝宝不到两岁，话说得都能连成串儿，女儿女婿有点儿心急。我却不以为然。明代王阳明五岁还未吐一字，据说，爱因斯坦三岁多也不会说话，到九岁时说话仍然很吃力。外孙急什么，况且已能蹦出"爸"和"妈"的声音。他指点那"官印"时，嘴里叽里呱啦的，不知道他要表达什么。这时，我就笑着逗他说："哦，这是官印，是二品的官印！"他有时抬头看我，有时连头也不抬，扭过身玩他的玩具去了。

东北产一种小浆果，营养很丰富，果实呈蓝色，称之为"蓝莓"。记不得从哪天起，女儿给"二品"吃了这种果子，他一连吃了好几个，吃完总是抿嘴微笑着。有一次，我还像往常一样，叫他"二品"，然后又去摸看他的右手背儿："让姥爷看看你的官印！"谁知，他用左手的食指点儿了一下之后，径直向厨房跑去。我不知其所以，只觉得这举动有点儿怪异。奶奶心里明白，紧随其后，在上方的橱柜里取出一个小盒子，将上面的盖子打开，递到宝贝孙子的手上。小家伙儿马上抓出什么，塞进嘴里，大眼睛笑成两道缝儿。我一看是蓝莓果。女儿告诉我，只要有人看他的"官印"，他就要吃蓝莓果。吃了蓝莓果，谁再说那手背上的是官印，他似乎再也没有表情，若说"那是一颗小蓝莓"，他就会笑一笑，马上习惯地用那根食指，在那上面点一点，然后还是要跑向厨房的。

"官印"长在外孙的手上，到头来还是大人埋下的种子。虽说我是个唯物论者，可还是愿意把类似的种子埋在心里，当然不是非要与官扯在一起，只要是有关平安快乐的祝语，我都喜欢。这就仿佛许下一个愿。人老了许愿大都不为自己，往往是为孩子，为孩子的孩子。许愿就不是讲唯物了，可愿总归是愿。到头来，人活在世上，究竟有多少如己之愿呢？其实并不很多，多的恰恰是事与愿违。这其中有的不能怪自己，有的则是自己的缘由，怕是白日里的梦做得太多。这么一想，我便忍俊不禁了。

不懂事的外孙竟然会知道，"官印"吃不得，不如蓝莓果的味道，酸甜酸甜的。

网

网，一个让鱼和鸟儿们最为惧怕的汉字，对于人来说，也是不敢轻贱的。

网作为人的工具，为人捕获生灵，网便是人的帮凶。当下，城里有网具店，专卖捕鱼的各式网，拉网、流网和粘网等俱全，都是要鱼命的。捕鸟的网却不在明处兜售，其缘由无人不晓。看来，鸟比鱼的运气好，有人替它们看管着人，以免使它们落进网里。

人虽会对这类的网收放自如，但在每时每刻，又被罩在另一类的网里。那网的样式也各异，看不见、摸不着，却又最具神力。人在这类的网中捕获着种种物质和精神的东西，并也不断生出忧烦、抱怨甚至愤怒。

纵观诸多无形的网，我以为，作为人性织品的亲情网，历史最为悠久。人类在繁衍中，不同的血缘结出不同的血亲，并以姓氏为血缘的符号，使这张网逐渐扩大，直系的或旁系的血缘的网孔，也随之延展开来。既然叫网，便有纲，此类的网当然也有纲。从现实看，但凡攀亲论故，都是以父母为轴心的。这便是亲情网的纲。世上最不可选择的是父母，他（她）们在没有你的时候，便已经为你选择好了。因之，亲情网也没有选择性，只能任其自然。提起这个纲来，一张纵横交错、上下相连的所有网眼便会清晰可见了，那便是父母的父母，以及一切与父母血缘疏密相连的众多的叔伯姑侄和姨舅表亲们。在东北，还有一些很拗口的称谓，如老姨姥爷（姥姥最小的妹夫）、老姑姥姥（姥爷最小的妹妹）……只有老人们熟悉。费孝通先生有一本很有名的著作，叫《乡土中国》。书中写道：亲属结构的基础是亲子关系，是父母子三角。这涉及人类学，不便作深研究。如今亲情网的架构和组织，却没有人类学的严谨，凡是与父母有亲缘的，都属于亲戚的范畴，所以也都在此网之内。

血亲还是亲情网的主脉，像是始终如一的强力磁场，牢牢地吸附着家庭内外的每个成员。亲情之火在体内的燃烧值达到极点，还会让亲情网撒向天南地北。其中最令人动魄的，便是对族亲的寻找。族亲有根脉，正如常言道，一笔写不出两个姓来。氏族之亲的扩大路线，该是父系的路线。一些人沿着这个路线，去寻找祖辈的足迹，直至老人挂在嘴边的那株古槐。听一位朋友说，他的姓氏少见，于是有了全国性的姓氏认亲，在活动的现场，来者用身份证登记，留下姓名、单位、地址和联系方式，事后打印成册，各持一份。举杯互贺时，素昧平生的几百人，禁不住泪水涟涟。张王李赵们也许会有类似的心理，但那洋洋大观的身影，很难"一网打尽"。编修家谱族谱的已经不在少数了，这倒是一件好事，至少还恋着骨血的情分。

亲情网各有不同。网里有高山仰止的，有身份显贵的，有前科劣迹的，有家境清寒的……一张完整的亲情网呈现在你的面前，确切地说，是实实在在地罩在你的头上，喜欢也好，嫌弃也罢，你就在这张网里。当然，那网是确有亲情的，有它的存在，会让你追怀先辈，不忘根系和亲缘，并时常感受到亲人给予的温暖。试想，当你陷入困境或遭遇不幸时，父母且不必说，还有谁会为你分忧解难呢？无须细想，首当其冲的是来自这网里的人。这是多好的网呢！于是，你会对这张网充满感激，甚至时常让你眼里泪花闪动。

但是，又一看，当今的亲情网，却不全凭情字所结，里面也不乏薄情寡义的人。过去，走亲戚是习俗，你来我往，越走越亲，当下则不尽然。有人走亲戚不想空走一回，要走回好处才走的。不来往的亲戚突然登上门来，且带不薄的礼物，先是自报家门，说出自己属哪门哪支，而后再论辈分高下，接着还要称呼几声，那便不用问底，一定是有事相求了。此时，亲情网忽地变得如云似雾。办之，也许于法不容；不办，则会于情不过。若是有借钱借物的，借了也许"肉包子打狗"。亲情网扩大的部分，大都不是你主动所为，而是顺着利益的绳线自然展开的。都知道，为网里的人办事是理所当然之举，日后很少有人对你感恩戴德。但是，如果不办，怨恨就来了，还会在亲属间到处骂你不是东西。这么一想，你又会觉得这网很是无趣。

人情网看似没有亲情网紧密，却是半点儿小视不得。两张网的边界并不十分清晰，人情里有亲情，亲情也体现人情。现在所指的人情，还是以利益互通维系的人际关系，有了这种关系，相互间拖欠着无法了却的人情，日积月累，人情网便织出来了。在饭店里，时常看到这样的情形：两人甚至三人以上争抢买单，以致抢得面红耳赤，其中的缘由不外乎还个人情，或是让对方欠下自己的人情。这种欠与被欠之间角色的反复调换，保持了人与人之间的关系平衡和友好互助。这倒是一门不小的学问，正所谓"人情练达即文章"。白居易《太行路》诗的最后一句："行路难，不在水，不在山，只在人情反覆间。"道出了对人心险恶的慨叹，写的也是难以把控的人情冷暖。

我以为，人情网不是人原本的贪恋，而是有了这张网，可办事顺畅，各取所需，至少在人群中抬得起头来，所以国人的人情味儿也从未淡过。当年在乡下，一家建房全村帮忙，还帮忙人的人情，是以提供饭菜的方式酬谢。以相互馈赠为依托的人情往来，沿袭的是古老的礼俗，质朴而亲切。遇有哪家婚庆，几个人凑钱买个脸盆、水壶或一面镜子，在红纸上分别写下自己的姓名，然后赠送过去，彼此也是其乐融融。当下的馈赠，有点儿让人不知所言，大都直接以金钱相见，数额由小到大，致使一些家庭不堪重负了。有人对我讲过一个例证，说某地一对年轻夫妻，卖掉家里仅有的粮食去支付人情消费，后来，在百般无奈之下，两人用合起来的年龄，张办一个"六十六"寿礼，通知曾经有过人情往来的人前来一聚。事情真假未做考证，只是觉得此风日盛，当需收敛才是。有人也许不解，礼不随又该如何？这是不懂乡俗了。不随，便丢了脸面，人情网里属于你的那个结，就自动破掉了。"人死了没人抬"，骂的就是这种人。事实上，人情过度消费，并没有让人情通达，恰恰相反，礼金越重，人情越薄。纠其缘由，还是馈赠脱离了礼俗轨道，使人情味儿变得没了原本的味道。

人情网总是让人心神不宁，担心哪家有大事小情，因未及时到场而落下埋怨。也有人对此网避之唯恐不及，最怕接到婚丧嫁娶、祝寿、升学宴，儿孙周岁之类的邀请。思来想去，人情像是多变的面具，逢喜则喜，逢悲则悲，逢忧则忧，面具之后究竟是何种的人心，只有自己心知肚明了。生活里经常遇到怪现象，便是不肯出钱又不肯欠人情。比如，谁家有事没通知他，即使他事前知晓，也要装聋作哑，日后相见时，便即刻佯装怒色，怪罪人家没把他放在眼里。事虽显滑稽，也足见人情的玄妙。

人情网渐渐变得人人生厌，却又牢不可破。不知有多少人精心盘算所得，事后统计亏盈，而在算过收入账后，便把所得全当了自己的积蓄，再出钱便以为是掏了自己的腰包，结果到头来，似乎家家都有亏空。这心理上的亏空，让人始终较着劲，无法放弃网里的利益，恨不得借机再多敛些钱财为好。于是，就有了奇怪的虚拟缘由。比如，有人说在城里买了新居，便邀众人在原地庆乔迁之喜，自然会接到一笔礼金，实际上新居之事纯属子虚乌有。升学宴是考上大学才有的，早年间却没有，近年来较为盛行。与婚庆一样，过来庆贺的人都要送上礼金。据老家的亲戚说，有的人家办升学宴，是这家的儿子考上了县里的高中，委实令人哭笑不得。这一看，便能看得清了，人性的贪婪充当了人情网的"卫士"。

社会关系网，通常叫关系网，似乎没有再议的必要，因为亲情网和人情网都以人的关系的属性，存在于关系网之中了。但是，细经辨认，关系网还不是那两种网的组合，亲情网和人情网占据的是平面空间，而关系网属社会范畴，像是处在空间的立体状态，天上地下，此消彼长，布满社会的每个角落。亲情网和人情网虽有或多或少的利益纠葛，往来中的人也不分贫富贵贱，但他们行为直观、暴露，也很少有人借机一夜暴富。关系网则不然，隐蔽性强，在网里获取的不是礼俗性质的利益，而是能获取更大更多利益的利益。可见，在这网里的，一定不是等闲之辈了。

关系网有大网，也有小网，还有不大不小的网。网与网之间也有交织，你中有我，我中有你。网中人颇具神通，可以抱团取暖，各得其所。所以，每一张关系网都是利益的共同体，而且又有极强的吸附性，如蜘蛛般在网上捕获利益，满足贪欲。其中做法，有的很像孩子似的聪明。小时候，常取一根秸秆，把一端弯成一个三角，再用细绳或铁丝扎紧，然后把这个空三角紧贴在一张完好的蜘蛛网上，转动着轻轻举起，空三角就成了一个带网的拍子，用它可粘住好多蝴蝶和蜻蜓。现在，一些人巧用此法，借网生财、升官，竭力捕获各种好处，也不算是什么新的发明。

有了关系网，等于有了改变命运的机缘，可以顺着权势的云梯，一步或几步登天。但是，如果在关系网里久不脱身，也可能招致祸殃，其中的风险怕是极高的。最初的"入网费"不知有多昂贵，只有当事者清楚。关系网里也有掮客，若是入网不惜重金，钱却被掮客拿走，那是很丧气的事。即使如愿了，靠关系连升几级，也未必万事大吉，说不定哪一天，就变成了被法网打上来的一条鱼。尽管如此，还是有人乐此不疲，并抓住这张网不放，可见这网的魅力之大。

关系网对社会的危害毋庸置疑，说危害无穷也言之不过。但仅凭一知半解，则无法看透玄机。道听途说的东西，不足为据；起哄似的大骂特骂，也实不可取，况且，我又没与那网结下私仇。当然，有人把一切结果都归于关系，升迁未能如愿，说关系不行，职称没能晋级，也说是因为关系，这都未免过于偏颇。如今，关系网的力量日渐衰弱，若是你真的有德才，那网最终怕是对你束缚不住。再说，法制和制度都是关系网的克星，那网迟早是要被碎"丝"万段的。

当下，互联网发达，手机人手在握，微信早被广泛使用，人与人之间的联络沟通易如反掌，这是时代的一大进步。但是，如果利用这科技的网，去编织败坏风气的各种网，从早到晚铃声不断，不是视频，便是语音、短信，相互请托，用尽关系，最后搞得如胶漆灌顶、蚂蟥缠身，不仅使自己身心受损，而且也是对现代科技的一种亵渎吧！

人活在网里，心自然不能静定。如不刻意地结网、恋网、靠网，不为网所缚、所累，只看云淡风轻，花开花落，人生的脚步便会轻松畅快了！

禁 足 之 后

因新型冠状病毒肺炎疫情暴发，2020年1月23日武汉封城，继而全国进入抗"疫"状态。各地政府颁令，号召居民减少外出，于家中躲避疫情。时至2月21日，抗"疫"仍在继续。

出去转转，晒晒太阳，竟然也是奢望了。

这个世界究竟怎么了？突然间，人的脚步停下了。停在家里，停在医院，甚至停在了本该有一阵哀乐，但却没有一曲挽歌的地方。

透过楼窗，看看外面的河吧！

河是弯弯的白色固体。立春后的阳光很好，冰面虽是冬日里的坚硬，却闪动着明亮的光影，如流水时粼粼的样子。两岸的树枝依然僵硬，因为东北的春天还在路上。

没有游人，不是由于天冷，也不是花草未现，清波不来，是一道善良的"禁令",阻止了人们任性的脚步。

焦虑的日子过着过着,就变成了思考的季节。

此时,不知道人们在想些什么。我暂且不去想是哪只蝙蝠、哪个人,或是何种原因酿成了今天的灾难,因为我相信所有的一切,都会大白于天下。因缘有果,子姑待之。

禁足之后,脑子却不安稳,整日为武汉、为湖北忧心、祈祷,并被那些义无反顾的军人和医护人员所感动。我看到,媒体上不缺少对患难者的悲悯,更不缺少对那些勇者的赞颂。我似乎做不了什么,却忽然想起我的过去。其实,这与抗"疫"没有联系,只是面对灾难,才清楚地发现了内心。

我是那样疏忽,似乎疏忽了多次与亲人的欢聚,总以为来日方长,以为父母、兄妹就在身边,就在一个电话、一个微信的那一端,随时可以相聚一起,体味亲情的温暖。

直到确信武汉人是那样的痛苦不堪,且应了"烟波江上使人愁"的情形;直到亲人们的小区和我的小区同时横起栏杆,戴口罩的保安站立左右,目光像搜索敌情似的警觉;直到社区的传单几次插进门缝儿,几回响起急促的敲门声,并严厉地发出自报家门的口令,我才终于明白:往常的出出进进,在今天看来,再也不是简单地行走。

我多想和亲人在一起,在一起围着父母,围着那个漆面斑驳的圆桌,吃一阵,说一阵,笑一阵,然后打几圈麻将,听谁大喊一声:"和啦!"然而,我做不到,他们也做不到了。

我后悔新年的家宴,怎么不及早赶回,非要赖在南国的海边,在沙滩上只给他们发一条短信。

我不该如此轻慢。记得与老同学或是老朋友聚会，有时我对一些人无话可说，因为他们大口喝酒，大口吸烟，而又大声喧嚷，漫无边际地倾诉陈年旧事。那些没遍数的相聚，没遍数的回忆，都有什么好说的呢！

　　当我多日封闭在家里，看不到他们的身影和醉态，听不到他们乱哄哄地嚷嚷，以及相互嘲讽的声音，我感到从未有过的空落。

　　我像是被隔绝在一座孤岛，只有一个人望着天空上的几片云朵。我想念他们，想和他们多坐一会，想听他们的胡言乱语，想看他们抽烟喝酒的神态，想搀扶着酩酊大醉的哥们儿回家。

　　但是，眼下我没这个机会，也不允许我有。我若是真的召集他们，他们会怀疑我的神经已经错乱。我在小区的一角买菜，看到一位够不上朋友的熟人，彼此知道不能相互握手，仅是一个点头和一个被口罩遮得模糊不清的微笑，便已让我感到有种难得的亲热。

　　我本该远离矫情。一次，我去医院看医生，医生说我患上了肺炎，是普通感冒发烧引起的。我以为，肺炎是很严重的病情，于是，强烈要求住院治疗，尽管医生建议我不必住院，说服药或门诊输液完全可以治愈。我当时对他表现出内心的不满，并对打针的一名护士，因针头与血管出现细微的偏差，竟然也发了一通脾气。

　　今天，他和她也许就在奔赴疫区的队伍里，可我还没有对他们说一声"抱歉"。

　　我开始自责我的高傲，自责对生命的过度怜惜，本来没有住院的必要，却硬要占领一个床位；本来三人一间的病房已很安适，却还嫌弃空气流通不畅。如果我知道，即使生命垂危，只要有一张床也是宝贵的希望，我就不会再怀有任何的奢求。

我看到自己计较的面孔。我自己驾车时，总希望前面的车要么快点儿，要么给我让路。因为对这两点其一的不满，我曾怀有满腹的不悦，强硬地超过了前车。

现在，路上没有多少车了，还路怒吗？还超车吗？

我渴望车水马龙的那一天快点儿到来，但我再不会和往常一样焦躁，而是让自己的车始终在秩序的白线里，规规矩矩地奔跑，哪怕慢些再慢些。

我也曾乘坐公汽，没有座位时站着觉得倒霉，哪个人的脚踩痛了我的脚，禁不住要心生愤怒。公汽已经停运多日了，想坐暂时也没有，连出租车也并不好打。现在，想念乘公汽的日子，大家同是为了生活，才要去往不同的地方，那常常带着各自希望的拥挤，岂不正是人间的一种温暖吗！我知道，在武汉，还不知道什么时候能看到公汽的模样。

我忽然觉得，人啊，学着宽容一点儿该有多好！

等到公汽重新启运，我绝不再嫌弃空间，不再嫌弃拥挤，对一不小心重重踩我一脚的人，我也会报以微微一笑。

我没有理由挑剔生活。挑剔风的大小，挑剔气温的高低，当然更挑剔PM2.5。当下，室外的气温是零下，西北风四到五级，显然比不了春和景明的时光。即便如此，我也想出去，哪怕穿着厚厚的棉衣，哪怕笨重得步履蹒跚，我也想出去走走。

无论如何，那是大自然的气息啊！

那条不流动的河，虽然还板着面孔，但是它正蕴藉着笑意，等待春来时笑出长久的水声。在封冻的泥土之下，青草密密的根须，正暗暗蓄积着再生的力量。

而此时此刻，我却不能亲近它们，只能这样远远地向它们痴痴凝望。

　　我的怯弱让我羞愧。我没有"吹哨人"的勇敢，没有他们说真话的勇气。

　　我承认，为了个人的生存和荣辱，我曾表现得顺从与软弱，有时退缩得近乎卑贱。至于宁可与真理保持距离，也不想得罪上司，其间一共说了多少假话，我现在回忆起来却难以统计，但我肯定不止一次地说过。

　　当然，也有不少该说的真话，却因思前想后而不能仗义执言，就那么藏在了肚子里。

　　事后，虽有隐隐的违心之痛，可到后来，看到自己安然无恙，也以为是大脑发育的成熟。

　　现在，看突发的疫情，看假话和谎言的可怕、可恶，我的良知开始苏醒，进而开始懂得，怎样用本心和人格去思考和质疑，懂得了人性中的正面，如何能持久地放射光芒。

　　软骨之身，难行正道。如果"真话不全说，假话全不说"，那便算是我有了气节和境界了。

　　我错待了那份快乐。上班时，总觉得事务繁杂，身心疲惫，所以盼周末，盼节日多放几天假，可以睡大觉，可以静心翻书，总之可以免于工作的辛劳。

　　到今天，多少个休息日过去了，我在漫长的休息中开始感受到一种痛苦，开始渴望紧张，甚至渴望劳累，渴望得到在家里永远得不到的快乐。看着那么多军人和白衣天使不顾安危的身影，我多么希望这个"假期"尽早结束。

生活原本美好，只是身处灾难，才知道它真的美好。

灾难让人类遭遇惨痛，也会使人心在寒冷中提前解冻。我在想我的过去，想过去所有的美好和粗鄙，并愿在灾难中紧闭家门，以反省内心、洗涤灵魂。

如果删除一半记忆

　　腊月过半，便到了除旧迎新之时。打扫完室内的尘灰，将储藏间的门推开，却禁不住心头一颤——锈迹斑驳的金属器件、被什么虫子噬嗑过的木块板条，还有散发着霉味的看不出模样、叫不出名称的残破不堪的"家珍"，就那么经年累月地相拥在一起。最后，还是忍痛做了清理，有的干脆被弃之门外。这下好了，心境即刻变得清爽起来。

　　这一刻，我忽然想到记忆。

　　近两年走着走着，双脚似乎对地面有了难舍的亲近，知道这现象迟早要来，无须挂在心上。后来觉得，拖累生命的行走，倒不是岁月在骨骼和肌肉里积淀的沉重，而是背负的纠缠、挂牵和无聊的闲愁。我一直因这个发现认为自己高明。但我对它们，却如对陈放的物件，不情愿割舍，并不停地在脑子里翻来捡去。

　　感谢要来的又一个年，让我在清理杂物中生出联想，且获得一个比喻：记忆是生命的行囊。其实，这个行囊最初空空如也，之后由于有了过多的想法和欲望，里面装的东西才渐渐鼓胀起来，以至变得日益沉重。

我对杂物的清理，并非今日突发奇想。过去探望过它们多次，以为有一天会"废物利用"，后来，即便知道它们永远是废物，也只是骂一声"废物"而已，狠不下心来与它们断绝关系。

记忆作为私有财产，须臾不离地与自己相守，情缘可谓深厚。有的虽然一时淡忘，但还会因某种提醒，重新使它在某个角落跳动出来。

而人一变老，记忆里沉积的杂乱，一旦在脑海里形成阻滞，灵魂之舟便难以畅快荡游。对于记忆的删取，做到该记住的记住，该忘记的忘记，与净化灵魂相比，同样是一场生命的洗练。

无非是两种选择，要么让不该存活的记忆一直重压在心头，最终和自己一起走进坟墓；要么除却芜杂，让心境透出阳光，让生命行走得轻松、悠然。

我当然选择后者！但我知道，人的记忆不是电脑里的存储。

美好记忆是生命齿轮的润滑剂，我唯恐误碰了它的存在。面对欲坠的夕阳，之所以不去忧虑即将到来的黑暗，是源于记忆中的美好并未消散。比如童年时的一座土屋、一条小溪、一盘石磨、一株古槐，依然在心里泛动无尽的乡愁；比如青春，尽管奉献给了那个遥远的山村，而风雨过后，岁月并不蹉跎；比如爱情、亲情和友情，为生命赋予了那么多的温暖……所有的一切，都值得珍藏一生。一生里获得的无数个感动，应该悉数放到记忆的保鲜库里，使其永葆原色。

我清楚地记得，在比生命的垂危更垂危的绝望时刻，如果没有他们伸手相携，我可能会一头倒地，再不会爬起。帮助过我的人，有的活着，有的永远离我而去。我要在记忆的空间，留给他们最显赫的位置，以便一打开记忆之门，会第一眼看到他们，为活着的送去祝福，为在天堂的送去思念。而那些从书本、影像和讲述中走进记忆里的英烈和为国家、民族尽心尽力的大大小小的人物，以及我看到的为一座城和一个村庄劳碌的身影，也当然会在我的记忆里存活、放大。

删除一些记忆，我要先说声对不起。对自己说，是原谅自己，毕竟陪伴我的心绪那么久；对他人说，是礼待于人，免得怪我不辞而别。

只给我愁云和泪水、不能给我丝毫快乐的记忆，正在吞噬我的灵魂，我必须请它即刻离开、消失，包括一切痛楚、一切懊恼、一切悔恨、一切贪念、一切与生命抗衡的腐臭和昏冥。记忆里的不义之人，我已经让他驻留很久，看他的面孔依然写着不义，只好对他下了逐客令。当我在记忆的键盘上，按下删除键的一刻，还是要对他轻轻地挥一挥手。

人性中的自私，往往会带来记忆的单项选择，并在利己中不断更新。彼此经历的同一种存在，又是同样的记忆能力，你在记忆里清晰着，他也许早已遗忘。所以，彼此述说当年各自付出的情分，则是个很坏的习惯。一步或是几步登到天上的人，看不到身下蠕动的蚂蚁，说明他的视力实属正常。你即便是他曾经的朋友，对此也不必万端感慨，更无须在自己的记忆里挤占空间。

记忆里最易弹出的，也许是曾经的功名。功名是什么？功名不过是精神的货币。它在精神的早市上，已经被你用心理的支付宝消费一空，若再拿它示人炫耀，便犹如用一个纸叠的飞机，去说我要乘着它飞向宇宙一样荒唐。除去头上光环的影子，哪怕没了一根发丝，反倒让人觉得，你有个不白给的脑袋。

每个人似乎都有过愧疚，它在记忆里既然已结下伤疤，便无须在记忆里存储。过去的永不属于今天。没完没了地纠结过去，已经毫无意义。

人性里没有甘愿的寂寞。人的记忆既容易无序消亡，更容易胡乱滋生。无据的猜测，无际的想象，无止的欲望，一旦形成记忆，记忆中原有的美好便会荡然无存。我当然要倍加提防。但还是有些许的担心，担心记忆里腾出的内存再度出现垃圾，担心受到某种病毒的侵袭，使记忆再度敷上斑斑污秽。对此，我必须对进入记忆的信息时时进行严格地清理，并将"防火墙"筑得坚不可摧。

人生喜忧参半，苦乐参半，都在脑子里充塞了，如果真的能除却一半，那定然会是如意了。过好年，过好年后的每一天，以及还许属于自己的不多个年，便要将如意的一半，储存在记忆的硬盘里。这之于远不够半生长度、只剩下余生的我，也算是奢侈的享用了！

假如记忆的天空旷朗无尘，便是心静如水！

打 苍 蝇

一日，午睡正酣，忽有苍蝇悄然爬上额头，恍惚中，上唇胡须像是被拨弄几下，突觉丝丝的痒，而后，鼻孔遭遇撞击，似乎它要入洞穴以栖身。我禁不住挥手，打向自己的嘴巴。苍蝇嗡嗡回应几声，疾速地飞出很远。

起身，想到周作人的《苍蝇》。虽如郁达夫所说，"宇宙之大，苍蝇之微皆可以入文"，但真把苍蝇作为写作对象，并能在这小东西身上生发灵感，周先生怕是一枝独秀了。此文不仅道出浓厚的童趣，还广涉博引，谈及《诗经》、古希腊传说、法国的法布尔、日本俳句诗人小林一茶，使一篇短文变得精妙而有气象。看到资料介绍，涉及对"五四"散文的评价，大都把《苍蝇》作为叙事与抒情的范本。这是周先生的智慧，又一想，也算是苍蝇对文学的贡献吧。

无论周先生对苍蝇给予多少溢美之词，最终他不得不承认，"我们现在受了科学的洗礼，知道苍蝇能够传播细菌，因此对于它们很有一种恶感"。那时，他也许停留在一个笼统的判断，不一定清楚一只苍蝇能携带六十多种细菌，苍蝇的六只脚上，每只都可能携带几十万甚至上百万个细菌。如果他知道得确切，会对苍蝇痛恨无比，或是根本不屑一顾，这样一来，文库里怕是没有那个名篇了。

"苍蝇不是一件可爱的东西。"这是确信无疑的。白天，屋子里只要有苍蝇，如同夜里有蚊子，别想让心安稳。那嗡嗡的鸣响，由远及近，由近及远，像是轰炸机似的盘旋，虽看不见它投下一枚炸弹，但一想它的细菌战术，免不了使人意乱心烦，且心生几分惧怯。

当年家里没有冰箱，对偶尔吃剩的饭菜，总要想办法存放。若是遇热天，便用纱布类的东西将盛有饭菜的器皿遮盖好，一来可透气防腐，二来可防苍蝇驻足。儿时在乡下，家家酿制农家酱，最怕酱缸里落进苍蝇。苍蝇喜欢酱发酵时的味道，一旦飞落到酱缸里，其卵便会生出蛆来了。所以，酱缸上必须蒙盖一块方布，以防不测。我因之对苍蝇厌恶有加。分不出周先生说的"饭苍蝇""麻苍蝇"和"金苍蝇"，况且又无佛心，少有众生平等的慈悲，只要看见苍蝇，便认为是十分可恶的坏东西，不打不足以平我心头之愤。

其实，对苍蝇的认知可谓久矣。它们离人群最近，其言行自然被人深知，也最遭人的憎恶。正是因为人与苍蝇接触密切，渐渐地对一类人有了苍蝇的讽喻。"营营青蝇，止于棘。谗人罔极，交乱四国。"《诗经》里把无德行的人比作苍蝇，苍蝇的害处便可见一斑了。遥想当年除"四害"时，苍蝇位列蚊子、老鼠和蟑螂之前，使打苍蝇成了全民的一场运动，则是理所当然的。

苍蝇的繁殖力强得惊人，将其彻底灭绝似乎只是想想而已。据载，每只雌家蝇能产生二百个后代。若是有一百只苍蝇，只需十代的时间，繁殖的总蝇数就可达两万亿只。这真是一个可怕的数字，难怪苍蝇至今仍无法打尽。然而，国民灭蝇从未罢手，灭蝇手段也在连年升级。过去只是在室内手持苍蝇拍，手眼并用，一只一只地打，但往往因拍面过小或下手不急不准，使苍蝇溜之大吉。当下，都是用电的蚊蝇拍，打蚊子和苍蝇均可。拍面大且网密，挥动拍子，苍蝇触网即死。此外，药物喷杀、粘捕、诱捕及灭蝇枪等综合手段的运用，灭蝇的效率远比过去高得多。

但我还是习惯采用传统工具打苍蝇，觉得便于操作，用现代工具不熟练。当下，室内打苍蝇并非轻而易举。当听到来袭的嗡嗡声，手持苍蝇拍准备歼灭之，屋子里忽然变得死一般寂静。看来，它们都会藏身术，明明刚才还有三两只兴风作浪，顷刻间不知藏身到哪个角落了。我蹑手蹑脚细细搜寻，几个来回下来，却不见任何一只的踪影。记得过去也用这家什打苍蝇，那时苍蝇倒是愚钝，听它大声喧哗后，循声总能看到它空降何处，再看它的样子，像是安然无事，此时，只要手起拍落，准会成功毙其命。现在不灵了，却不知何故。

记得某日，一只绿头苍蝇闯进屋子，先飞至棚顶，然后徐徐而降，落在窗户的一扇玻璃上。这种苍蝇属室外蝇类，个头大，叫声也轰鸣，虽披一身鲜丽的外衣，却最喜飞落于旱厕之内或动物腐尸之上，最让人恶心不过。我屏住呼吸，以猫步行至窗前，将拍子扬起。这时，它像是觉察到我的企图，迅速向上窜去，恰好窜至我蹑脚也不及的位置。于是，只好望蝇兴叹，仰面久了，脖子一酸，不得不放下拍子，静坐以观其动向。不经意间，看那苍蝇就在眼前的茶几上，在一枚玻璃茶杯的杯口位置。与此杯放在一起的另有三枚，是朋友从南方一个博览会上买来送我的。显然，若以打蝇拍击之，四枚茶杯必有粉身碎骨的。这栖身之地是苍蝇的慧眼所选，知你对它无可奈何。看着它悠然自得的样子，觉得它分明是在嘲弄于我。其实，人的有些做法是不考虑成本的，尤在性急或愤怒之下，更是以发泄为目的，来不得思前想后。"宁可碎了杯子，也得要你的命！"心里边想，边狠狠地咬紧牙根，将拍子猛地拍向那只苍蝇，随即，便是一声玻璃破碎的声响，两枚茶杯骨化形销。

我细细寻找苍蝇的尸体，结果是活不见蝇、死不见尸。越是代价沉重，越是于心不甘，便暗下决心，非水落石出不可。不知过了多久，我还是发现了它的踪影。看它正伏在墙壁的一角，全然不想那墙壁刚刚粉刷过，顺手拾起一块抹布，狠狠向苍蝇抽打过去。这个举动令它猝不及防，它从我抖搂的抹布里掉在地上，一动不动了，一副仰面朝天的姿势。我以为它必死无疑，便俯下身去为它收尸。谁料想，还没等我的手触碰到它，它竟然起死回生，先是一个仰卧起坐，然后振翅而飞了。

我想我的手是否软了，才给了它复活的机会？可又一想，觉得不是，那使出的手劲，还分明痛了一下臂膀。看来，还是它有了一副抗打的筋骨。怒不可遏之际，我首次选用灭蝇剂，对空对地对墙对所有角落，呼呼地喷出一阵烟雾，然后门窗紧闭，心想：看你还有何逃路？

看来，当下的苍蝇见多了世面，早已变得身手非凡了。比如，过去死盯茅坑不放，现在多是现身于水厕，觅食门路不再单一；过去菜地里有农家肥，现在施用的是化肥，叶子上喷洒农药，苍蝇于百死中求生，也练出超凡的本领；过去苍蝇只能吃到国字号的菜肴，现在也能蹭吃到洋味西餐，它们似乎也能眼观六路。还有，养生保健食品层出不穷，苍蝇也跟随主人大饱口福，得以强身健脑了。总之，现在的苍蝇像是比猴精，把人间诡计都学了去。

但是，之于我，打苍蝇的想法不变。

日光照窗，树影婆娑。我平心静气，持拍以待……

远古的呼唤

一块薄薄的口罩般大小的灰白石片上，有一条曾活泼于一亿五千万年前的狼鳍鱼横躺在那里，那深灰色的、不到十厘米长的细瘦身躯，像一张紧抿着的嘴。蛇一般的小头颅倔强地向上方昂起，而左边的尾巴却无力地向下弯曲着。远远望去，这张暴露于口罩外面的嘴，似乎带着些许嘲讽与不屑，它咬紧牙关，将发生在远古的许多鲜活故事，生生地给咽了回去。

在还没有岁月，没有沾染上一点点人类情感印记的汪洋光阴里，有一条这样的狼鳍鱼和无数条这样的狼鳍鱼，在远古辽西的湖泊河流里嬉戏。然而，那该是一场怎样的灾难啊，竟让那无数无辜的生命在瞬息之间凝固；这些无辜的生命又被封埋了多少年，肌体中的有机质才被土壤中的硅、碳酸钙、磷酸钙等无机物质逐渐替代而统统变成了化石。

这一小方化石，还是八年前一个初到辽西贫困县工作的朋友的赠物。当时因工作繁忙，无闲情逸致欣赏，更何况，大凌河两岸的山川沟壑，简直就是一个蕴藏丰富的巨大中生代化石宝库。在一些山坡被风雨剥蚀的砂岩层面上，你只要留意，或许就能看到形状不一、大小不等的恐龙等古生物的神秘脚印。缘木求不到鱼的道理谁都知道，但是在这里，只要你不嫌辛苦，缘山竟可以求到狼鳍鱼、弓鳍鱼、北票鲟、白鲟等各种鱼化石。当然，这些石化了的精灵早已被政府保护起来。若是能到这里的古生物化石馆一游，就能看到从晚侏罗纪到早白垩纪的各类化石了。不仅有鱼类、兽类，还有各种水草、真蕨、银杏、松柏等植物；蜻蜓、蜜蜂、蜉蝣等昆虫，特别是目前世界上发现的，最早具有角质喙的孔子鸟等晚侏罗纪珍稀鸟化石。置身于此，不到十厘米长的小小狼鳍鱼就显得微不足道了。现在想，当时我之所以没有舍弃它，仅仅在于它传递了一份友情吧！

世界上的事情大都是相对的。一年前，我因工作调动离开辽西，这一小方化石却因其小，方便携带而变得珍贵起来。在我的意念中，它存在的价值不再单一，它价值的内涵在扩展。它仿佛就是辽西，就是我在辽西的岁月。我将它摆上案头，偶尔于闲暇时与其对视，那深嵌于石片中的生动印痕，竟在我眼前氤氲着变得模糊一片，渐渐地总让我感觉到有一种莫名的呼啸，从遥远的时光尽头铺天盖地般涌来。

不知那"铺天盖地"的究竟是什么。是火山的熔岩？地壳的迸裂？还是大海的狂潮？总之，在一亿五千万年前的某一个凌晨，或中午，或夜晚，它突然间就来了！在它面前，所有的生命都来不及躲闪，来不及害怕，来不及痛苦，来不及呻吟。那条小小狼鳍鱼已经用扭曲的肢体在石片上告诉我们，生命在巨大灾难面前的抗争与无奈——头还在奋力地向上昂着，而尾巴却已没有了一点儿力气。

"天空没有留下痕迹，鸟儿已经飞过。"那些在远古辽西的上空没有留下痕迹的孔子鸟和生存于那个世界的某些不幸中而有幸的生命，却因那场莫名的灾难，把自己永远地留给了山岩成为永恒。灾难，捣毁了辽西上古世界的风和日丽、叶茂枝繁、鸟语花香，以及所有的生命喧嚣。

岁月属于人们，光阴归于自然。无际的光阴孕育了大自然，孕育出了它的美妙与和谐。无论它怎样做，都有它的道理。而它的有些道理，是我们这些仅与岁月相伴的人们有时看不到的。这是生命的局限。

顺其自然者生，这恐怕也是这方狼鳍鱼化石要教给我们的吧！假如狼鳍鱼们能预先知道灾难的发生，在那莫名的呼啸到来之前去到一个安全的所在，也许，它们的存在就不是今天的化石了。

对于人类自身而言，"顺"是生存发展的通道。

仅就一个人来说，其生存发展主要应顺乎社会。社会生活的改变有时也与地壳的变动相同。不知经过了多少年的缓慢挤压与碰撞，最后断裂出高山低谷、高峡平湖。这种改变，对处于不同社会发展阶段的人来说，体会与境遇是不会相同的。人生不满百，常怀千岁愁。就是告诉人们要在有限的生命时间里不断学习，贯通古今，把握规律，明晰方向，适应社会发展需求，才会有一个美好的未来。否则，一个认知能力还停留在农业社会的人，面对信息社会的林林总总，那种思维的落差与生存的艰难，将不亚于那只小狼鳍鱼面对那场突如其来的灾难吧。

这也许是那块薄石板上紧抿着的那张嘴咽下的一声远古呼唤吧！

夜宿梨花草堂

　　"草堂"，不过是隐者所居的简陋的茅屋。杜甫的一首《草堂》诗，使天下所有的草堂都有了韵致，似乎出没于草堂的，并非是寒苦的庶民，而是性情孤高的文人雅士了。

　　其实，草堂也会雨漏屋棚，湿透枕席；或为秋风所破，身子难以安顿。文人能耐得住清苦，却又顾及脸面，所以把卑贱的草木之"草"，与寓意为高大房子的"堂"，组合成了俗雅并蓄的一个名词，不仅除却了本来的潦倒，而且还颇有几分厌恶奢华、崇尚俭德的襟怀。即便那"堂"与"草"关联不多，如果冠以"草"字，也不失妥帖，还免遭了世俗的妒忌。

　　提及草堂，自然会想到杜甫草堂，当年一处流寓成都的茅屋，如今已经有了宏大的面貌。纪晓岚的阅微草堂，文人们并不陌生，只是两进的四合院早已使草堂面目皆非。但无论如何，草堂大都成了文人与文化的一席之地，闪动着古圣先贤的影子，藏嵌着一段诗文逸事，因之变得雅意十足。

一日，忽发奇想，要在自家的书房悬一匾额，刻上带有草堂的字样。然忖度片刻，觉得不妥：如此明敞的居家，且又置于闹市之中，何沾半点草堂的况味呢！此后，再未起附庸风雅的念头。但始终觉得，草堂像是安放灵魂的地方。

　　近日，在医巫闾山脚大朝阳山城，偶遇一处草堂，谓之"梨花草堂"。对此，《北镇文化通览》有著名诗人徐长鸿先生的描述："山城西北隅，得古梨一树，草屋三楹，编荆作扉，插篱为院。院侧石壁有清泉丁然落池，甚若南阳诸葛庐也。"诸葛庐在南阳卧龙岗武侯祠内，诸葛亮隐居时也住与草堂相似的草庐，而不见经传的"梨花草堂"，竟然与孔明居处相提并论，虽是笔下的夸张，却足见这一庭院的别致。

　　"梨花草堂"当然因梨花而得名。善书乐琴的山城主人齐洪明先生说，院内一株梨树已逾百年，院外的一株树龄三百年不止。春风吹来，梨花绽放，草堂有香雪映窗之妙。景致之类的东西，可悦人心性，甚至使人流连。尽管时下已是初秋，但依凭内心的想象，也恍如看到满树梨花的繁茂，加之久有对草堂的亲近，便在院中石凳静坐多时。草堂早就作了客房，而又与客房不同，只是逢贵客或知己登门，主人才肯邀其在此下榻。刚刚去世的百岁老人、东北著名诗人、书法家李正中先生，几年前每年在此住上数日，"梨花草堂"匾额便是他亲笔题写。也许是多日无名人显贵到此一游，我便有幸得到主人的厚待，自然被请入"梨花草堂"了。

　　是夜，万籁阒寂，一缕月光透进窗来，似飘落梨花的洁白。卧于草堂古旧的木榻之上，顿时心静如水。这感觉很是奇妙，像是有满身的尘垢，瞬间被清柔之水洗涤后的爽然。名曰草堂的雅居，尚有几分简陋的容貌，但比名副其实的草堂要舒适许多。倘若不叫草堂，叫作别墅、公馆之类，便只会昭示一份浮华，全然没了雅意和趣味。住进草堂，像是避开了尘世，住进了诗里文中。所以，着枕即眠，不知明月于松间偏照几时，直到晨霞扑窗，才慢慢睁开睡眼。城里清晨的喧嚣，常常让睡梦不得始终，几声汽笛或是不明的轰响，催你在床上辗转之后，不得不披衣而坐。在这里住上一夜，宛若拂净了蒙在心头的尘灰。

住草堂也有梦，那是关于梨花的梦，自吐蕊到怒放，时序分明，继而层层叠叠，聚成一片花海。一位老人捻着雪白的胡须，又不时把胡须拖至梨花丛中。那举止很是清楚，是在与梨花作一番对比，看梨花的白是输给了胡须，还是胡须的白逊色于梨花。他看一眼梨花，再看一眼胡须，那么仔仔细细，反反复复。他忽然大笑一声，随即吟道："梨花淡白柳深青，柳絮飞时花满城。惆怅东栏一株雪，人生看得几清明。"

吟罢，老人驾一叶扁舟，漂游在梨花泛动的香雪海上，最后驶进医巫闾山峰头的云里。

不知道梦从何时起，只知道一觉醒来，那驾舟的老人还在云里露着笑脸。说不清这草堂一梦是何兆示，思来想去，觉得是关乎生与死的命题，周公怕是没有解析的答案。没有遇到鬼神妖魔时的惊惧，最终还是把梦归了吉祥。

神清气爽之余，再看"梨花草堂"，似乎比昨日愈加喜欢。当下，借演绎的史话，凭名人的效应，有些人便被麻醉了心智。一次朋友请吃饭，餐前忽然有人穿清朝官服，被人簇拥而入。只见他手捧仿制的诏书，一脸的肃穆，口念："奉天承运，皇帝诏曰……"

之后端上一盘素炒豆腐，另有一盘油炸花生米，直到最后，餐桌上也无珍馐美味，几人吃起来却觉得非同一般，似乎得到了皇帝的赏赐。一朋友在华清池洗浴后，几日津津乐道，以为杨玉环"温泉水滑洗凝脂"之地，才是最好的去处。有人在咸亨酒楼里吃了几枚茴香豆，却把孔乙己的穷酸看成是时髦的举止。转念一想，倒也无妨，毕竟其中蕴藉着文化。真文化可以催人奋发，伪文化则可使人颠倒神魂。把一片土地庙的残垣，硬说成是乾隆行宫的遗址；连西门庆和潘金莲的所谓故居，也会有人争执不下。凡此种种，都是伪文化的一股邪风。

有了文化或是历史，任何看似平常轻薄的东西，都会变得厚重起来，甚至受到各级的保护。而伪文化是把黄泥当作了金箔使用，必是要露出马脚的。"梨花草堂"虽不是名胜，却没有伪的成分。它原本是医巫闾山上道观三清阁的下院，据说后来明代辽东总兵李成梁与他的四夫人在此小住，再后来是晚清名将冯麟阁晚年的避暑处。草堂建在原址，并未借题发挥，院落大小与旧时无异，更未摆上几个假物件吓唬人，可见主人内心的诚朴。

听闻"梨花草堂"的前世今生，忽然觉得它有了庄严的气象。但不知为什么，这份庄严却让我心生几分惶恐。也许是身微之故，担心承受不住草堂中几段文史的重量，便在当日返回闹市的家中了。

知道草堂里的梦不会复来，那就多吟几遍陶渊明的诗句吧——结庐在人境，而无车马喧。问君何能尔？心远地自偏……

PART 6

天地无垠

不落的船歌

他们和鱼

挂在一张思念的网上

——题记

　　松花江以临近终点的喜悦，开始放慢奔跑的脚步，最后与淡墨色的黑龙江相拥在一起，但彼此似乎都不肯改变自己的身份，在合二为一的数十里行程中，倔强地保持着各自鲜明的本色缓缓流淌。一个曾经择水而居的"鱼皮部落"，尽管早已走出那个遥远的岁月，却依然可见她的为数不多的后裔，正以恒久不变的生命原色，深情地守望在三江口岸，与祖先的目光邂逅在鱼儿跃动的江波之上。

　　就这样，赫哲人让似乎模糊的民族印记开始渐渐清晰起来……

神秘的根脉

最初的记忆来自那首《乌苏里船歌》，觉得赫哲人是快乐的江上渔者，后来知道狩猎也是他们的生活方式，便以为这个民族仍滞留在原始落后的边缘。久有的好奇生出一种向往，最终让我走出歌声里的记忆，真实地走进赫哲人的生活。

暮春时节的同江，大地辽阔苍茫，日光无限，天空没有一丝云彩。驱车前行，有一种向历史的深处行驶与沉落的感觉。黝黑而丰腴的土地，泛出一片片新绿，壮硕的树木和奔腾的江水，带着古老的饱满，守候着生活在这里的人们。

当第一眼看见黑龙江的时候，我迫不及待地停车跑到岸边，俯身捧起一捧江水。江水忽然变得分外透明，我兴奋地用江水沐手洗面，然后仰起头来，慢慢地睁开双眼，顿时觉得是通体透彻的一次沐浴，又像是连自己也说不清的一种仪式，一种即将面对一个未知的神秘之地的超前施礼。

同江市与东接的抚远县，南邻的富锦、饶河县，都是赫哲族主要聚居地，而同江地区的赫哲族人口，占了我国赫哲族人口近三分之一。对一个只有五千多人口的民族，往往会因其人口的数量而称之为弱小。但赫哲人听后，会露出几丝不解的神色。他们对"小"当然毫无异议，与基诺族、珞巴族、门巴族、独龙族和鄂伦春族相比，赫哲族人口在"六小民族"里，数量且排在倒数第二位。而对于"弱"的定论，他们却是心存不甘。也许是一种文化的古老，让他们看到了向着自己延展而来的不同寻常的根脉，并缘着这条根脉找寻到了祖先高大的身影。

走进同江市赫哲族博物馆，像是有一支先民的脚步，踏响出历史的回声。那回声自时光深处传来，竟然绵延几千年而不息。很难想象，舜禹时被称为肃慎的民族是怎样的容颜，也不知为何从汉魏到明清，本是一个血缘的民族，只因了朝代的更迭，却变换出诸如挹娄、勿吉、靺鞨、女真等如此艰涩的称谓。至于靺鞨各部中，被称为"黑水靺鞨"的一部，怕是因为他们的身影就闪动在黑龙江黑色的江面上。带着"黑水"的野性，从唐朝的黎明走来，一直走进辽金的黄昏，最后在康熙二年的某一天，他们虽然在明亮的黑水中，看到的仍是自己的面孔，但在一部叫《清圣祖实录》的卷帙里，已为他们改写了一个新的名字——"赫哲"。这个虚幻的词语，赫哲族语意表达的却是一个地理的方位，就是远离朝廷的"东方"和"下游"，即三江流域的广大地区。赫哲族就是江流下游的东方的群体。

依照赫哲人的传说，他们的祖先原本生活在黑龙江的上游，由于人数众多，每年都有人携家带眷向下游漂流迁徙。族中有约在先：凡是先行在前面的人，要用草把扎作箭头，示意顺流向下的方向。就在黑龙江与松花江的交汇点，谁知一股江风却偏偏开了个玩笑，将草把箭头吹转向松花江方向，后来的赫哲人便掉转筏头逆水而上，最后在沿江两岸居住下来。

如同无数个支流汇成三江的浩渺一样，自从被称为"野人女真"的人群在乌苏里江两岸和黑龙江右岸分布开来，赫哲族便已形成了多源多流的族体。赫哲人无人不知，本民族的人口远不该是今天的人数，只是在沙俄兵船用枪炮声恐吓的那个夜晚，一个不平等的条约，黑龙江以北、外兴安岭以南六十多万平方公里的大清国土被俄割占。当年抗击沙俄的赫哲族的后人，则被无情地阻隔在黑龙江两岸，至今已长达一百六十多年。对岸的两万多同胞虽然与赫哲人是相同的血脉，但他们的族称却由赫哲改为"那乃"。

无论赫哲族的族体注满了多少历史的风雨，或在今天与故土上的所有民族怎样相融一起，但"鱼皮部落"仿佛是她不变的身世。没有史书明确记载，赫哲人从哪个朝代起，将"乌提库"（赫哲语为鱼皮衣）当作一袭御寒遮体的布块，当然也不可考据起于何时，他们开始正式采用鱼皮作为制衣制鞋的材料。在博物馆的展品前驻足、徘徊，觉得赫哲人的生活与鱼皮是那么密不可分。在江中漂荡的渔船上，摇橹和撒网的渔民穿的都是鱼皮衣裳，而接下来的一些绘画、照片及各种展品，几乎都有鱼皮的衣物展示或带有丰富的鱼皮元素。鱼皮乌拉、鱼皮手套、鱼皮帽子、鱼皮口袋、鱼皮绑腿、鱼皮包烟荷……即使是一身兽皮的猎装，也少不了鱼皮制成的套裤。

眼前的一切将我的思绪牵入一个遥远的年代，随之现出一幅纵贯天地的画面——"游鱼在水，奇宝在林，珍禽在天，神兽在山""棒打狍子瓢舀鱼，野鸡飞到饭锅里"。三江的鱼儿和森林中的走兽飞禽及各类山珍，为赫哲人提供了不竭的生命供给。他们世代共享着这天赐的丰厚福祉，却不知不觉地让自己的脚步停止在东方的地平线上。因此，他们很难看到流域之外的广阔世界，不知晓在南部的原野上会有五谷飘香的气象，以及布衣加身的人们是怎样与土地相依为命的。直到有一天，陌生的船只将赫哲人眼中的边界冲开一道豁口，稳稳地停靠在晾晒渔网的岸边，这才让他们开始有了惊羡的发现：那船体远比自家的渔船大出几倍，船舱里的物品——布匹、毛线、麻绳和各种金属的器具……眼前这些稀罕的货物，牢牢吸引了他们习惯于发现鱼儿和野兽的目光。我想，从那时起，赫哲人一定会觉得外面的世界广大无边，觉得那世界一定不是只有江水和森林，而用来制作衣物的鱼皮也不是生活中唯一的衣料。当他们用鱼儿和山货换回布匹，用布匹裁制出的衣服换下鱼皮衣的时候，才发现布衣着身远比鱼皮衣要爽适得多。

最终走进新中国民族大家庭中的赫哲人，再也不是包裹着鱼皮的身影。现在，除了遇到属于自己的传统节日，赫哲人和其他民族的人们一样，没有任何装束上的区别，饮食起居也看不出有何种不同。随着民族的大融合，在一个多民族聚集地，每一个人都难免被不同的潮流和习俗裹挟，那些坚守与放弃，融合与背离，都在日复一日地发生着。而在多种文化的夹缝里，本民族独特的东西能够顽强生长，一定是蕴藏了强大的基因与强大的魅力。赫哲人的目光像是从未迷茫，他们与生俱来的灵性与豪气，如石头、如水流，有一股极大的力量在暗中较劲，依然是那么安然而快活。

但所有的赫哲老人都记得，自己曾与父辈一起生活时的家的模样。那个家就在江岸和森林的两端，一端是叫作"地窨"的房子，房体深陷于地下，草把和泥土盖住了露在地上的房顶；一端是叫作"撮罗子"的尖顶屋，将几根木杆交叉并捆绑一起，然后用桦树皮、草帘子和兽皮紧紧围起以遮蔽风雨。当地出土的一块石板上，竟然刻有它的图案，使之成了族群的某种徽号或象征。尽管赫哲人在东方会看到最早升起的太阳，但阳光之手却不轻易伸进他们简陋的房屋。如果不是看到几张泛黄的老照片，无法想到在赫哲人的眼里，如今的高楼明牖会有如此悲凉的前世。

奔腾不息的江水，与光阴一起流逝，而数不清的往事旧话，却永远停靠在岸上，在赫哲人的心里存活着、生长着。

走进每一个赫哲人的家中，总会听到他们对一种古老文化的描述，其中鱼皮又是他们津津乐道的话题。据史料记载，"赫哲，衣服多用鱼皮而缘以布色，边缀铜铃，亦与铠甲相似"。尽管保存的鱼皮衣和鱼皮制品依旧散发出隐隐的鱼腥，但赫哲人会觉得那才是他们生命中最堪回味的气息。似乎只有这样的气息，才会让他们找寻到祖先留下的足迹，进而为蕴藏在骨子里的粗犷、坚韧和智慧的基因解开密码。当苦难的阴霾彻底消散，江波上荡起赫哲人开心的笑声，同一种血缘固有的本能，或是血缘里不变的亲情，时常让他们回首远去的岁月，追怀祖先沧江撒网和莽林射猎的悠悠往事。

十几条无力抗击风浪的渔船，终于疲惫地驶离浪花飞溅的江面，成了街津口一家展馆的展品。这要感谢当地的一位农民，将赫哲人打鱼用的各式船只收藏在一起。他叫徐国，今年六十二岁。没想到，他从二十岁起便对赫哲族文化情有独钟，先后花去几百万元，走村串户收集赫哲族过去的所有物件。一个空间并不宽大的展厅，限制了对展品清晰的分类，看上去略显杂乱，但里面陈列的物品，仿佛架起一座时光之桥，让人真切地看到赫哲人正从遥远的岁月里，手持鱼叉和弓箭迎面而来，耳畔似乎传来江上的笑声和林中的呐喊，最后，在明媚的阳光下舒展着雄健的身躯。徐国也记不得看似平常的石、陶、木、铁等文物收自哪里，他只是相信专家的鉴定结果，那些东西与赫哲人久远的生活息息相关。简约而抽象的天地日月、山川草木和动物、神偶的图案和塑像，无声地告诉参观者，赫哲人是那么崇拜大自然，心中如此笃信"万物有灵"，似乎每一件展品里都浸润着他们对生命的敬畏和对神灵的虔拜。

目睹几支锈迹斑驳的长矛，我的思绪从对捕猎的联想，忽地飞至一部电影的场面。面对穷凶极恶的沙俄侵略军，傲蕾·一兰率领达斡尔族及各部落奋起抗击，而在手持弓箭、挥舞长矛怒吼的队伍里，就有赫哲人首领鲁依勒·艾辛。他是我第一次看到的赫哲人，一副威武勇猛的形象，率众誓死与俄寇展开拼杀。那时我当然不知道，扮演艾辛的演员尤金良，竟然是一位地地道道的赫哲人，还参加过抗美援朝战争，后来又当过街津口赫哲民族乡第一任村支书和乡长。

展厅里没有解说员，徐国便充当了解说员的角色。他如数家珍地叙说着，像是他和每一个物件都有着长久的亲近，哪怕是看似品相粗粝的小东西，在他的眼里也会视如珍宝，并讲出一段与赫哲人相依相伴的故事。展厅里当然少不了鱼皮制品，但这些制品已经有了文物的气象。七八套鱼皮衣依次在展壁上排开，在下方一块木牌上标注着清晰的字样：清末鱼皮衣。

只有持续宁静的快感，一种被唤醒的最深刻的欲望，如此亲近地凸显在参观者面前。我发现，展览馆里的所有物品，似乎都静静地躺着，但都没有入睡。它们完美地醒着，像是要唤醒前来的每一个人。

在外人的眼里，徐国不惜重金的收藏有些不可思议。人们时常看见有人到这里参观，可徐国至今也没有得到应有的收入。即便如此，他对赫哲族物品的收藏还是兴致不减。我在与他的一次通话中，忍不住问他"究竟是为了什么"。朴实的一句话道出了他的初衷："把这些东西留下了，赫哲族的历史就留下了。"

这是一种原始的愿望，更是现代文明对历史的回溯。这种传承意识如同族人的生育意识一样，顽强而平常。其中向世人提供的远古与现实与文明与文化一脉相连的新视野，却如一件件鱼皮制品，斑驳而高贵。

看来，镌刻在赫哲人心里的图腾，已不仅是有形的生命的画像和神偶，而是远远超越了对那些具象的祀奉，变成了对一个民族的根脉和岁月的膜拜。

船头上的记忆

在赫哲族聚居的街津口乡整齐的街道上行走，不时有轿车或摩托车、电动车从身边往来驶过，这情形禁不住让我一次次地猜想，驾车的哪一位是当地的赫哲人呢？我试图通过这样的猜想，去寻找他们背后的故事，并在今与昔的对比中，看到这个民族生活变迁的轨迹。

从赫哲族作家孙玉民的讲述中，我真切地找到了这个对比，而且是那么鲜明而生动——

很早以前，三面环山、一面傍水的街津口住着一位老人。某年夏天，贪婪的黑龙将所有的鱼儿全部关押起来，禁止渔民捕捞。老人怒不可遏，手持鱼叉与黑龙格斗，终于将黑龙制服，鱼儿便游了回来。后来老人就变成了石头，永远站立在那里为渔民看护这片富饶的山河。也许是这个美丽的传说，吸引了孙玉民的祖父，让他漂泊不定的渔船早早停靠在街津口的莲花河畔。其实，那时的街津口还是荒无人烟，祖父打鱼要去下游二十多公里，一个叫"得勒气"

的地方，那是赫哲语，意为"胜利"。那里不过是临江的一处网滩和山地，既可以种玉米，也可以打鱼，据说鱼多得伸手就能抓到。祖父一边在江上打鱼，一边在网滩后面的山里烧炭、打柈子（把木头劈成块便于燃烧），用烧好的炭和劈得整齐的木柈子与过往的商船交换布匹和盐。祖父和祖母带着他们的五个儿子，就往来于得勒气和街津口之间，几乎没有去过其他地方。

祖父的生活延续到父亲，依然不变，只是免去了山里烧炭和打柈子的辛劳。待到父亲年迈的时候，孙玉民已和爱人打鱼多年，成了名副其实的渔民，经历了与前辈一样的江上感受。

看孙玉民的外表，谁也不会想到他的身影曾穿行于江风浪里。他体态瘦削，说话的声音很轻，五十七岁的年纪，却还留有几丝腼腆。但他是赫哲人中打鱼的能手。

深冬时节，江冰足有一人多厚，他冒着凛冽的寒风在江上打冰眼，然后将鱼钩坠入其中，虽然会钓出好多的鱼来，但双腿冻得几乎失去了知觉。后来，他发现寒冬里的江冰逐渐变薄，只有半米左右的厚度，以致出现了"明冰"现象。"明冰"，顾名思义就是透明的冰，薄得能看见冰下流动的江水，打鱼的人稍不留意就会踩塌下去。为了一份收入，他在捕鱼经验丰富的父亲带领下，就在明冰上凿冰下网，每天会从碧绿的明冰下捕到狗鱼、白鱼、鲤鱼、哲罗、细鳞、雅不赤哈等各种鱼，重达三四百斤。冰消雪融之际，满江的冰排顺江而下，鱼儿便随之兴奋起来，纷纷迎着冰排游走。孙玉民知道，捕鱼的最佳时节已经来临。他满心欢喜地驾驶木船，追着鱼儿逆水而上，娴熟地撒开渔网。一张网有十几米长，一趟网撒下去行程长达几百米。此时，冰排如崩裂的山石迎船扑来，小小的船体被大小的冰块撞击出噼啪的声响。而就在这样的响声里，他无数次享受丰收的喜悦。

一张照片定格了孙玉民江上撒网的情形。江面如镜子般平静，他站立船头撒开渔网，身姿还带有几分优雅，那散开后的网，似淡淡的一枚荷叶，盛开在江面上。这个画面给我一个误导，那就是在江上捕鱼不同于海上，江水平缓，不会遭遇惊涛骇浪的恐怖。没想到，孙玉民一次江上遇险的经历，却让我见识了江的险恶。

20世纪80年代初的同样一个季节，冰排开始拥挤着向下漂移，孙玉民的渔船在冰排的撞击中奋力上行。不知是卷起的阵风，还是江水固有的冲力，冰排下行的速度突然加快。就在他准备撒网的瞬间，冰排如一把把利剑，被起伏的江浪裹挟着，凶狠地劈向他的船头。显然是这条木船的筋骨已经衰老，无力抵御这突如其来的重击，船头像是被嗑开的一粒瓜子，倏地炸裂开来，旋即涌上半仓江水，幸亏船身偏向了江岸，被岸上的几位兄弟拼命拽住，才使他幸免于难。

孙玉民讲遇险像讲一件平常事，语调轻松缓慢，好像遇险也是一件再正常不过的事情，眼神中流露着固有的坚定。也许是遭遇了那些艰辛与磨难，才使他对江上的一切无所畏惧，与江上的渔民共同延续着祖先的生活。

稠李子花开的季节，鲟鳇鱼开始在江中唱主角，在松花江、黑龙江和乌苏里江三江流域的七十多种鱼类中，属它的体形最大。捕获鲟鳇鱼，是每个渔民心中的渴望。孙玉民的渔船和渔村里所有的渔船一样，在政府的扶持下，将手摇橹的木船全部改为铁制的机动船，舵柄与螺旋桨为一体，行船的速度比以前大大加快，捕鱼效率也随之提高。那段时间，常有捕获鲟鳇鱼的消息传来，虽然重量大都在几十斤，但足以让主人兴奋多日。孙玉民在羡慕中期待着。

这一天终于到来。太阳快要落山时，橘红色的余晖洒在江面上，江水变得异常的温顺。孙玉民先是看到网漂下有水花微微泛起，而后水花越来越大，像是有一个巨大的物体正从江底跃然而起，接着是一个宽大的鱼脊的轮廓，在水中渐渐显露出来。还没等他缓过神儿来，江上便有人高喊："上大鳇鱼啦！""上大鳇鱼啦！"附近的两条渔船不约而同开足马力，冒着浓重的黑烟，一齐向水中荡漾的巨大的影子围拢过来。

没有《老人与海》里那位老人的孤立无援，赫哲人在长期的渔猎生活中，早已形成了互帮互助的习惯。孙玉民和爱人用力起网，大家携手帮助往上拽，一条大鳇鱼终于被拖至船上。到岸后用秤一量，那条鳇鱼重达四百六十斤。他当即把鱼卖给了水产部门，每斤两元，共获利九百二十元。在那个年代，这该是一笔不小的数目。孙玉民买来酒菜，酬谢帮忙的渔民，让大家分享捕获大鳇鱼的喜悦。后来，他还是有些许的遗憾，因为他不知道那条鱼身怀丰厚的鱼子，要比鱼肉贵出几倍的价钱。当孙玉民的故事时常被街津口人津津乐道时，一条一千一百多斤的鳇鱼被本村陈中华夫妇捕获，刷新了当地捕获鳇鱼的历史纪录，才让他丝毫没了出人头地的感觉。

孙玉民确是出人头地的人物。打鱼时他是渔民，从船上下来他是作家，而且是赫哲族唯一的中国作协会员。他早年在乡文化站工作，出于对本民族文化的热爱，围绕赫哲人的渔猎生活和悠久历史，写了大量的小说和散文作品。没想到，他的作品不完全产生于案头，有些竟然是出自小小的船头。所以，他对船头有着不尽的情思。他说渔民下网要在网滩排号，所有渔船都要依次在岸边等候。这令渔民焦急的时刻，恰恰让孙玉民的思绪飞扬起来。每次在等候的间隙，他都要拿出纸和笔，静静地伏在船头，开始进入文学的想象，构思并书写赫哲人的故事。这个时候的他就像是一个沿水而来的行者，走累了便上船小憩。

他的作品是那么亲近江水、渔船和往来于江上的人物，字里行间似乎浮荡着江风的气息。他也写射猎的赫哲人，写他们为追捕猎物表现出的智慧和勇敢，但那样的生活早已成为他的记忆或是老人们讲述的往事。80年代初期，赫哲人在政府的号召下，主动交出捕猎的枪支弹药，森林里再也没有枪声和猎物挣扎的哀号，"万物有灵"已由心中的信奉变成行为上生动的真实。他还是得意于江水对船体的拍打，觉得这种拍打像是生命的律动，而在律动中跳出的文字，又总是让他感到欣喜与惬意，甚至觉得眼下的江流是文学的流淌，而自己正是这江流之上的泛舟人。和他相比，反倒是被困在城市的我感到无比呆板与枯燥。

他和爱人一起把我领到他家，让我看他们建好的房子。院子里长满了许多叫不出名字的杂草，一个储藏烧柴的棚子歪斜着，看来在原地已守候了多年，房前也少了一条通至屋门的路径，进屋需在野草上踩踏过去。这情形让人觉得他对家园的荒芜似乎毫不在意。房子高大宽敞，屋子里很是整洁，东侧的一角专门隔出一处空间，置放一张宽大的写字桌，连同上面的电脑和堆放的书籍，展示了他作家的身份。孙玉民说，现在要做的事太多了，房子盖完了，忙得没时间整理院子。他边说关于打鱼的事情，边把我带到院子的东南角。一条铁制的淡蓝色的渔船，足有八九米长，顺东西方位陈放在那里，船的四周却见不到野草和杂物，像是他特意为这条船作了环境清理，使它生出一种展品陈列和供人欣赏的意味。

虽然，赫哲族渔民的身影和祖先一样，依然闪动在江面岸边，且在每个鱼汛中，他们都会展露出喜悦的神情，但古老的单一生产模式，让赫哲人渐渐想到江中鱼儿的命运，想到鱼儿不再蜂拥而至的那一天，甚至想到撒下千万张网却见不到几条鱼儿的情形。一种从未有过的忧虑，在鱼儿和自己命运的联系中变得日益深重。最终，他们还是将生活的目光从江上放眼到岸上的田野，以及时常有人前来光顾的村落，于是，种植业、养殖业、旅游业，在十多年里如雨后春笋般发展起来。

我在一处网滩看到，那里住着十几户渔民，几条渔船有秩序地等着下网。每条船要等候半小时到四十分钟。在岸上的简易房屋和江边的渔船间，渔民们有说有笑，表情很是轻松，没有一丝焦急的神色。因为除了打鱼，他们还有好多致富的门路。

而孙玉民的心似乎还系在他的船头。他对宽大的船头抚摸着，又轻轻地用手在上面深情地拍打。这动作像是一位老人对久别归来的孩子，将苦苦的思念全部表达在温暖的抱怨里。"你看，这新船的船头多大、多平展！在江上趴在这儿写作，该有多过瘾啊！"在他的眼里，江上的渔船虽然幽暗而晃动，但真实得如土地，踩上去就有一种舒心的踏实感。他看起来并不怎么健壮，但给人的感觉就是浑身充满了力量，一种江河与大地的质朴的力量，粗粝、生动、野性，纯净得看不到一丝杂质。他感叹自己和老伴不打鱼了，像是这船头派不上用场。大女儿孙俊梅在哈尔滨师范大学毕业后，考进乡政府当了公务员，他将这条船给了二女儿，让她保留了渔民的身份，似乎要留住自己在江上的影子。

孙玉民有个自称为文化活动室的地方，设在租用的两间房子里，墙上贴满了彩印的图片。图片上有他和国内著名作家的合影，还有一些作家们给他的赠言，是全部按照他设计的样式印制的。我用手机拍下他和原《民族文学》主编叶梅的合影，并用微信传给了叶梅。不一会儿，我的手机便收到她回复的文字：请代问玉民好！祝他写出不负时代、不负民族的更好的作品！我随即将手机交给孙玉民看，他的眼睛顿时湿润了。他说叶梅是他的恩师，《民族文学》给了他巨大的创作动力。我在与叶梅老师的一次接触中谈及此事，她说"恩师"是言重了，但后一句倒是他的心声！

连接活动室的一间房，摆满了透明的玻璃展柜，里面摆放着制作精美的鱼皮画。孙玉民说那些鱼皮画都是出自他的手，而且他搞鱼皮画制作已长达二十年之久。我俯下身来，细细地欣赏鱼皮画绘制的图案，上面有娴熟的江中撒网、奇妙的凿冰叉鱼，还有金鸡站立江岸、引颈报晓。一幅画上有位妇女，身穿精美的鱼皮衣，用瓢在江中舀鱼，左手边的盆里装了满满的鱼，在她身后的"撮罗子"前，燃起一簇火焰，预示着主人马上让鲜活的鱼进入"塔拉哈"（火烤生鱼）程序。这画面和一幅张弓射猎图，又让我沉入岁月深处。孙玉民说，自己制作的鱼皮画，是用鱼皮复活一种记忆，一种属于自己更属于赫哲族的记忆。

是的，从苦难中走过来的赫哲人，又何尝没有这样的记忆呢？关于江浪、林涛，关于地窨、撮罗子，关于风霜雨雪，关于在岁月中走远的先辈……他们每一次对甜蜜的品尝，都免不了唤起对苦难的回忆，而当收拢了思绪，回到眼前灿烂的现实之中，便会感到甜蜜的味道愈加浓厚。他们就是在今与昔两者之间，反复地品味着、感动着、幸福着，续写着自己民族的历史。

其实，透过一个人、一个家庭的故事，我已经看到了这个族群行走的路线，并在他们起初慌促、杂乱、漂浮、沉重，而后来渐渐变得平静、有序、稳健和欢快的脚步中，真切地感受到这个民族脉搏跳动的节奏与回声。也许这样的对比纵向得过于直观，还缺少足够的观察视角，但是我想，赫哲人会在心中时常出现一组组对比：明亮与阴暗，饱暖与饥寒，精致与粗陋，繁华与蛮荒……远比我探访到的例证生动而丰富。

出门不远处，但见江水悠悠。在船头上歇息的渔民，面对江水，面对远处的青山，好似一个个深刻的思想者。

两个女人的守望

铭刻在心上的记忆，一定会留有某种深刻的影子。比如对故乡，一盘石磨、一株古槐、一条小溪，甚至一只老狗，都会成为凝固的视觉符号。在赫哲人尤文凤的眼里，似乎只有出自母亲手上的鱼皮制品，才是她记忆中最鲜活的部分，而且让她生出对这个民族的深切情爱。

坐落在同江城西南的华龙小区四号公寓，尤文凤住在没有电梯的顶层六楼。六十几平方米的面积，一排在办公场所才能看见的铁柜，占据了多半个房间的位置，如果不是那张床，看不出这是她的居所。在佳木斯市博物馆专设的赫哲族文化展馆里，我就知道了尤文凤的名字，并把她与鱼皮衣制作技艺紧紧联系在一起。

如果要追溯鱼皮衣制作技艺的起点，那一定是始于完全依赖自然资源生存的古老时光，而尤文凤只知道母亲，并深知母亲对她的言传身教。不知是哪位祖先立下的族规：赫哲人制作鱼皮衣的手艺，传男不传女，传女只传长媳。母亲尤翠玉作为尤氏家族的长媳，在承担繁重家务的同时，却幸运地得到了家族鱼皮衣制作的传承。至于母亲是怎样在奶奶点亮的微弱的油灯下学来这门技艺的，尤文凤知之甚少。她兄弟姊妹七人，上有一个哥哥和一个姐姐，下有四个弟弟，最初母亲让她帮做鱼皮衣，是为了赚钱给她的弟弟说媳妇。那时大马哈鱼几毛钱一斤，做女款鱼皮衣每套需五十条马哈鱼，男款的需五十六条，卖一套鱼皮衣能赚五千元，够得上娶一个媳妇的花销。十三岁的尤文凤被母亲叫到身边，她当时还没有要学会这个技艺的愿望，更不知它会对一个民族的文化有何影响，她只是看到母亲的含辛茹苦，想为母亲解愁分忧，以减轻背负的生活压力。确切地说，尤文凤的鱼皮制作技艺，最早是源于对母亲的爱和关心，从内心对一种艰辛和苦难的不忍。而母亲却看重她心灵手巧，又肯于吃苦，便把她由帮手的角色迅速转为自己的亲传弟子，耐心向她传授这门技艺。在后来的几年里，她帮助母亲买鱼、扒鱼皮、熟鱼皮，直至裁剪、缝制、纹图，很快成了鱼皮衣制作的行家里手。

当第一批国家级非物质文化遗产名录里有了"赫哲族鱼皮制作技艺"的字样，省城的博物馆便有人登门，要求订制鱼皮衣，尤文凤开始意识到母亲传授的技艺，已经具有了文化的意义。那年，在一片热烈的掌声中，她领取了文化部颁发的证书——"赫哲族鱼皮制作技艺代表性传承人"。当时，有专家告诉她，鱼皮文化虽然产生在北纬四十五度以上的区域，为许多民众所拥有，但历史走到今天，只有我国的赫哲族和俄罗斯的那乃族保留了下来，而属赫哲族的鱼皮文化保存最为完整。从此，一门出自尤文凤手上的技艺，便注入了一种自觉与责任。她开始走出家门，到同江、抚远、饶河等赫哲族聚居地和省市的大学里讲课，讲述鱼皮衣的前世今生，传授其制作的技术要领。

她在一个抽屉里取出钥匙，将铁柜的门轻轻打开，捧出几件鱼皮衣。我看她那恭谨的神态，像是要面对神祇的现身。她把鱼皮衣轻轻铺展在床上，随之是一阵滔滔不绝的讲解：用马哈鱼皮做的衣服纹理美；用哲罗鱼皮和狗鱼皮做的，打猎不透风，打鱼不透水；用怀头鱼皮做乌拉耐磨；只有胖头鱼皮制成的线，缝制鱼皮衣才又柔软又结实⋯⋯

我还是喜欢鱼皮衣上水纹与云纹的装饰。赫哲人因离不开江的生活，而对于水的崇拜便视如对生命的呵护，所以服饰上离不开水的图案。那图案似抽象而夸张的一朵朵浪花，紧致有序地连缀在一起，宛如一个个跳动的音符。自然界里的风霜雨雪，又像是神灵多变的表情，给这方土地上的人以吉凶祸福的预测。所以，赫哲人在江上捕鱼，还需仰望头上的天空，关注云的千变万化，这就有了对云的敬畏。水与云的纹饰组合，仿佛是赫哲人对天对地虔诚的俯仰祭祀，并已成为图案绘制的基本元素，融于赫哲族鱼皮文化之中。有的鱼皮衣上点缀着各种兽和禽的图案，日月星辰、山水火风映衬其间，透过这样的装饰，像是纯朴的自然之子，要对原生态的宇宙万物做出全方位的思考。

尤文凤的鱼皮衣，毋庸置疑，它一定有了艺术或文化的含义，而且因为对这个含义的品读，会让人生出无限的遐想，想到它诞生和延续的年代，以及与那些个年代里的人们相关的故事，甚至还有故事中新奇生动的细节。那些让我们展示风度的羊皮鹿皮制作的皮衣，在鱼皮衣面前，反倒显得有几分轻浮。这些从鱼身上脱颖而出的衣服，本身就带着深邃与神秘，是脱胎于游动的一种凝固的形式。看着，忽然觉得鱼的涅槃是多么美丽、美妙而又令人战栗。

我没有想到，尤文凤作为民族文化的传承者，却在不计个人利益得失中如此不遗余力。无意间问起她的丈夫，她的脸上即刻消失了笑容。几年前，一直支持她的丈夫不幸离世，使她的精神受到沉重打击。她强忍悲痛，照常奔赴各地讲课。尽管政府每年给她一部分扶助资金，但她还要自己花钱租房，去市场买鱼皮原料，召集学员无偿传承技艺。现在，已有一批人不同程度地掌握了尤文凤的鱼皮衣制作技艺。

尤文凤设计的鱼皮服饰，在20世纪初就作为演出服搬上舞台。但她不会想到，竟然有大学的专业团队，将鱼皮服饰再现于北京的舞台。就在我离开尤文凤家时，我的一位朋友——东北电力大学艺术学院院长陶瑞峰打电话给我，说他和服装与服饰设计专业的师生正在北京召开发布会，展演以赫哲族鱼皮文化为主基调的鱼皮服饰作品。来不及把这个消息告诉给尤文凤，但她一定会坚信，鱼皮衣制作技艺绝不会消失。"无论如何，为了我的民族，我不会放弃责任！"她说这话时，语气异常的坚定。

与尤文凤同样投身于赫哲族文化传承工作的六十九岁汉族老人刘升，正拖着脑血栓后遗症的病体，为一份遗嘱日夜忙碌、四处奔走。

"谁让你嫁给了赫哲族人呢！赫哲族的文化要失传了，你不能眼睁睁地看着，一定把传承的担子担起来！"从同江市卫生部门退休后，刘升不止一次听丈夫尤根深对自己说这样的话。身为同江市人大常委会副主任的尤根深，对本民族的文化感情甚笃。在一个飘着秋雨的午后，刘升正在家中做剪纸。她很早就喜欢剪纸，灵巧的手握一把小小的剪刀，一会儿就能剪出生动的人物或鸟兽。由于患病后肢体活动受限，她的动作虽不那么灵活，但她的手还是灵巧如初，剪出的一幅赫哲人江上撒网图，依然栩栩如生。尤根深进门后，怔怔地看着这幅剪纸画，然后突然面对老伴，深深地鞠了一躬。刘升一时不知所措，她知道丈夫从未对自己开过这么大的玩笑。尤根深却是一脸严肃："我有个事要拜托给你，请你把我们赫哲族的文化抢救抢救吧！"刘升深知，丈夫爱赫哲族文化犹如爱自己的母亲，便连连点头应允。丈夫为她买回纸、笔、橡皮，又翻出厚厚的书来，摆在刘升面前，像是对待一位即将上学的孩子。

刘升就这样以蹒跚的脚步，走在"上学"的路上。她不怕自己摔倒，但她万没想到，最先倒下的却是她的丈夫，而且再不能让她扶起。八年前春寒料峭的一天，因病入院的尤根深，带着对家人的不舍和对赫哲族文化的挂牵，永远地离开了。按照丈夫生前的遗愿，刘升将他的骨灰埋在了街津山（赫哲族发源地之一）下，与长眠在那里的母亲朝夕相伴。这让刘升更加感到，丈夫的生命之根，就深扎在赫哲族的土地上，并正以不灭的灵魂凝望着妻子对一个嘱托的承诺。

外面响起一阵雨声，雨珠顺着微风的吹拂，轻落在玻璃窗上。

刘升停止了讲述。她像是在倾听一种声音，一种在雨中、从他的肺腑里发出的声音。她说自从丈夫走后，他说的话时常响在耳边，而且越来越清晰，尤其夜深人静时，不知在耳边要反复多少遍。其实，刘升早已对赫哲族的历史和民俗产生兴趣，而丈夫的嘱托又如一簇火把，为她点亮了追寻的方向，使本来轻松的喜爱变成了沉重的责任，又使一个庄重的承诺变成了无悔的恪守。

刘升开始沿着这个方向跋涉。她把著名民族学家凌纯声的著作——《松花江下游的赫哲族》，看作是赫哲族文化传承的宝典，一章一节，一段一句，潜心研读，唯恐偏离了正宗的根脉。她重新看到了赫哲族文化的丰富灿烂，并在现实生活与文字描述、个人感悟与理性阐发的对比中，看到了赫哲族文化清晰的根脉。她确信，这就是丈夫让她传承赫哲族文化行走的方向。

每天，天没放亮，她就起床来到楼下的工作室。这是当地政府特意为她租用的两间房子。如果不外出，她整天就在这里读书、做剪纸、带学员。墙上和走廊挂着她的剪纸画。剪纸画大都是系列作品。从捕鱼狩猎，到古老传说、山水风光，乃至常见的生活物品，都是她创作的题材。她的作品构图新颖，线条细腻，人物神态很是生动。她将一幅长卷展开，那是由几十幅剪纸画组合成的一个神秘世界，倏地飘散出一种隐秘而奇异的气息。刘升告诉我，这组《赫哲萨满祭祀授神图》，她构思了整整两年，与徒弟一起创作了半年时间。记得小时候，我在辽西农村看过跳大神的人，那神鼓和腰铃伴着含混不清的咒语一响起，心里骤然间充满惊悚，而眼前神态各异的剪纸萨满，头戴配有鹿角的神帽，手持神具，却变得那么滑稽可爱了。

平日里，刘升每完成一件剪纸作品或鱼皮制品，都会在心里说一遍："老伴，你看啊，我又有新作品了！"有时自言自语，让心里的话变成声音。她说，只有这个时候，我对他才有话可说。

作为黑龙江省第一批省级非物质文化遗产代表性传承人，鱼皮文化、狩猎文化、剪纸文化等十二个门类，是刘升传承的主要内容。她在四季里拖着沉重的脚步，走进十几所院校，开展赫哲族文化传播工作。谈话间，她的手机铃声两次响起，听得出来都是邀请她讲课的。

谈起赫哲族文化，她脸上就有一种抑制不住的喜悦与兴奋。如果不是她女儿含泪告诉我，真看不出她的生活还有那么多的酸楚。她买鱼皮、兽皮和纸张，包括治病买药，不仅花销不少，而且欠下十几万的债务。其实，她如果把自己的作品卖出去，完全可以获得一笔可观的收入。很长时间，一件镂刻的巨幅鱼皮画和几件萨满神服，常让远道而来的人驻足欲购。但她舍不得，不情愿，认为那是在她手上托起的生命。"老天留我，是让我把赫哲族文化抢救回来。我要把它们留在同江，我这么做，是为了有一天要对老伴说，赫哲族的文化回来了！"告别时，她又把这段话一字一句地重复了一遍。

活着的伊玛堪

它从古老的江河莽原上传来。一声"啊郎——"，牵出一个流转千年的故事。

暮色笼罩的网滩和密林，渔猎归来的赫哲人紧紧地围拢着说唱艺人，如醉如痴地品尝着一场精神盛宴。当"给根"的声音一落，"克——克——克——"的应和声随之响起，而后又是艺人往复交替的说唱。在那动人的说唱里，总能描绘出莫日根（英雄）的威猛无畏，渔猎中的斗智斗勇，婚姻上的自由追求，传说里的荒诞神怪……

伊玛堪，这一赫哲族独创的口头说唱艺术，不知为赫哲人带来多少感动和振奋。即使在封江后的寒冬里，他们也要为听一段伊玛堪，乘坐狗爬犁从几十里外纷纷赶来，挤在一户人家的屋子里。听着听着，他们或是淌下悲伤的泪水，或是发出一阵欢快的笑声。

我还是第一次知道，伊、玛、堪这三个字连在一起，便是艺术，是艺术中一种极具诱惑力的说唱，是不见文字的恢宏史诗。似乎每个民族都有它的史诗，比如藏族的《格萨尔王传》，柯尔克孜族的《玛纳斯》，蒙古族的《江格尔》，这些民族史诗大都是对某个或几个特定英雄的歌颂，而伊玛堪作为赫哲人的口头史诗，歌颂的却不是一个特定的人，而是一个英雄的群体，以及这个群体和族人色彩斑斓的生活，相比起来更显得多元与立体。它似乎就是一个民族基因的延续，民族精神得以前行的路径。无论时代如何变换与发展，也不管族人走得多么遥远，只要这个声音还在，它就是故土对游子的召唤。

伊玛堪之于赫哲族人是一种前世，说和唱都是对前世的扮演，对英雄、对生死、对欢爱、对神圣、对荒芜、对时间……每一句话和每一个音符，都是一次忘情的回眸，都是对逝者的一次复活。说唱者就像站在一个深不见底的洞穴口，唱一声便是一次张望，说一句便是一次凝神，深邃的洞穴里随之呈现出一种美丽的神性。

带着滚烫的历史温度，伊玛堪还活着，并以其民族记忆和文

264

化象征的非凡意义，被誉为"北部亚洲原始语言艺术的活化石"和"人类文化多样性的一个活标本"。它活着便是幸运。试想，有多少古建筑已被夷为平地，多少传统的艺术之花已凋敝枯萎，"人亡艺绝"的悲哀又让多少人捶胸顿足？即使昆曲和纳西古乐一息尚存，京剧已经不再气若游丝，也免不了让人心生痛惜。就在不知不觉的文化流失中，竟然还有我国古老的文化创造被别国窃走，成为人家的文化遗产。许多事物，都在面临失传的威胁。当钢筋、水泥、玻璃、塑料、硅胶、橡胶这些时代的潮水漫过大地的时候，幸存下来的该是多么的幸运！

永远的热烈与寂寞，永远的荒凉与丰饶，伊玛堪带着江水和森林的表情，从遥远的岁月深处一路走来。当尘嚣散去，一片安静的天地露出来，它显得尤为圣洁和高贵。在被现代机械裹挟的世界里，一切雕琢都显得苍白无力，而看似蛮荒之曲的说唱，却在历史的缝隙中得以流传，便有了永恒的意义。它是大地的作品，民族的作品，既是伟大的文明，又蛮荒俚俗，充满了人间气息。

但是，伊玛堪在穿越了历史的道道藩篱后，最终还是被岁月的风撕扯得凌乱疏落，有的甚至已不知去向。即便如此，透过那残留的微弱而奇妙的声音，依然会让你看到赫哲族独特古老的生活场景和不同寻常的爱恨情仇。

年龄稍长的赫哲人都知道，听伊玛堪曾经是他们世世代代最舒服最快意的娱乐方式，是生活中不可或缺的东西。如果听不到伊玛堪，赫哲人便如同食用没有醋和盐的"拉铺特克"（生鱼片）一样索然无味。那么，既没有他人乐器伴奏，又没有自己抚琴弄弦，仅凭口头上的说说唱唱，怎么就会通至祖先的灵魂，并把今天与过去一同联结在这声音的纽带上，而且联结得又是那么顺畅而坚固？现在的赫哲人没有想到，伊玛堪竟然承载了特有的民族精神，更没想到它会被戴上"中华民族文化的瑰宝"的光环。

至今仍传递这种声音的人，当然会对我产生吸引。在街津口乡，本想拜访伊玛堪国家级代表性传承人吴宝臣，不巧的是正逢他外出讲课。按照当地掌握的年代划分，花甲之年的吴宝臣已是第三代伊玛堪说唱传承人。他的弟弟吴宝利和乡里的几个干部接待了我，详细地介绍了他的情况。

大家交谈的屋子朝向江边，望过去，能看到大片树木和黑黝黝的江水。不知为什么，置身于这暖融融的春日，却让我忍不住想起了冬天，想起在这极寒之地，再汹涌澎湃的江水也会被严寒冻僵，由此便想起伊玛堪，却为什么不再是凝固的声音？

从他们的讲述中，我开始发现传承的力量，仿佛看到一段湍流的行程。至于在湍流的上游，只能追溯到一处不远的源头。

吴宝臣的记忆里，只有他的三爷爷。三爷爷名叫吴连贵，清光绪三十四年生于三江口莫勒洪阔渔村，以打鱼为生，能讲述十余部长篇伊玛堪，有的篇目能一连说上几天几夜，是远近闻名的伊玛堪说唱艺术家，曾受到周恩来总理的接见。当年歌唱家郭颂到同江采风，是他用一支竹箫吹奏的一首曲子，成了《乌苏里船歌》曲调的基本元素。吴宝臣小时候最大的快乐，就是听三爷爷说唱伊玛堪。三爷爷去江上打鱼，一去就是五六天。吴宝臣关心的却不是三爷爷归来时鱼仓里有多少鱼，而是期盼着能给自己说上几段伊玛堪。当三爷爷又去打鱼时，他会站在家门口，久久地望着三爷爷远去的背影。

伊玛堪说唱便如一粒种子，深埋在吴宝臣幼小的心灵里。他也遗传了父母的文艺天分，只要听上一段，就能背得出来，让吴连贵对他偏爱有加，时常把他带在身边，向他传授伊玛堪的说唱艺术。后来，吴宝臣当了军人，因会说唱伊玛堪成了部队的文艺骨干。退伍那年，不可褪去的伊玛堪情结，使他放弃了留在长春发展的机会，毅然选择回到家乡街津口。在乡文化站的工作，给他提供了表演伊玛堪的很多机会。

2011年，当伊玛堪的申遗文本被送上北京飞往巴黎的飞机，多少赫哲人的心开始悬在空中。他们知道，上级政府为之做出多少努力，喜欢和热爱赫哲族文化的人，又有多少心血付诸其中。吴宝臣在焦虑中想象着，想象着在联合国教科文组织总部里，伊玛堪的声音戛然而止的那一刻，会响起一片赞许的掌声。当年11月28日，那个让他期待而又忧心的会议终于结束了。他无法马上知晓会议的结果，只是在忐忑中相信自己的感觉。当接到申遗成功的电话，他的泪水顿时模糊了双眼。这是他和多少赫哲人的企盼啊！他情不自禁地在家中跳起《萨满神曲》。

当一阵欢庆后沉静下来，吴宝臣和他的家叔吴明新、吴明祥和姐姐吴彩云，谁也没有忘记，吴连贵老人生命垂危之际那一幕：他边喝水边回忆伊玛堪的说唱，喝下一口，说出一句，再喝一口，唱出一声。从杭州来的落户知青、后来成了伊玛堪研究专家的黄任远先生，经常跑到吴连贵家里，记录、整理了大量伊玛堪说唱片段，但老人满腹的说唱艺术，也不知随他最后的一口气咽下去多少！

也许是老人最后的那声叹息，留给了吴氏家族最深的警醒。他们像是面对一个传家之宝，默默地坚守着吴连贵的艺术遗产。渐渐地，当对家族的情感上升为一种使命，一种超越家族而面向整个赫哲民族的使命，则使他们传承伊玛堪的脚步，开始迈向一个个赫哲族文化传习所，迈向大专院校，迈向赫哲人居住的每个地方。他们开始为本民族有语言而无文字心生纠结，并预感到伊玛堪艺术单凭口耳相传，"人绝艺亡"的悲剧不可避免。于是，毕业于中央民族学院（现为中央民族大学）的吴彩云，通过赫哲族语同汉字的对比，采用国际音标进行赫哲语推广。微信群里有上百人，在她每周规定的时间里，跟着她一起逐字逐句地重复着祖先的声音。

就在吴氏家族伊玛堪传人的身后，在四面八方那些叫不出名字的人的身后，同江一位直率、智慧的赫哲族汉子尤俊生，暗下决心，再不让赫哲族的文化被岁月带走，再不让过去的一切只成为口头上的回忆。他把见到的听到的赫哲人的所有文化活动、重要事件和典型生活场景，全部用影像保存下来。

雨中的白桦树闪着银光。就在这声名显赫的江边，山在行，船在行，传承人的脚步踏响在山水之间。我想，他们苦苦守候的终极意义不是追求不朽，而是以守候三江流水的方式，让后代子孙和有缘之人听到它，并在想象中完成对它的追思和再创造。这份执着多么像《木竹林莫日根》里的唱词："我骑着阔力，飞过千层云、万重山；我骑着胡萨，飞过千条河、万条江；我要去寻找——木竹林莫日根的踪影。我要把他的故事，给大家歌唱！"

离开同江之前最后的晚餐，选在江边一家小饭馆。说起伊玛堪，同桌一个六十多岁的赫哲族妇女，眼睛突然放出明亮的光芒。她说自己也是伊玛堪传承人。当大家请她说唱一段伊玛堪时，她的表情毫不羞怯。她从座位上站起，深情地望着窗外的江水。忽如裂帛一声，那曲调就是三江的调子，森林的调子，飞鸟和走兽的调子……她说唱时，那声音是流淌的江水，停下来便是生养族人的土地，禁不住让我想到金戈铁马，想到走兽和围猎，想到鲜美的鱼和荤香的肉，以及丰腴的女人，还有地域中寒冬里的飞雪与盛夏里的莲花。

次日早晨，明亮的阳光洒满江面，不时有渔船轰响着驶向一轮朝日，伊玛堪优美的吟唱又在耳边回响——

> 我们从遥远的地方走来
> 谁也不知道走了多远
> 走啊走，一直走到出海口
> 人们管他叫黑龙江
> 黑水黑土都在东方
> 我们对别人说呀
> 我们是赫哲族人
> 那意思就是生活在东方
> 一代一代的老人都对孩子们说
> 我们居住在日出的东方
> ……

马赛马拉纪事

飞离肯尼亚的一刻，便想把在马赛马拉的见闻记录下来，但未消的游兴却让我的思绪停留在见闻的表面，我担心会把它写成游记。游记本来就属于散文，但写游记似乎没有门槛，况且，马赛马拉步履悠然的象群、深沉高傲的狮子、身轻速疾的瞪羚、迟笨怪异的长颈鹿……早已被游记写得味同嚼蜡了。这样的游记一多，写散文的就会避之若浼。

虽心已沉静，却也难以改头换面，最终绕不出游以记之的套路。

大裂谷与河马

吉普车从内罗毕驶出，途经东非大裂谷，车停路边。

站在被称为"地球上最大的伤疤"的地方，从高处向下俯瞰，是广阔的凹陷地带，但根本目测不到它会有最深两千米、最宽达两百千米的气象。原以为叫作"谷"，大都隔绝了阳光，阴森黑暗。然而，这里却是太阳朗照，远处无际的葱绿。也许在它断裂的一刻，把注满于地球的所有能量，都注入给了自己，所以它显得生机勃勃，看不出有伤疤的意味。

这怎么能叫伤疤呢？如果这是伤疤，所有的河流便是流血的伤口，所有的湖海便是聚拢的血浆。说它是地球脸上最大的伤疤，这种来自于人体和动物体的比喻，未免有些恐怖。但凡伤疤处，将失去呼吸，失去柔韧和弹性，而这片土地却有着珠串似的湖泊、繁茂的森林和灌木丛，说明它始终散发着亘古不变的温度。确切地说，它应该是"见证"或是"装饰"。试想，在三千万年前的某个黎明或黄昏，那个声震寰宇的大地崩裂，一定会把石土掀翻到了九霄之上，在尘埃落定之后，似乎只有这道巨大的裂谷，可以见证光阴里曾经轰天裂地的一幕。如同一株沉香树，遭逢刀斧斫砍，在经年累月中渐渐结出奇异的香体。如果我用这个现象去比喻那道伤疤，伤痕便是地球上的最大的香体，而相当于地球周长六分之一长度的疤痕，也自然成为镶嵌在地球上无可比拟的最大的装饰物。

这斧劈刀削似的谷壁，也许在未来的某一天，会变成海或湖的堤坝。说来也巧，不久看到一份资料，大裂谷变成海洋，竟是科学家的预测。

从大裂谷到马赛马拉是一段红黄色的土路，车后扬起的飞尘，一直跟随到达马赛马拉公园的一角。看惯了有围墙的公园，并不觉得这里也叫公园。但那些数不清的动物就在里面，就在无边的草原和起伏的山峦之上。一种些许的悚然，倏地袭上心头。其实，担心没有必要，宾馆四周早有铁丝网拦护。只有猴子们无拘无束，在树上树下和院里院外追逐嬉戏。

宾馆是座二层楼，木质结构。推窗向外一望，窗下有一条河，又像是人工挖掘的沟渠，约有四五米宽，离窗只有三米多的距离。铁丝网沿河而设，直到把前面的一座不高的山围起来。据说，到了晚上，铁丝网要通上电，以防野兽入侵，但没有哪个野兽触电而死。那网并不细密，有的网格可以钻进一头牛。这不免还是让人有些忧虑。

正在凝神之际，耳边忽地传来一阵吼声，那声音似乎猪的叫声，只是比猪叫的声响要高出百倍。随之，河里泛动一波混浊的水纹，一张血盆般的大口还没合拢。我看清那是一只硕大的河马，再细看，有几只河马浸泡在水里。看来这里的河马很幸运。据说，尼罗河一带的河马曾经惨遭厄运，人们把对它的猎杀当成一种消遣的活动，加之它的牙齿价值不菲，一些内乱的国家，也曾大肆对它们进行猎杀。我知道河马不轻易伤人，所以对它并不恐惧。同行的朋友老周突然拽了我一下臂膀，他手指抖动着指向窗下，然后缩回身子取来照相机。那是一条鳄鱼的头。鳄鱼在水中的神态，安静得如雕塑一般。在一个视频里看到，河马与鳄鱼有时互有袭击，但在这里，人们无法将它们分开，只能任其自然了。

天一黑，白天的疲惫催来困意。喜欢摄影的老周早就躺在床上。大概是入睡不久，那吼声又一跃而起，开始是呼噜的一声，继而呼噜的声响时断时续，如打鼾人不规律的鼾声，又带有不安和躁动的情绪。听说，河马在夜里会从水里走出，到山林和草地上觅食。现在还没到夜深时，夜深了它们也许会起身离去。

外面没有一丝风声，死一般阒静，我像是被抛到另一个世界。

人往往是这样，在喧嚣之中渴盼得到一份清静，可一旦清静来临，耳鼓又因没了惯常的敲打而感到心里异样的空落。床上辗转了一阵子，还是走进了梦乡。我竟然梦见一只河马，河马的头和白日里的不同，仿佛一个铲车的模样。我眼睁睁地看它把头伸向木房子的底角，浑身憋足了气力，然后猛地把头扬起……我被惊醒的一刻，正有它的叫声传来。我顿时觉得浑身湿冷。

"喂！你听见没有？""听见什么？"老周很不耐烦。"河马！""唉呦！没听见，没听见！"他一个翻身，打起与河马的音质相同的鼾声。

河马怎么会把房子掀翻呢？这本来就不是个问题。它只是时隔几分钟或几十分钟，又叫一遍，好像不是一只在叫，是几只轮流着叫。如果是两只或两只以上的叫声叠加在一起，那声响便能将耳朵震出回音。

天亮了，河马却还泡在河里，它们依旧没离开那条河。晨光透过山林的缝隙洒在河面上，河马露出水面的脊背闪动着晶亮的光泽。这时，我才真正知道它们为什么叫河马。

我和老周很快起身，每人吃一盒方便面，便乘从内罗毕租用的那辆吉普车，去往公园深处。没有一条像样的路，车辙就是路，因为路不走人，只走车，也没有哪个人敢离开车在这里散步观光。凡是来此的车辆，车窗都有钢筋防护，这是进园必须遵守的规定。透过铁窗，视线看外面的动物不受影响。要不是看《动物世界》节目，我会以为这里该是森林密布之地，或者是森林与草原相连，其间有许多的河流。即使从电视里了解马赛马拉，但也没有想到，这里并没有太多的树木，有的大树都已枯朽，只剩下树干和残枝，横卧在草地上，展示着曾经的生命。草原也不像想象的平坦，四周是广大的山丘。10月的草色并不翠绿，说是干旱少雨的缘故。随处可见的是灰白的动物尸骨，但一时辨认不出属于哪种动物。这情形让我即刻想到厮杀与抗争，怒吼与哀号，那是何等的惨烈无情，何等的野性血腥，又是何等的令人慨叹呢！

临近一处水岸，真实的一幕就在眼前：三头狮子共吃一个庞然大物。一头在啃食颈部，一头在撕咬尾部，另一头则蹲伏在上，埋首饕餮。看出来了，正被吞噬的竟是一只河马。这种情形并不多见，因为河马同样具有杀伤力，所以，狮子单枪匹马咬死河马的事不易发生，无疑是两只或两只以上的狮子，密切协作获得的战果。秃鹫守望在枯树的枝头，尽管流着口水，但不得不怀有耐心，等待狮子们饱餐后离去。

眼前这血淋淋的事实，也许就是物竞天择的丛林法则吧。我不愿因此而联想到人类。关于人性与动物性的联想，该是多么可怕的东西！我始终固守一种善良，并习惯以悲悯的目光去看待一切，即便完全清楚贪婪和残忍，曾经或正在人类社会上演，也毫不犹豫地判定那是人性的反面，终究会被正义和善良所摧毁。我也一直在猜测，如果人性里只有仁爱慈悲，那时的世界会是怎样的世界呢？

又想起大裂谷，它以伤疤的形态留下来，命运却与地球相依在一起。但河马呢？它与河水相依，而河水却无法彻底保护它们的生命……

平庸的角马

在马赛马拉，看斑马、狮子和大象，看许多不曾见过的动物，都是很容易的事。即使不是迁徙季节，"原住民"也种类齐全。老周当然愿意用镜头摄录动物的整个世界，但我的兴趣更喜欢在表象上生发想象。

离黄昏还远，阳光刺破云层，照亮一处山坡，数不尽的角马散落在那里。如不时刻想到这是在非洲，是在马赛马拉国家公园，是各种野兽的天堂，那意识就会出现问题。远远看见角马群，我还是一时忘了身处何地，恍惚以为是在故乡的山下，看山上缓缓游动的牛群。我对这幻觉似的景象感到亲切，误以为那角马是牲畜的一类，于是，鬼使神差地对它们有了情感上的亲近。也许我心存奢望，想让故乡的牛马和这里的角马一样，密密匝匝地布满山坡和草地。

不知是什么叫声，把我跑远的思绪拉回到活生生的角马前。这时，我开始打量它们。相距还有三四十米，我用望远镜看它们，真切得能看到角马的眼毛。马面、牛头、羊须，前看如牛，后观似马，像是我熟悉的畜类拼凑出的家伙。我又找到了喜欢它们的理由。

老周的镜头对准它们之后，又对准侧面而来的大象小象。两头大象在先，三只小象随后，像是一个五口之家，在草丛中目空一切地行走。它们的前方就是角马群。很快，象群逼近了角马，而角马们迅速退缩，自觉地为象群让路。也许因为象和角马都有食草的偏爱，所以才相安无事。两者之间，角马则表现得很讲礼数，只是怯生生的样子，倒是让我觉得它们缺少个性，白长了硕大的身躯。细一想，又不能说它们缺少勇气。每次迁徙，它们明知要穿过狮子和猎豹频出地带，以及潜伏着残暴的鳄鱼的河流，时刻面临死亡的危险，但为了奔向长满鲜草的远方，却始终义无反顾、疾步前行。可见，角马还是最富冒险精神的群体，因之，不能不对它们生出一份敬意。

此时的角马们对身边的草场有几分不舍，因为它们还会在此找到鲜草、花蕾或树叶。它们的嗅觉极为灵敏，远方鲜草的气息一旦漂移过来，会马上把目光投向马拉河对岸，届时，它们将在马拉河上演惊心动魄的一幕。但角马们不会知道，对它们过河时的行动，几乎没人看出它们有什么勇敢的气概，反倒认为它们辱没了自身的形象。事实也如此，它们蜂拥下河，拼力挣扎，在陡坡处四蹄乱蹬，若有鳄鱼现身，大难临头，更是惊恐万状，乱作一团。总之，过河时的角马，像是丢了胆魄，表现得毫无纪律，更没了胸怀，每只角马都是自私鬼，争先保命，不顾同伴的死活，纯属杂乱无章的一群。

不用刻意去思索，角马式的人的面孔，就那么突然在脑海里闪现出来，禁不住让我在心里暗暗地骂上几句。

角马们的悲剧，我看不在悲剧本身，而是它们明知是悲剧，却不能痛定思痛，照样在每年的特定季节重复上演。它们的脑子像是从不储存记忆，更不存在思考。只要一只角马在上岸时跪倒，就会被后面的同伴踏在脚下，再有跪倒的依然如故。但是，它们把悲剧呈现给人类之后，却诞生了一个"角马定律"，使人通过这个悲剧，有了预防踩踏事件发生的方案。这算是角马对人类的贡献吧！

天空骤然变得昏暗，翻卷起几朵浓黑的云团。司机是从肯尼亚就一路随行的黑人朋友，他的汉语说得虽不流利，但我能听懂他的话，意思是不会有大雨来临，即便有也是很小的雨滴。角马像是预感到什么，显得有些慌张，从山坡上开始向山下移动，如一大片黑云滑落下来，随之荡起一阵沉闷的轰响。

我以为它们要启程迁徙，黑人司机说没到那个季节，但并没有说清它们要去往哪里。成千上万只角马朝着同一个方向奔跑，它们显然懂得团体的含义，并正为团体的完整性竭尽全力。前面的几只角马，边跑边回头，有的在将离群的分子往队伍里哄撵。后面同样有几只健壮的角马，向前驱赶掉队的伙伴。万没想到，它们的状态竟然与迁徙过河时的场景截然不同，紧张而有秩序，而且分工十分明确。也许是没到临危之际，不关乎生命的存亡，它们才会保持这样一种状态。我这么想，怕是没超出惯常的思维，或是带有某种认识的偏狭，甚至把生命与友爱对立起来。但细一思忖，它们的形态真是个团队，是个严于纪律而又彼此相爱的宏大集体。由此看来，在迁徙的河中，当它们的脚踩到同伴肉体的一刻，内心绝不会麻木不仁，而一定会有种疼痛，浑身也应该是颤抖的。于是，我又对它们过河时的行为有了另一种理解：后面的草地不再提供食物，水中的鳄鱼等待它们送来美味，陡坡险岸却阻碍了它们脚步，而它们又不具备飞跃的本领，这一切的一切，怎能让它们全然躲过厄运，平安抵达远方呢？既然如此，也就知道那被人拿来警示于人的现象，就不能不发生了。只是它们相依得过于紧密，如果学会保持彼此的距离，便不至于付出那样沉重的代价了。但它们只是角马。我忽然感到误解了它们，随即推翻了我对它们有失公允的评判。

在这动物的王国里，无论是相貌，还是能量，角马都属平庸之辈，平庸得看似只为食物和繁殖。但它们绝不动辄伤害无辜，所以，平庸中却不失可爱。

乌云飘散了，天没下雨。角马的队伍渐行渐远，在草原的尽头留下朦胧的影子，像是巨大的画纸上浸染的一滴墨痕。

误入马拉河

已经是第三天，马赛马拉的天空没有一丝云彩，接近正午的阳光，忽然有些耀眼。我期盼着下一场雨，下得大一些，长久一些，把整个草原彻底浇灌一遍，现出浓浓的绿茵。但这好像没有可能，干旱仍在继续。

好几辆汽车在草原上来回颠簸，没有阵风，尘埃卷起后久不散去。兼做导游的黑人司机没等我们提出要求，便加大油门，让车驶离那片尘埃，开到另一条辙痕清晰的小路，然后拐了一个U形，停在一处平坦的地方。他抬手向下方一指，说这就是马拉河。都知道，流经肯尼亚和坦桑尼亚的马拉河，是动物大迁徙的必经之路。这里危机四伏，死亡二字在此失去应有的重量，生命随时可成为激流里一朵消逝的浪花。几乎所有的游客都希望亲眼看到动物过河的场面，甚至要看到鳄鱼是怎样采用偷袭术，以锋利的牙齿把猎物置于死地的。而我天性胆小，在电视里看过之后，总觉得那场面过于悲壮，让心脏无法承受。

司机下车解手。老周随后跟下，镜头向马拉河扫去。当我走到岸边，看到是一条并不宽阔的河道，没有流水，只有水流冲刷过的凸凹的河底和两边犬牙状的河岸。在不远处倒是有几汪河水，正被几只河马享用着。两只羽毛白亮的大鸟落在河马的脊背上，不住地扇动着翅膀。

角马、斑马、羚羊、瞪羚、大象……结束了新一轮从塞伦盖蒂到马赛马拉三千公里的行程，一切凶险和灾难都已经嵌入马拉河底。眼前的马拉河，安谧极了，像是什么也没发生过，哪怕是雨水，也似乎未曾汇入河中。河马起身时搅动的水声，顺着河道传得很远，它们偶尔的嘶吼之后，上空便会旋荡一阵回响。此刻，马拉河的寂静却不能让我感到安宁，总觉得其中隐匿着不可示人的秘密。

想着想着，双腿便不由自主地择一处缓坡，从岸上走了下来。没有听到谁来提示，参观者在公园的任何地方都是不能下车的，所以也就出现了如此冒失的行动。河床上散落着大大小小的石头，闪动光亮的是几处不多的积水。就在收拢目光的瞬间，我发现了一具骸骨，看它的形貌应该属于角马或是斑马一类。接下来，心头有惊悚来袭，颅骨、肋骨、脊骨还有零碎的辨认不清的动物的骸骨，就那么展露在那里，像是以残缺的存在，向天控诉遭遇的那场暴行，表达着亡灵不可消逝的憎愤。

临近的一汪水里，正浮着几只鳄鱼的头。鳄鱼显得若无其事，面部冷峻，毫无表情。似乎间的一切作恶者都与鳄鱼相仿，在作恶之后尽力使自己镇静下来，甚至面对葬送于自己手中的生命，也会佯装满眼悲情，抑或流下泪水。

此时，鳄鱼的眼睛一眨不眨，想它在吞噬生命的瞬间，也许应了出自西方那句著名的谚语。但迁徙的动物们，即便看清那泪水分明是恶的伪态，却也因躲闪不及而命丧河中。那些曾经鲜活的生命，一定是经过百般的挣扎后，最终却不得不献出自己的肉体。不敢想象，当同伴向它们回望的一刻，它们彼此会是怎样的眼神？

我发现，眼前的白骨与鳄鱼正形成一种对比，一种善良与邪恶的对比。但兽性终究是兽性，无论这样的表达如何直抵人心，对那些草原与河里的霸主来说，却没有丝毫的警示效用，它们依然会对接下来那个季节和多日的盛宴充满期待。因此，一旦到了那个季节，河谷里依旧会响起同样的哀歌。

哀歌忽然把童心唤醒——它们没有那大的本事，为什么不记住血的教训，非要铤而走险，让自己的父辈、子女和亲眷，一次次在锋牙利爪前遭受劫难？它们本属动物的一类，可为什么那么凶狠无情，而又肆虐得无止无休？我生出这样的疑问时，马上又被自己指责为幼稚无知。

我当然知道这是法则，而法则不是情理，用情理的尺子去丈量法则，只能表达我肤浅的善意，却无法让我看到顺乎自然、适者生存的凄美与悲壮！

河谷里散发着刺鼻的气味，血腥、腐臭，与死亡缠裹在一起。

突然听到有人喊我的名字，并连喊"快点儿！快点儿！"我回过头去，看见老周站在黑人司机身边，用力向我招手。我以为岸上发生了什么，三步并作两步爬上岸来。老周脸色苍白，黑人司机咧着嘴，暴露着洁白的牙齿。没等问明原因，老周便把我推到车里，司机已在驾驶位置。

"太可怕了！司机说，河里有猎豹，吃人！吃人啊！"老周大口地喘着粗气。司机反复说着"对不起"，说自己忘记了河谷里的情况，并用手指不停敲打自己的额头。他还告诉我，猎豹的皮毛很像石头的颜色，如果猎豹伏在石头上，不易被人发现。听他支支吾吾的描述，虽感到有些后怕，但吃人伤人的事毕竟没有发生，也就很快淡忘了。

不是为自己开脱，生命中，因一时的无知和迷惘，或受到某种吸引和诱惑，使脚步迈入误区，怕是在所难免。但进入误区并非仅仅多走一段弯路，而是误区里往往潜伏一种杀机，稍有迟疑和不慎，杀机便会撕破面孔，致使人的精神或肉体陷于崩溃。面对于此，只有迷途知返的人，才能让曾经的误区为生命提供意义。

误入马拉河虽属特例，但它却成为我笼罩心头的阴影。在离开肯尼亚之后，我时常想起马拉河河谷里的场景，想起石头和猎豹，甚至还梦见几只猎豹，在石头上一跃而起，疯狂地向我扑来。对这个阴影的惧怕和追悔，也让我对后来可能出现的一切贸然的行动，都在事先习惯地生出警惕，或用目光审视，或用心思索一番。审视和思索的结果——风险，都隐藏在看似没有风险之中。其实，这算不上什么发现，但马拉河在心头的阴影终于消散了。

马 赛 村 庄

仿佛走进远古的荒原，嗅到一股尘世间不曾有的奇特的气息，令我惊诧地睁大眼睛，想把目光所及的一切收入眼底。

如一簇火焰在远处跳动，继而那火势开始蔓延，之后在原地凝定了。定睛一看，是几个披着红披风的男子，奔跑后静静站立在那里。我们走过去，他们也大步向我们迎来，每人手持一根木棍，没有任何的怯生。看来，他们对游人很感兴趣。黑人司机先走上前去，把我们的来意告诉给其中一位梳有多个小辫子的男子。"小辫子"该是中年人，说一口流利的英语。在教育资源匮乏的蛮荒之地，一个读不了多少书的马赛人竟然能有如此的会话能力，便让人对他怀有几分钦佩。他说，他的英语在学校里学到一些，后来经常与来自欧美的游客交流，很快有了长进，而且当导游已经有好几年了。马赛人有语言天赋，是我离开他时才知道的。

"小辫子"高兴地让我们跟他走。在一处树林的角落，遇见十多个光头女人，每人的耳朵上都有很大的洞，几乎只剩下线状的耳轮。我担心粗大的耳坠会把它撕断。有些民俗的沿袭，在外人眼里似乎不可思议，但对于本族人而言，却是在守护着一个引以为傲的密码。她们手捧着木雕的人头像或动物头像，还有的拿出马赛木棍和各种首饰，热情地向我们推销一番。她们很有礼貌，绝不对游客纠缠不休，如果不买她们的东西，一个手势就可以让她们安静下来。那些旅游纪念品，够不上精美，却也会吸一些游客的眼球。没有市场的喧闹，没有买卖间的讨价还价，似乎一切都随了心情。披红披风的男子，在一旁围观，但不替她们劝说游人。有的干脆跑到一边，与小孩子嬉闹在一起。"小辫子"说，那些女人分别属于那几个男人。我知道马赛人一夫多妻。老周为这些女人拍照，她们没有一丝羞涩，只是眼神和举手投足间还有淡淡的原始气息，纯朴得不会让人有半点儿怀疑。

她们目送我们去往一个村庄。

这也叫村庄吗？但它就是，是实实在在的村庄，它只属于马赛人。

村庄被铁丝网拦在公园外面，远看如荒漠上的一处废墟，孤独而苍老。我从来没有见过这样的村庄——干枯的树枝围起来，就是村庄的围墙，围墙里的面积有半个篮球场大。按照中国村庄的相貌来衡量，它勉强算是一个院落。院落当然有大门，但这个院落的门不是能关闭的木板，而是可随手挪动的一捆树枝。树枝摆放的形态，分割出马赛人的白天和黑夜。天黑了，树枝横在那个人与牛共同的出入口，人畜便都进入梦乡；树枝被挪到一边，那一定是晨光已经洒在村庄里的牛背上了。

从没有树枝遮挡的门进来，只见厚厚的牛粪均匀地铺满了整个空场，苍蝇到处飞舞。房子围建于空场一圈，低矮得不像房子，墙面是牛粪与泥土的混合物，墙体露出竖起的木棍，像是渔猎者在野外的临时避处。这场景让人想到风，如果有暴风袭来，房子一定会随风而逝。由此可见，马赛马拉是个让风乖顺的地方。至于村庄里到底居住多少人家，却不能以幢计数，一目了然。

对陌生和新奇的探访，最初往往心怀忐忑，但好奇心却有强大的牵引力。我想进到房子里看个究竟。当"小辫子"弯下身，钻进所谓的入户门时，我突然感到进退两难。退回去，是对马赛人热情的轻蔑，至少这表现很不礼貌。我几乎是半蹲着向前摸索，虽心里惧怕，但又不得不在"小辫子"身后亦步亦趋。犹如走进古老的洞穴，穿越一道光阴的长廊，无法想象那黑黝黝的深处，到底会藏着什么。房子里没有光亮，不过是几米远，却像跋涉一般。"小辫子"一定是看到了我的样子，却咯咯地笑起来。在一处微弱的火光前，他停下脚步，说这是他的家。没想到，他的家就在这里，并和这个村庄一样，都是他导游的去处。

"这是我的老婆！"待黑人司机把话翻译过来，我向左右打量，没有看到他的老婆在哪里。转过身去，火光处亮出洁白的牙齿，终于告诉我她是谁。除了火光和牙齿，似乎没有看见其他东西。

　　在触摸原始的刹那，我禁不住有些惶恐。"小辫子"兴致正浓，滔滔不绝地讲述他的家史和生活现状。凭借这个村庄和低矮的房子，他时常有接待任务，另外两个老婆卖旅游纪念品，一年里全家会有一笔不错的收入。他说，他的父亲和四个老婆都住在这个村庄。父亲与爷爷一样，都曾亲手杀死过一头狮子。早些年的马赛族男子，都以杀死一头狮子作为成人礼，如果在扑杀狮子时，那人被狮子吃掉，那就说明他不配成为马赛的男子汉。也许是有了某种基因遗传，作为林中之王的狮子，据说现在一见到马赛男子，也会表现出战战兢兢的样子。当下，成人礼的习俗开始改变，他们不再与狮子为仇，也不再以狩猎为生，放牧、种植玉米和旅游业，成了他们的收入来源。马赛人吃肉，主要吃牛肉，对保护类动物的肉一概不食，所以，始终与这里的动物保持着和善的关系，难怪马赛马拉会成为动物的乐园。"小辫子"家饲养了十几头牛，随时都有新鲜的生牛血喝。他们喝牛血的方法，是直接在牛身上划一个口子，然后用容器接下来，像喝饮料一样。

　　当我从房子走出来时，村庄里站着两个老年妇女，各自的怀里抱着一个幼儿，矮个子妇女手里还拎着一个小男孩。苍蝇落在脸上，老人和孩子们对此不做任何反应。"小辫子"说，这三个孩子都是他的子女，抱孩子的两个女人是他爸爸的老婆，他自己还有两个老婆，都在刚才卖东西的人群里。看来，马赛老人也富有亲情观念，与中国老人帮衬子女的做法如出一辙。

　　离开马赛村庄，草原上、大山里仍然可见同样的村庄。每个村庄里几乎都晾晒着马赛人洗过的衣裳，在阳光下展露着鲜艳的色彩。马赛人似乎正以古老的圣洁，与这片纯净的天地保持着恒久的默契。不时看到手持马赛棍的红衣男子，为着他们心里确定的某个方向，疾速地在草地上奔跑。

　　牛群游走在天际线上，变成了令人难以猜解的音符……

文学的积雪永不消融
——富士山随记

雨水时断时续，雾霭像是凝固着，以致遮掩了半个山体。偶尔有几团或几丝的轻烟，在雾锁云笼中游离出来，飘荡在山腰的远处。灰白相间的片片农舍，镶嵌在山脚下葱郁的田野和林木之中，朦胧里又显几分清透，如写意与工笔相兼的一幅绘画。

7月的富士山，就是这样。

赴日的本意里没有文学，只是一次好奇的观光。去过好多个国家，却没到过与中国文化关联得千丝万缕的东瀛近邦，免不了要心存遗憾。时常看到富士山的彩印照片，其中的构图只是盛开的樱花与富士山上的积雪，并没有夏日里富士山的容貌。这倒不是摄影人的疏忽，因为没有樱花和山巅积雪的映衬，富士山显然单调且孤寂，至少要有积雪，在阳光下闪动光芒，这样才不失一座圣山的神秘与庄严。

虽不是游览富士山的最佳季节，但一看到富士山，便又禁不住要寻找因它而生的文学，还有与文学相关的那些人和事……

"富士山与月见草最为相宜"

读作家的作品，才有对作家的关注。读过《人间失格》和《斜阳》，对太宰治并不陌生。完全可以推断，无论哪个国家的作家，无不把具有国家和民族象征的山河作为文学题材，而富士山在日本很早就高涨得视为神灵般信仰，太宰治自然是很喜欢的。但他当年在冬天只能眺望到山尖模糊的积雪，并写道："从东京的公寓窗口望去，富士山让人烦闷。"他显然有些无可奈何。不知道这座山最初与他结下的是何种情缘，望不到它真切的容颜，他的内心便感到惆怅甚至痛苦，身体也随之每况愈下。

有人记下他当时的年龄是二十九岁，距他离开人世还有整整十年。

富士山似乎藏着太宰治复杂的心绪。这其中的缘由并不是源于那座山，而是他的作品的遭遇。他的书没有令他满意的销量，这对于一个作家来说确是内心最痛苦的事情。"我终于找到了一个寂寞的排泄口，那就是创作。在这里有许多我的同类，大家都和我一样感到一种莫名的战栗。做一个作家吧，做一个作家吧。"《往事》里他对文学的誓言，使他无法面对这样的现实。当然，他的愤懑和抑郁不能不说是来自于他对芥川奖梦寐以求后的绝望。如果不是川端康成的反对，作品《逆行》也许会顺利荣获首届芥川奖，后来他也不会向川端康成双膝跪地哀求："请给我希望！""请快点！请快点！不要对我见死不救！"但川端康成并不理会，待到第三届芥川奖评选时，组委会有了新规定，太宰治的作品竟然连入围的可能都没有。他愤怒了，向苍天呐喊："大家是在欺负我吗？"

还是井伏鳟二了解他爱徒的心情，是年深秋，便向太宰治发出邀请。太宰治乘坐公共汽车抵达甲府市，然后翻过山梁，来到御坂山的山腰处。井伏鳟二邀他来的地方，是一座昭和九年建起的二层小楼，可品茶、可下榻，号称"天下茶屋"。这真是个奇妙的茶屋，透过茶屋的玻璃窗，可见富士山三分之一的容貌。也许就是这并不完整的景观，蕴藉着某种含蓄和沉静，进而以自然与内心的强烈的反差，向此时的太宰治吹拂一股清新的风。

　　我驱车到达"天下茶屋"时，雨还在下，茶屋的门上了锁。忽然生出对太宰治喝茶时的想象：他鼻梁高耸，神情忧郁，呷一口茶，左手托腮，长久凝望着窗外富士山的白云和绿林。他短暂的一生中到过的地方实在不多，除了他的出生地青森县北津轻和东京之外，只去过三岛、伊豆、甲府等五六个地方，连京都和大阪等关西一带也没有他的一丝足迹。没有迈出过日本国门的他，比起当下的村上春树游历中东和欧美诸国的经历，显然相形见绌。也许是他最初在茶屋闲坐的一刻，就已经感到那山是无比恬静而壮美，任何山都不可与之比拟。就这样，他在这里对富士山足足亲近了两个月。于是，内心便生出一种从未有过的快慰。

　　透过一扇窗，往里面望去，茶屋显得很是冷寂，像是久无人至的样子。但无论如何，太宰治的身影在这里并未完全消逝。他当然不会想到，在茶屋居住两个月后离开时，自己翻越御坂山的背影，却将他永远定格于这莽林碧水之间。

　　茶屋的二楼开设了太宰治文学纪念室，收藏了他的一些重要著作，从此，"天下茶屋"竟然成了一处名胜。这不必让中国人妒忌，从古代的屈原、陶渊明、李白、杜甫、苏东坡到现当代的鲁迅、郭沫若、茅盾……大凡中国文学名人，也都是要设馆纪念的。

太宰治文学纪念室的设立，和他到此的旅程纪念怕是没有关系。从空间上看，并非天遥地远的行走，看不到地理意义；从时间上说，两个月毕竟匆匆而过。但他从这里离开之后，经井伏鳟二介绍与石原美智子结婚，找到了他一生的最爱，并进入了文学创作的佳境，在第二年便写出《富岳百景》。在这部小说中，他十几次提到富士山，但没有对富士山的具体描写，而是通过一种对比，即静止的景物与复杂心情的反差，真实地向读者袒露胸襟。如果没有他在"天下茶屋"面对富士山的思考，也许不会有这部名著的诞生。所以，太宰治从"天下茶屋"的离去，便成了他生活和创作光鲜的拐点。正因为如此，一个小小的纪念室才常常被人提起。他的那些作品也许依然陈列在楼上，并正散着永恒不变的温度。

紧邻"天下茶屋"的，也是一座喝茶的木屋。两位白发老者，默默地相对而坐，没有交流，像是在听窗外的雨声，或是陷入一种沉思。当年，常有文人墨客到访茶屋，他们大都在时光里匆匆而过，没有留下令后人追怀的印记。待到太宰治出现后，文人们对这个茶屋的踏访开始变得分外恭谨。无法确认两位老者的身份，看他们的举止，也许是与文学或是文化结缘的人。

两位老者几乎同时起身，一起走到临窗位置，一人手指右前方，不停地说着什么。翻译告诉我，那是涉及太宰治和井伏鳟二的话题。尽管已经不是太宰治喝茶的茶屋，但品茗之余，还是让一些人想到离去七十年的无赖派大师，足见太宰治的文学影响之深。这话题及时得令人兴奋，并让我知晓了师徒间一段感人至深的情谊。

我撑起雨伞，顺着那人手指的方向走去。出茶屋几十米向左，是一条台阶似的山路。不知道有多少人，怀一颗虔敬之心，沿着这条小路去拜谒一块青灰色的石头。确切地说，这是一座纪念碑，立碑的发起人之一便是井伏鳟二。可想而知，这位后来被日本政府授予文化勋章的小说家，当时是怀着怎样惋惜的心情，为他的学生立下这块碑的。近于梯形的石碑，正对富士山南面，右上方不足四平方尺的凹面，刻写着太宰治的名言——"富士山与月见草最为相宜"。这一定是井伏鳟二为学生选中的最富纪念含义的文字。

出自《富岳百景》的这句话，并没有道尽其中的缘由，至于紧接着这句话的"可是，这庸碌的凡人，眼底只看得到樱花和雪山。要等到尝尽艰辛后，才懂得月见草的不俗"，也似乎是一种悬念，给人留下无尽的思索与联想。富士山与月见草，俨然高峻与渺小的对立，为什么会系于太宰治目光的两端，在圣山与草芥之间构架起超越空间和实体意义的相互映照？这让后人对此颇费脑筋。据说，《富岳百景》是在他与新婚妻子安置于甲府的新居里写成的，也正是他尝尽艰辛之后的收获，因而有人认为，月见草的安静、温柔，无疑是对他爱妻的喻义。而月见草在荒野里的孱弱与自由，在月光之下绽放、天亮之后凋谢的与众芳格格不入的性格，又似乎与太宰治自卑与自豪的矛盾心理，以及对荣誉的热烈追求与自尊心遭受严重戳伤的现实境况相一致。

月见草又像是太宰治表情复杂的面孔，"一方面有带着自身经历主人公的挣扎，另一方面是坦然描述着的血的事实"，而内心的颓废叛逆和再生精神，却又生发了他对至善至美的渴求。所以，富士山也许就是他以无赖派颓废的方式直面人类，通过毁灭自己抵抗社会，以实现自我价值的理想象征。实际上，没有谁能对其中的寓意说得一清二楚，这恰恰表现出太宰治文学的独特魅力。

雨忽然下得有些急骤。我还是想看清刻上去的文字，用手不停地擦拭碑上的雨水，但雨水不停地在碑身流淌，使文字变得模糊不清。这像是有一种天机，藏匿起富士山与月见草的关系。这样也好，可以任我对它胡思乱想，或是欠缺与完美、瞬间与永恒，或是卑微与伟大、背弃与信仰，或是灵魂、精神、思想、物质……

御坂山上看不到月见草，距"天下茶屋"不远的河口湖该是太宰治来过的地方，月见草也许生长在那里。我从未对这种草怀有兴趣，觉得它不过就是一种草，也许它曾出现在我的眼前，却也对它不屑一顾。但此时，它的存在似乎真的与富士山既遥相应和，又为唇齿之邦，于是，忽然觉得，它是多么珍贵无比啊！

河口湖的湖面辽阔，湖畔草木葳蕤，红的白的紫的各种色彩的花嵌入其中，为这片静谧的湖水装点出浓郁的诗意，但沿着湖畔细细地寻找，却也看不到月见草的一丝踪影。

回首雨后的御坂山，云蒸雾绕之下，一道彩虹横空而起，而彩虹的一端，似乎就在"天下茶屋"坐落的地方。

山中湖畔的纪念

三岛由纪夫文学馆建在这里，是令人意想不到的。东京是他的出生地，对他的纪念场址应该也在东京才是，至少是在他长期生活过的地方。但是没有，而是在与他的故土毫不相干的富士山脚下的山中湖畔。

山中湖为富士五湖之一，坐落在山梨县富山市境内，与河口湖、西湖、本栖湖、精进湖一样，都是富士山喷发后送给人们的礼物。这确是一座美丽的湖。每年的3到4月，尽管春寒料峭，天鹅却已飞来这里产卵生子了。天鹅在日本被称为白鸟，山中湖因之叫"白鸟之湖"。日本人把山中湖畔的一处山林赠予了文学，以收集、保存和整理三岛由纪夫的文学资料，并给这里起了一个很好听的名字——文学森林公园。这与三岛由纪夫人生的第一部作品《百花怒放的森林》不无关系。但更确切的原因，还是人们出于他对这方山水的爱恋。

三岛由纪夫对富士山始终是爱恋不舍的。在他的作品里，经常把富士山作为人物活动的背景。"富士山虽然冷静刻板，却以其标准的雪白和寒冷包容着所有的幻想。在寒冷的尽头将会晕眩，如同在理智的尽头将会晕眩一样。富士山的形态是端庄的，可又像暧昧的情感那样，是一个不可思议的极限，也是不可思议的境界。""已拂去了曙色的富士山，以其三分之二被雪覆盖的敏锐的美，穿透了蓝天。这景色清晰得不能再清晰了。微妙起伏的皑皑白雪充满张力，使人联想没有一点脂肪的细腻匀称的肌肉。"他这样描写冬天的富士山，而"已是夏季的富士山，它将雪的衣襟高高地卷起，沐浴着朝阳的土色，像被雨打湿的砖瓦一样红得耀眼。"我在读完《丰饶之海》中的《晓寺》之后，统计出有六十二处出现了"富士山"。可见富士山已耸立在三岛由纪夫的心里，并强烈地支配着他的创作情感。他对山中湖并不陌生，他当年参加的陆上自卫队的驻地，离山中湖只有几公里。在一次活动中，他饱览了这里的湖光山色，对北麓公园和富士吉田等地也很熟悉，甚至知道浅间神社供奉的女神叫作"木花开耶公主"。

毫无疑问，三岛由纪夫文学馆的馆址，以及馆址周边一带的环境，一定是他生前喜欢的地方。借助翻译，从馆里一位工作人员的口中证实了这一点。

　　如一座小小的岛屿，三岛由纪夫文学馆沉寂在静静的林海里，一条窄窄的赭石色小路，从林间逶迤通至它的门前。按照日文对原馆名的解释，该馆是一个"像装入口袋里一样隐藏着的极小的文学馆"。的确，这个馆仅是一座普通的二层小楼，看上去没有任何的外观气象。馆内呈正方形，陈列面积有二百多平方米。三岛由纪夫的一生，就在这个狭小的空间里，由他生命的起点渐渐走到他向自己举刀剖腹的终点。他的文学创作，被年代和时间的图表割分成一个个清晰的足迹。看他的儿时，我以为他如果不钟情于文学而专攻绘画，他也许会成为一名非常出色的画家。简介后展厅的始端，便是他画的一幅幅图画。乍看上去，他幼时的画，和其他孩子的画没有多大区别，都有花草、小鸟和蜻蜓，有房子、月亮和太阳，但他在一张纸上，画出海里各种的鱼和蟹子，以及牛羊猫狗等多种动物，看上去极为有趣，已非那些幼儿所能。他的画充满的儿童的想象，天真而又显得有了某种气象。飞机、轮船和汽车组合在一起，构成一幅稚嫩而丰富的立体交通图。落款为平冈公威的几幅画，是他上小学一年级的画作，似乎更注重色彩的表现，一束花插在花瓶里，花瓶和花的色彩多样，呈现出鲜明的对比性。松竹梅图像普世的绘画对象，中国无数画家把松竹梅作为绘画题材，日本同样对此钟爱，而三岛由纪夫自幼便开始习画这类的作品。他画松竹梅图，完全用的是素墨，构图也很有成人画的意味。然而，尽管有如此的绘画天赋，三岛由纪夫最终还是当了作家。

在展厅中徘徊，对展柜里的一切逐一俯视，很难把三岛由纪夫清丽如水的文字和他的道德与人格缺陷联系在一起。他的每一部被死亡之水浸泡过的作品，都会让人看出美丽后面的阴郁和恐惧的意象，所以，对他的作品的评价历来是毁誉参半。其实，三岛由纪夫早就对自己的精神和灵魂有过相似于后来人对他的解析。在《假面自白》中描述主人公"我"的成长经历时说"我的意识，只不过是错乱的工具"，并引用茨威格的定义——"所谓恶魔性的东西，都是天生在所有人的内部，走向自己的外部，驱使人超越自己，走向无限境界的不安的东西"，可见他对自己的内心世界暴露得毫不掩饰，当"我惊奇地转过身来，朝向园子"的瞬间，"我心中仿佛有某种东西被残酷的力量撕开了两半，就像雷电把树劈成两半一样。我听见我迄今充满精魂积累起来的建筑物凄惨地崩溃的声音。我仿佛看到我的存在被某种可怕的'不存在'所取代的一刹那。我闭上眼睛，瞬时紧缠在冻僵了似的观念上"，这便是三岛由纪夫对本人心灵的直面告白。

但作为远道而来的参观者，在此无法探究三岛由纪夫文士与武士的双重的精神构造，以及他心灵晦暗和扭曲的成因，况且这种研究更多地属于文艺评论家们。我的目光久久地停留在一块展板上，那是作品与实地相连的清晰的提示，是他的文学取之于生活的实录。似乎没有哪个作家情愿放弃双脚踏过的土地，而去在虚无之处寻找创作的源泉。在三岛由纪夫几乎每一部作品中，都能找到与作品中描述的景物相对应的城市、乡村、山川、寺庙甚至完全真实的具象。他之所以把青春、生命、美学和死亡熔为一炉，使他的作品散发出奇异的诱人气息，除了爱与恨、美与丑、追求与破灭、生机与腐朽之类的矛盾对抗演绎效果之外，还是他的创作在生活的真实与文学的真实上实现了高度契合。这倒不是三岛由纪夫的独有之处，众多作家都在寻求作品源于和高于生活的一致性，但属于三岛由纪夫的文学，仿佛是把他熟悉的地方刚刚发生的故事，完好无损地呈现给读者，让人感觉那作品中的人和事具有真实不虚的生动。展柜里陈列着《丰饶之海》第二卷《奔马》创作前的一张草图，标注了主人公饭沼勋密谋袭击变电站、刺杀商界要员，以及逃往海边、切腹自杀等一系列活动所涉及的所有地点，画得如地图般真切详细。可见，三岛由纪夫的文学创作，饱蘸了他的才学和心血。

也许不会有多少人对三岛由纪夫书架上的书做一番详尽地搜索。据说，书架是按着他书斋的原样摆设的，一排大书架的里端，横一个小书架，架上的书摆得满满的。正对大书架的是一张铁制的办公桌和一把圈形木椅。我在扫视中突然发现，在大书架的里端，李白、杜甫、李贺的诗集挨在一起，另有《陶渊明》《文心雕龙》列在下面的格子里。不知道他对中国古典文学有多少了解，但中国传统文化对他的深刻影响则是不争的事实。《丰饶之海》第二卷《奔马》中，在描述明治维新的遗风时，写到一块石刻的碑文，说碑文是"由著名的中国工匠镌刻而成"。《晓寺》里多次谈及中国，谈及"中国的儒教和道教的关系"，殿下参拜时，"殿内响起了中国胡琴的演奏声"，描写寺院中的《罗摩衍那》壁画，是"以中国的山水画和早期威尼斯的阴郁画风为背景"，"塔上到处镶嵌着花花绿绿的中国瓷盘"，还有"金色和朱红搭配的中国式的椅子""中国刺绣的手帕"。在《五人五衰》中，说本多的"脑海立即栩栩如生浮现出过去在京都北野神社参观过的国宝北野天神画卷中的五衰图",在其中,"可以窥见中国式华美殿堂台基的院落",以至说到"中国风味的荞麦面条"。我想,中国古典诗文的文学高度,三岛由纪夫一定会看得非常清楚。

在展厅里遇见一位女青年,她的长发压在双肩包下,眼睛凝视着三岛由纪夫最后的照片,双手抱在胸前,眼里像是有泪水溢出。她也许是在为一个文学巨匠之死感到惋惜,或是因他的哪部作品而触碰了情感的痛处。

回首三岛由纪夫文学馆,在阳光和树木的投影下显得明暗相间。

从"歌枕"到亲近的礼赞

本的文人为富士山所倾倒,并用文字为这座圣山的风采留下了富有美学意义的纪念。

富士山被烟雾笼罩,导游明确告诉我,这个季节,山顶上是没有积雪的。即便这样,我的眼里还是离不开那个影像——覆满积雪的山巅,在阳光下泛着银光,透明的天蓝色便是画面的景深。

车窗外,却是一片迷蒙,偶有雨滴敲打一阵风挡玻璃。

过三岛市,沿着狩野川向正南行一段路程,便到了修善寺。净莲瀑布紧邻它的下方。此时,夕阳刚从初歇的雨中露出脸来,天城山的山峦被染成淡淡的橘黄色。在川端康成的笔下,"我"和伊豆的舞女及那几个流浪艺人初次相遇,就是在去往修善寺的路上。他们在此穿过天城山隧道,再过河津七泷,最后到达汤野。我知道,我的这段行程与富士山没有联系。但在净莲瀑布的上方,看看伊豆舞女的塑像，也算是对作家的拜谒了。

　　这里与富士山的直线距离约九十公里，他们当然不会真切看到富士山，所以，川端康成在《伊豆的舞女》中，并没有提及富士山。但它一定是他的所爱之处。没有读过《富士山的初雪》，仅从小说的题目上不难看出富士山在川端康成心中的位置。我想，在他的作品中，富士山自然会出现，并与小说里的某个人物联系在一起。

　　日本早有学者专门研究富士山对本国历史、文化和国民心性的影响。就文学而言，富士山在遥远的年代便已成为被歌咏的神山。日本现存最早的和歌总集《万叶集》，收录了众多诗人和歌者歌咏富士山的作品。"泛舟田子浦，富士入眼帘。高处一片白，飞雪飘山巅。"这是万叶时期诗人山部赤人一首著名的和歌。他在另一首长歌中写道："天地初分时，富士高耸入云端，高贵且庄严。晴空万里抬望眼，骏河富士山，太阳因你藏身姿，月光不再露天边。白云把脚驻，时时雪飞散。富士山峰高，千秋万代口相传。"这首长歌和上面的短歌，深情赞美了富士山的高耸和山上的积雪，让读者看到，自从天地分开的时候，富士山就是那样的崇高和庄严，而又不分时节地下着雪，并听到了让世人把这座山传说出去的呼唤。奈良时期的歌者高桥连虫麻吕，在写富士山的长歌和短歌时，同样离不开雪。"人渡富士川，冰雪融化水潺潺""富士山巅雪重重，六月望日即消融"，展露出一座冰消雪融的富士山的姿容，读着读着，禁不住有一种莫名的迷幻——不知是喷发的烈焰融化了飞雪，还是飞雪扑灭了烈焰？

　　对富士山的登拜及在此的讲经会，使富士山从一处自然景观，一跃成为日本人心理和情感的寄托,进而在文学里变成了表达情感的"歌枕"。我对"歌枕"一词很是陌生,翻看有关日本的文学研究资料,才知道是一些地名被和歌注入了特定的情感背景,这些变得约定俗成而又众人皆知的地名,便被称为"歌枕"。诸多对富士山的吟咏之作,这一"歌枕"成了唯一的共通。那个时候,富士山被广为人知的是一座火山,不止一次喷发过火焰的火山,但由于交通的原因,人们亲睹它的真容并不容易,所以只能凭借这一"歌枕"的载体,去憧憬它的神圣和壮美。

也许是富士山的雪象征着纯粹与圣洁,那些如雪纷飞的诗文里,雪便是不可或缺的赞美元素,而其中雪的形态,似乎是纪念与歌咏的一个坐标,那么鲜明、突显,以至于在历代诗人、作家关于富士山的作品中无处不在。

没有做过考证,攀登富士山在9世纪渐渐流行之后,当时的文官、著名诗人都良香撰写的《富士山记》,也许是最早详细记述富士山景象的作品。"富士山是骏河国的一座山,高高的山峰直入云霄。它也是神仙巡游的神山,两位身着白衣的美女在这座仙山上翩跹起舞。即使到了夏天,山顶上的积雪也不会消融,半山腰以上的部分一片雪白。"这段文字不仅对山的形态、传说做了形象描述,而且写出了白雪覆盖的确切位置。

对富士山最痴情的女子,应该是平安时代的贵族女子菅原孝标女。因父亲的任职地在东海道的上总国,她在那里每天都要眺望富士山,在她的眼里,真实的富士山远比通过"歌枕"叙述的形象更威严、更优美、更令人震撼,已经具有一种仙人的浪漫色彩。所以,在她写的日记文学作品《更级日记》里,才有了这样的抒写："富士山在此国。从我生之国（上总）方向看，可见其西坡。此山形状乃世上罕见之形状。形状相异之山，犹如涂有青蓝，积雪堆积，常年不融，看去如同艳妆上披着白色衣服一般……"后人评价说，"艳妆"与"白衣"，写出了富士山的贵族气象和她当时的感动。

其实，没人能说清楚，富士山究竟是一座什么样的山，又蕴积了人们多少复杂的情感，正如夏目漱石在《三四郎》中所说的那样："如果翻译富士山的话，大家都会用表示人格的词语，如崇高、伟大、雄壮等，而对不能翻译成人格性词语的东西，大自然一点儿也不会给予它人格上的感化。"

而我眼前的富士山，始终披着半身雪装。

面对燃烧的灵魂

当蜿蜒于森林与沼泽的密西西比河流经汉尼拔镇，它奔跑的脚步舒缓得近乎停歇下来。河水刚刚脱身于上游的苍茫和幽暗，覆满了春日正午的光线，变得明亮而宽阔。那艘保罗·琼斯号汽轮和宾夕法尼亚号快艇，早已消逝在19世纪的风雨之中，而装点肃穆的马克·吐温号游轮，惯常用长短不一的汽笛声，在它们曾经行驶过的这段河道上，为矗立在河畔赏河公园里的一尊青铜塑像，送上所有乘船人的景仰与思慕。

马克·吐温当然不会想到，在这条河上领航后饱受困苦的浸淫最终成为美国"黑色幽默"的引领者，而1839年的汉尼拔人目睹跟在来自佛罗里达贫穷律师身后的四岁孩童，同样不会意识到这个岑寂的河畔小村会因为有了他的到来，使此后十三个春秋的生活显得溢彩流光，以致每年有近三十万国内外游客和文学朝圣者纷至沓来。

他的目光里找寻

从马克·吐温生平展馆出来，向南通过二十几米铺满树荫的甬路，便可推开一个小小的后门，由纪念品商店向左拐入马克·吐温的故居。此时，一道时光之桥倏然间从历史的深处铺架至眼前，马克·吐温近在咫尺。无法辨认房间里陈设的物品是否他的遗物，木椅、书桌、衣挂、餐柜……还有沉默的钢琴和斑驳的墙壁上停摆的老挂钟，它们究竟嵌入了多少岁月的纹理并不重要。因为它们已经有了属于马克·吐温的气息与温度，并且时刻在为它们的主人做出某个细节的诠释。厚厚的玻璃几乎封护了每个房间里的所有物品，仿佛阻隔了一个世纪的光阴。

我的目光按照虔心的旨意穿过一个个透明的屏障，悄然无声地轻抚了这里的一切，然后在走廊里透进几缕阳光的窗前静神敛息。此时，一种声音——从一则看不见的笔记中轻轻发出的声音，动情得颤抖而又清晰："最终，汉尼拔所有的事情都发生了变化。但是，当我到达第三和第四条街时，顷刻间潸然泪下，因为我能认出这里的泥土，至少它还是跟原来一样——是过去的一样的泥土。"如今的每一个造访者当然不会就这方土地的今昔做出面貌上的差异性描述，但有一点会轻而易举地做出准确判断：之所以"是过去的一样的泥土"，一定是马克·吐温儿时的记忆之舟始终在这里停泊。他俯身于脚下的泥土，不住流淌的泪水，绝不仅是感恩于这方土地的自然属性对他自身骨肉的滋养，而是源于浓缩在这里的人间百态和冷暖饥寒，为他的心灵打开了一扇幽默与揶揄之窗，并为此后的文学创作铺就了一段金光四射的起始之路。

然而，令人费解的是故居中塑像的重复。几乎每一个房间都有马克·吐温的塑像，虽然站与坐的姿态迥异，但塑像捕捉的年龄和面部神情是那样相似。嘴唇上方密密的髭须漫过了嘴角，与直挺挺的鼻子交汇在一起，形成一个倒置的中国古代兵器的样式。每个塑像的表情一样严肃而沉重，紧锁的眉峰似乎告诉人们，还有满腹的故事和怨怨石头般积压在心头。也许是与之有关的缘由，给他的心脏带来了过重的负荷，使这颗巨星陨落在康涅狄格州的雷定。再看他的眼睛，没有透出一丝的幽默。其实时至今日，众多的美国人仍然把马克·吐温看作一个幽默家而不是讽刺家。既然如此，可以想象为他定格在世人面前的嘴角或是髭须，至少有一端要微微翘起，即使不需要这样表现他的诙谐，起码在形体与容貌上也要攫取个性，以展现他的与众不同。但是雕塑师所想的问题并没有停留在一个直白的具象上。马克·吐温终究是19世纪后期美国批判现实主义文学的代表，他"在幽默中又含着哀怨，含着讽刺，则是不甘于这样的生活的缘故"。这种不甘应当包括印刷所学徒、报童、排字工人、水手、淘金工人甚至记者的所有生涯，当然也不甘于他所处的社会的邪恶与黑暗。所以塑像上那双眼睛不仅要放射出光芒，而且要让这样的光芒显现穿透风雨、直抵人性的深邃与犀利。如果这样去揣测雕塑师的创意则无可挑剔和质疑。至于塑像的数量，包括在其后面都有的马克·吐温笔下的寥寥数语，为人生的真谛和人性的特质亮起火把，显然是为了陈列效果的浓重做出的渲染。

　　在马克·吐温故居里驻足，忽然萌生一种冲动，竟然要借助他的一双眼睛，从遥远的时空里搜寻让他迸溅创作灵感的地方。但只有马克·吐温自己知道，被他视为天堂的伯父约翰·阿夸尔斯的农庄给他带来了什么。他一直记得，"黎明时分庄严而肃穆的色彩与神秘的气氛笼罩着树林"，"树林深处早起的啄木鸟勤奋地啄着树木，野鸡也低沉地叫起来，受到惊吓的野物霎时消失得无影无踪"。尽管他已经有了九次掉入水中又被救起的经历，但他还是要和伙伴们避开大人们的视线跑到池塘里游泳。也许是他常常望见被果园高高的围篱分割开来的那些黑人奴隶，愿意和他们打交道并结下友谊，才深深地喜欢上了他们的种族精神。但当他听到纺车的纺轮上下翻飞时的声音，却像是黑奴们发出的呜咽，在他的心中吹奏起世界上最忧伤的曲子。很难想象，在农庄冬日的黄昏里，他是怎么拿出冻苹果、苹果酒、胡桃，诱使大人们讲出那些令人入迷的古老的故事。这些人中的黑奴丹尼尔后来竟成了他作品里的"吉姆"，有时就是丹尼尔。长盛不衰的《汤姆·索亚历险记》和《哈克贝利·费恩历险记》，无论其人物置身的背景是怎样被移植到了阿肯色州，作品的内容都艺术地再现了马克·吐温在汉尼拔和他叔父的农庄里的生活经历。

　　密西西比河的上空悠然飘着几朵白云，一会儿又被风吹向对岸森林的尽头。转过身来再看马克·吐温的目光，已经漫过了我绞尽脑汁的想象，正在更深更远处凝望，让人更加感到不可企及。看来那些只有在《马克·吐温自传》中能找寻到的细枝末节，绝不至于让他的灵感之火熊熊不息。马克·吐温始终坚信：一个人的生活经历就是一本书，从来没有无聊的人生。只是他的经历非凡得让人惊叹不已，喜剧、悲剧交替上演，似乎世界上所有意想不到的事情都要等他看到才会发生，而且又是发生在童年时本就好奇的眼里。游民被烧死在村子的牢房里；黑奴被人用铁渣饼活活打死；老人中弹倒在正午的大街上；十几个男女黑人被铁链拴在一起，在水泥地上躺成一堆，等着运到奴隶市场；可怜的寡妇面对黑夜里偷袭的恶人举枪射出一道火光，那个人的胸膛已经满是窟窿，甚至寡妇事先发出警告的呼喊，等等，诸多悲剧的场景，都因为他的亲眼所见亲耳所闻而使他的心情无比沉痛，以至于每一个夜晚都充满了死亡的阴影，同时成了他记忆宝库中的一大笔财富。如果不是尘封百年的马克·吐温晚年自述得以披露，怕是不会有人知道岁月在他心上刻下的一道道伤痕。毫无疑问，马克·吐温正是从目睹的那些接连上演的悲剧中，真切地看到了人性的贪婪与丑恶，待到后来成为一名"仗义执剑的勇猛骑士"，当年的惶悚一定变成了蓄满双眼的怒火，而握紧的笔每一次向纸的触及都会荡起愤世嫉俗的强音。

谁也不会忘记马克·吐温的幽默。在他生前享有幽默作家盛名的漫长而曲折的四十年间，与他同行的美国著名幽默作家有七八十位之多，但他们成名发迹之后很快就淡出了文坛和公众视线，而马克·吐温始终以"幽默绝不可以教训人者自居，以布道者自居，可是如果它要永远流传下去，必须两者兼而有之"的清醒，成为幽默的一棵常青树。从《吉姆·沃尔夫和猫》之后几乎所有作品里的语言，总是一如既往地带着幽默与讥诮的声音，让人笑得捧腹之后又不知不觉陷入思索的深池。但他的幽默现身之前，始终在他一贯古怪而严苛的身后藏匿着，很难被人马上察觉。当年的骨相师在马克·吐温的头部丝毫没有看出象征幽默感的骨形，竟然断言他没有一点儿幽默感。众多的手相师包括纽约最有名的手相术高手，也纷纷重蹈覆辙，毫无悬念地否定了他具有幽默的性格。难怪在他的塑像上依然找不到幽默的影子。眼前的马克·吐温只能以凝固无语的方式，带给人们无尽的追怀与遐想。

但是，马克·吐温的眼睛已经由一种雕塑的形态，俨然成为他明亮的灵魂之窗。

当真实的生活走进文学

在1982年4月24日的密西西比河畔，一位八十三岁的老人凝望着静流的河水，然后缓慢地向前挪动身体，忽然单膝跪在一丛稀疏的青草上，将一只手颤抖着伸进河水里，泪水顿时顺着他苍老的脸颊流淌下来。他就是被誉为"南美洲的卡夫卡"的阿根廷作家博尔赫斯。马克·吐温博物馆的馆长Henry.Sweets先生讲述这一幕时依然为之动容。他说博尔赫斯来到汉尼拔的第一个愿望，就是触摸密西西比河水。

这条在北美大陆上流经十个州，长达六千多公里的第一长河，滋润着美国大陆百分之四十一的国土。古老的航道上一如往昔有大小的船只相向驶过，偶尔的汽笛声浑厚而悠长，像是对逝去岁月深沉的呼唤，禁不住勾起人们对老人河遥远的想象与追忆。奔流的河水并没有将岁月的悲欢带进大西洋，船上和两岸留下的故事却化作一条流淌不竭的文学之河。马克·吐温和远在他身后的福克纳多数作品的背景，都是他们故乡的密西西比河流域。但是，马克·吐温没有像福克纳那样，在密西西比河畔虚构出约克纳帕塔法之类的地理，他也许以为密西西比河连同它的一切永远真实不虚，而且始终为他的文学承载起创作之舟。看来博尔赫斯流淌的泪水，无疑是对马克·吐温灵魂的祭拜和灵感的触摸。

马克·吐温和他的不朽之作被仰望，使他的生活以真实的身姿走进了文学。他说《哈克贝利·费恩历险记》中的哈克贝利及他的醉汉父亲，都是按照生活的原型进行的"丝毫不差"的描绘。要不是马克·吐温自己坦露，谁也不会想到《汤姆·索亚历险记》中的汤姆·索亚，更多地反映了马克·吐温的童年生活，其作品中的原型还包括他的母亲、弟弟，甚至家中的猫。给那只叫彼得的猫吃止痛片，就是他自己导演过的一出恶作剧。《镀金时代》中具有夸张性的人物塞勒斯上校的表现就是他的亲眼所见，其创作的原型则是他的叔叔詹姆斯·兰普顿，每一个细节也都是忠实的再现。

　　这样的场景让人即刻想到汤姆·索亚。一道长五米高不足两米的围栏，与比它低矮的一段围栏连在一起，从马克·吐温故居的墙角延伸至东侧的拱形门。围栏是用一条条竖起的木板制作的，涂满了白色的灰浆，下面摆放着一只装有长木柄刷子的小小木桶。尽管《汤姆·索亚历险记》中所描述的栅栏的规模远比此大得多，具体位置也很难考究，但只是眼前的一个象征物却使作品中的人物再现出来。似乎汤姆带着从他的伙伴手里巧取的一笔"财富"，从围栏前刚刚离去，并正在遭受波莉姨妈无可奈何的数落。站在汤姆离开的位置，时光仿佛是永远不会流动的固体而又不可触摸，汤姆，确切地说是马克·吐温自己和身边人的身影连同他们的声音，还是如他记忆中那般鲜活和清晰，以致偶尔看到一个奔跑的孩童，也会觉得那就是顽皮可爱的汤姆或哈克贝利。

　　许多文学爱好者来到汉尼拔，希望探寻是什么赋予马克·吐温创作的灵感？"自己用心灵摄下了千千万万张视像，只有早年那张最清晰、轮廓最分明的留了下来。"马克·吐温所指的最清晰的视像，应该是在汉尼拔的生活和那一时期所熟悉的人和事物。这给他尘垢未染的心灵持久的潜润和强烈的触碰与刺痛，而两部历险记的内容正是摄取了作家童年深深的印记。在此，弗洛伊德的话又一次得到观照：无论童年记忆在当时便很重要，还是后来受事件的影响才变得重要，留在记忆中的童年生活都是最有意义的因素。在马克·吐温的笔下，将早年的视像再现成读者身边的故事，并使那些故事始终跟随着岁月的脚步，给人以不变的温暖陪伴，无疑是深蕴于生活和生命中的本真的力量。

每个作家都懂得，文学的真实绝不等同于原本生活的真实。但对马克·吐温个人经历和作品加以比较，发现两者之间似乎只是一种视觉的差异。作为生活的观察家，让朴实无华的人生经历走进文学，犹如把富有生命的种子播撒进温润的土地，而他的作品又像是籽粒饱满的果实，给了生活以忠诚的回报。当他用独特的语言真实地叙述生活，使读者在品味个中滋味时常常觉得，那就是自己的所作所为或所见所闻，生活便因此而永驻并充满了无穷的回味。在与汉尼拔人的交谈中，有人会把历险记中的人物与童年的马克·吐温混淆起来，一会儿介绍的是汤姆，忽而又转为马克·吐温，就连作品中汤姆的恋人贝琪·撒切尔的住所，也会说成是马克·吐温初恋女友住过的地方。

在马克·吐温故居附近一座不高的山腰上，一尊塑像常常引来孩子们好奇的目光。塑像是两个并肩行走的少年，左侧的男孩看着就要离家远去的伙伴，流露出不舍的神情。初升的太阳为他们披上了淡淡的霞光，仿佛他们刚刚晨起后正走在即将分手的路口。正在踟蹰之际，见有一男一女向自己走近，便凑过去主动搭讪。他们是当地晨练的夫妻，男人像是看出陌生人对这尊塑像的兴趣，一边手指塑像一边急忙解释说："哦，左侧的是哈克贝利，右侧的是汤姆。"然后又提高了声调："汤姆—马克·吐温！"

也许是在文学大师的故土上生活的缘故，他们眼里的马克·吐温已经和他作品中的人物与事件重合到了一起，并且和他们的日常生活相映成趣。这险些模糊了生活与艺术的边界。不过仔细一想，生动丰富的现实生活经过文学细雨的润泽，变得既朦朦胧胧而又活脱可见，不仅显示出文学的深刻力量，而且蕴含着艺术与生活的紧密关系，恰恰说明真实的生活为文学的真实提供了强烈的感染与震撼。汉尼拔人更清楚，马克·吐温描写童年生活涉及的场景，诸如故居、街道、河流、森林、洞穴和船只，都可以在这里找到实物实景。任何一位造访者，都可以对照马克·吐温对童年生活的描写，感受到这些场景给他的笔端带来怎样畅快的墨痕。

距离汉尼拔两英里的洞穴位于密西西比河畔，马克·吐温和他的伙伴们多次来到洞中玩耍，并在他的作品中成为孩子的乐园和探险之地。走进洞穴看其形貌，和马克·吐温作品中的描述毫无二致——"每隔几步就有其他高高的而且更狭窄的岩缝从主要道路两边岔开去，洞窟像是一个由许多弯曲的小道交织而成的巨大的迷宫，石窟的四壁由许多奇形怪状的柱子支撑着，这些柱子都是由巨大的钟乳石和石笋上下相连而成的。"唯一没有看到的是成千上万只蝙蝠在洞中翻飞的场面。想来这在当时人迹罕至的地方，有这样的场面不会是笔下的虚构。

当文学吸储生活的光和热再将生活照亮，原本现实中支离着的人与事便开始有序地组合，进而把生活演绎得更像生活。马克·

吐温不是在刻意地演绎生活，而是对生活做着行云流水般客观的描述，描述得能让你真切地看见其中的人物，听到他们发出的任何声音。迷宫般的洞穴中为游人的脚下亮起灯火，让人联想到汤姆和贝琪在一片漆黑中手秉蜡烛，睁着几倍于今人的好奇的眼睛，仿佛他们惊恐的对话从未知的方向传来。此时最想看见的是，他们学着别人的样子，在一块突兀的岩石上用烛烟熏上的自己的名字。那些岩石上看似烟熏的标记，也许有一处就是他们在洞中迷失方向时留下的。据介绍，截至1972年以前，遍布洞中各个角落的签名已有二十五万多处。横七竖八的字迹中有的是游人到此的日期以及名人名言和通讯地址。但直到马克·吐温晚年重返这里时，也没有在洞中的岩壁上留下属于自己的纪念。讲解员说他拒绝在此留下字迹是出于对洞穴自然面貌的保护。这是否马克·吐温的初衷无法考证。马克·吐温也许会认为：汤姆的签名就是他的手迹！

马克·吐温当然不是在复制自己的生活，他以超凡的想象和幽默的基调，把他和伙伴们的经历供奉在读者的心头，使人因似曾相识或感同身受忘记了那原本是一种艺术的再现。或许艺术的真实达到宛若真实的生活，或许真实的生活宛若艺术的折射，那么文学才是抵达了最高的境界，并能携起读者之手走进精神家园且又让人陶醉其中。

在汉尼拔的一些节假日可以看到马克·吐温的身影。六十三岁的Jim.Weddell先生作为当地的一名自由职业者，扮演马克·吐温已整整二十年。他穿一身马克·吐温最喜欢穿的白色西装，髭须又与其酷似。他说自己非常喜欢文学，也在密西西比河的船上干过杂务，很早就熟读马克·吐温的两部历险记，小的时候就经常跑去那个洞穴游玩。他可以任意选出关于描写汤姆或哈克贝利的章节，绘声绘色地讲述和表演出来，引来观众一片掌声。许多人直呼他"马克·吐温"。"汤姆、哈克贝利还有吉姆的身影一直在汉尼拔和密西西比河一带。我一讲述他们的故事，观众就以为我把他们带到了现场。实际上只有马克·吐温随时让他们在这里出现。"他说，"我扮演马克·吐温，直到像马克·吐温那样彻底倒下为止。"还有一位九十岁的老人也扮演马克·吐温，在周边一些城市举行表演活动。他们在表现作品的同时，也像是在展现自己和身边人的生活。

以他的名义想象与纪念

"所有的一切！"

当问到"马克·吐温给汉尼拔带来了什么"时，这位游轮上的中年女售货员回答得眉飞色舞。这地方在19世纪中叶还只是一个仅有三千人口的凋敝之地，如今已有近两万人在此安逸快乐地生活。当文学描绘的生活之光照亮生活，生活便因文学而美好。汉尼拔人更加感恩于马克·吐温，感恩作家那不衰的盛名普照现实的繁丰。在街道、商场、学校、公园、餐厅随处可以看到马克·吐温的画像、照片、格言或纪念性的图案。《汤姆·索亚历险记》《哈克贝利·费恩历险记》，以及《密西西比河上的生活》是汉尼拔人的骄傲，他们时常根据小说和故事中的描写，以模仿的方式去释放天性，并表达对马克·吐温的纪念。

汉尼拔人总会以对马克·吐温作品内容的演示，度过每年7月

4日美国独立纪念日。汤姆和哈克贝利一贯充当这一天的主角。孩子们穿着仿制作品中汤姆和哈克贝利的服装。哈克贝利始终穿着大人遗弃的旧衣服，穿着看似破旧服装的孩子一定是哈克贝利的扮演者。他们从四面八方成群结队来到马克·吐温故居或学校操场进行表演。刷墙比赛当然是首选项目，而青蛙比赛会引来更多的人观看。孩子们把自家的青蛙带到现场，逗引青蛙接连跳三跳，以远近定胜负。这显然是在演示《卡拉维拉斯县驰名的跳蛙》中的情节，但所不同的是马克·吐温笔下的跳蛙能在半空里打转或翻着跟斗，且又不是生长于汉尼拔镇。当地旅游局的助理Megan女士介绍，在一些节假日里，许多祖父、祖母辈分的人带着孩子一起，在马克·吐温故居前学着汤姆等人的样子玩耍。其间没有孩子父母的陪伴和监护，他们可以尽情"傻傻"地快乐。不过他们要是一同去看表演，听到关于黑奴吉姆被任意贩卖的讲述，又会同时落下泪来。

为了作品的纪念已经由单一的表演活动上升到普及性阅读和学术性研究。汉尼拔每年夏天都要举办马克·吐温作品研讨会，届时至少有来自十个州的学生到这里参加培训。培训结束后要推选出学生代表参加作品演讲比赛。学生到了初中要读《汤姆·索亚历险记》，而《哈克贝利·费恩历险记》是高中生的必读书目。原以为学校做出这样的安排，只是为了培养学生的文学兴趣，没想到要通过阅读去催生他们的故乡情结，长大后无论走到哪里，都不会忘记马克·吐温所描绘的河山风物就是故乡真实的容颜。

Hill街的一端铺满了红色的地砖。每块砖都是大小相等的长方型，上面刻着不同内容的字迹。过世亲人的名字和情侣结婚纪念日都在其中，也有一部分刻着小孩的名字。阳光洒落在上面，地砖的红色变得有些炫目。在与Megan女士的交谈中了解到，汉尼拔人通过对马克·吐温故居等场所修缮的捐赠获得了这样的纪念。这与千人榜、万人碑等中国式的青史留名有些不同。他们没有把马克吐温奉为神祇，只是将他作为一位值得崇拜的人，并愿意将自己最关心的一切置于因他才感到特殊温暖的地方。家长将孩子的名字刻在这里，是希望孩子保持像汤姆一样快乐的天性。本来在1935年马克·吐温一百周年诞辰之际，政府要完成一个以展示马克·吐温作品为主题的雕塑计划，遗憾的是由于当时美国经济的大萧条而没有筹集到一百万美元的资金，使这一大型雕塑最终变成了一个雕塑的模型。而现在看到的一座五十四英尺高的灯塔，在那一年矗立在Cardiff山巅之上，则是对马克吐温诞辰百年的纪念。

对马克·吐温的标志性纪念还有马克·吐温博物馆。该馆坐落在汉尼拔镇的中心位置，周边是商业店铺和银行。三十七年前，这里还是一块清静之地。博物馆的面积不足一千平方米，每年要迎接来自六七十个国家的四万名以上的参观者。其中有相当一部分属于文学爱好者或是作家，当然不乏中国的作家。馆长先生显得很抱歉，因为他没有记下哪位到访的中国作家的名字。

马克·吐温的心里却有极其深刻的中国印记，包括作家在内的所有中国人应该感激他对中国命运的关注和呐喊。馆长先生很快找到一本1969年加州大学出版的《马克·吐温在旧金山〈早安·你好〉时的生活》一书，作者Edgar记述了1864年马克·吐温在旧金山记者生涯中，遇见的一起欺辱和殴打华人的事件。街头的屠夫让狗去撕咬经过门前的一名华人，而且用砖头打掉了华人的牙齿，警察对此竟然袖手旁观。马克·吐温以人道主义的情感如实地揭露了这起事件。《早安·你好报》对此却只用几行文字不了了之。由此引起马克·吐温的强烈不满，以致后来成了他离开这家报纸的主要原因。但正如作者所说，"只要马克·吐温在旧金山生活，他就会持续、强烈地关注中国人受到的侮辱和侵扰"。他的同情"在中国人民一边"，并写出了大量关于揭露华人受到警察欺辱等不公平待遇的报道，还在公开演说中呼吁把侵略者赶出中国。

在博物馆里正睹物思人，展柜中一个洁净如雪看似石膏做的儿童面模会让你即刻停下脚步。面模清晰地复制出马克·吐温的儿子圆圆的脸庞，未满两岁的生命永远定格在了紧闭的双眼中。马克·吐温委托雕塑师用这具面膜为夭折的儿子制作了一尊塑像。塑像远在纽约州埃尔迈拉市Arnot艺术博物馆里。他和妻子就是在这个城市举行的婚礼。眼前只能看到三个女儿围坐在马克·吐温夫妇身旁的一张全家合影，不免让人想起那个不幸的孩子，甚至会恍惚看到马克·吐温哀伤的眼神、隐藏的温情和妻子欧丽维亚满脸的泪痕。这会让每一个参观者的心情变得复杂而沉重。

一弯上弦月高悬在汉尼拔的夜空，引来满天闪烁的星斗。马克·吐温故居的Hill街道没有街灯亮起，四周阒静无声。与故居比邻的门楣上方，一盏瓦数不高的水银灯显得有些清冷，但能分明地映照出普通门牌上的"206"字样。在故居的每一扇窗前，有烛光般的光亮，像被微风吹拂似的轻轻闪动。

随着密西西比河不远处一声汽笛的低鸣，一道洁白的光束沿着某个拐点形成的弧度，从夜幕的底角跃然而起，将星空下汉尼拔的影子倏地托向了天际。此时看到夜色中闪现出任何光的形态，都很容易让人联想起神话般随马克·吐温出生与死亡同现的哈雷彗星。

但它夺目的瞬间只是贡献给了1985年美国那张小小的首日封。马克·吐温历经岁月磨砺沉淀的文字，却永远放射着比哈雷彗星更加耀眼的光芒，不仅照亮了密西西比河畔的一方故土，而且照亮了美国乃至世界文学的天空。

马克·吐温已经入睡，他的灵魂正在燃烧！